10

La casa del callejón

DAVID MITCHELL

Traducción de
Laura Salas Rodríguez

S

LITERATURA RANDOM HOUSE

Título original: *Slade House*
Primera edición: octubre de 2017

Printed in Spain – Impreso en España

ISBN: 978-84-397-3301-0
Depósito legal: B-14.532-2017

Compuesto en La Nueva Edimac, S. L.
Impreso en Cayfosa (Barcelona)

RH 3 3 0 1 0

Penguin
Random House
Grupo Editorial

ÍNDICE

EL TIPO ADECUADO

1979

No sé qué está diciendo mamá; queda ahogado por el rugido bronco del autobús, que al arrancar deja ver un pub llamado The Fox and Hounds. El letrero muestra a tres sabuesos arrinconando a un zorro. Están a punto de abalanzarse sobre él para hacerlo pedazos. Debajo está el letrero de la calle, que pone WESTWOOD ROAD. Se supone que los lores y las ladies son ricos, así que me esperaba piscinas y Lamborghinis, pero Westwood Road es de lo más normalito. Casas normales de ladrillo, adosadas o semiadosadas, con jardincitos a la entrada y coches normales. El cielo húmedo luce un color pañuelo usado. Pasan volando siete urracas. El siete está bien. Mamá tiene la cara a solo unos centímetros de la mía, pero no estoy seguro de si es cara de enfado o de preocupación.

—¿Nathan? ¿Me estás oyendo?

Mamá va maquillada hoy. El tono del pintalabios se llama lila de la mañana, pero huele más a pegamento de barra que a lilas. La cara de mamá no se aleja, así que le digo:

—¿Qué?

—Se dice «Perdona», o «Disculpa», no «¿Qué?».

—Vale —digo, lo cual suele funcionar.

Pero hoy no.

—¿Has oído lo que te he dicho?

—Que se dice «Perdona» o «Disculpa», no «¿Qué?».

—¡Antes de eso! Te decía que si alguien te pregunta en casa de lady Grayer cómo hemos venido, tienes que decir que en taxi.

—Pensaba que no estaba bien mentir.

—Está el mentir, que está mal —dice mamá, sacando del bolso el sobre en el que ha escrito la dirección—, y luego está el crear una impresión, lo cual es necesario. Si tu padre nos pagara lo que nos tiene que pagar, habríamos venido en taxi. Ahora…

Mamá le echa un vistazo a lo que pone.

–Slade Alley sale de Westwood Road, más o menos a la mitad… –Comprueba el reloj–. Vale, son las tres menos diez y tenemos que estar allí a las tres. Venga, vamos. No te entretengas.

Allá va.

La sigo, sin pisar ninguna de las junturas. A veces tengo que imaginarme dónde están porque la acera está cubierta de hojas. En un momento dado he tenido que apartarme del camino de un hombre de puños enormes que ha pasado haciendo footing con un chándal negro y naranja. La equipación de los Wolverhampton Wanderers es negra y naranja. De un serbal cuelgan unas bayas resplandecientes. Me gustaría contarlas, pero me arrastra hacia delante el clip-clop-clip-clop de los tacones de mamá. Esos zapatos se los compró en las rebajas de los almacenes John Lewis con lo que quedaba del dinero que le habían pagado en el Royal College of Music, a pesar de que British Telecom mandó un último aviso para que pagásemos el teléfono. Lleva el conjunto azul que se pone para los conciertos y el pelo recogido con el pincho para el pelo adornado con una cabeza de zorro de plata. Se lo trajo su padre de Hong Kong tras la Segunda Guerra Mundial. Cuando mamá está en clase con un alumno y yo tengo que ahuecar el ala, a veces voy al tocador de mamá y saco el zorro. Tiene ojos color jade y algunos días sonríe, aunque otros no. Hoy no tengo un buen día, pero el Valium no tardará en subirme. El Valium es genial. Me he tomado dos pastillas. Tendré que saltarme unas cuantas la semana que viene, para que mamá no se dé cuenta de que las provisiones van mermando. La chaqueta de tweed pica. Mamá la ha comprado en Oxfam, especialmente para hoy, y la pajarita es también de Oxfam. Mamá hace de voluntaria allí los lunes, así que consigue lo mejorcito de lo que la gente lleva los sábados. Si Gaz Ingram o alguien de su panda me ve con la pajarita, me encontraré una mierda en la taquilla, seguro. Mamá dice que tengo que aprender a «integrarme» más, pero no hay clases de «integración», ni siquiera en el tablón de la biblioteca municipal. Allí se anuncia un club de Dragones & Mazmorras, y yo siempre quiero ir, pero mamá dice que no puedo porque Dragones & Mazmorras juega con las fuerzas oscuras. Por una de las ventanas delanteras veo una carrera de caballos. Es el programa de deportes de la BBC1. Las tres ventanas siguientes tienen visillos, pero luego veo una tele en la que ponen lucha libre. Es Giant Haystacks, el villano peludo, luchando con Big Daddy, el bueno calvo, en la ITV. Ocho casas más tarde veo *Godzilla* en la BBC2. Tira una torre de alta tensión solo tropezándose con ella, y un bombero japonés de cara sudorosa grita por una radio. Luego Godzilla ha agarrado un tren, pero eso no tiene sentido porque los anfibios no tienen pulgares. A lo mejor el pulgar de Gozilla es como los supuestos pulgares de los pandas, que en realidad son la evolución de una garra. A lo mejor…

—¡Nathan! —Mamá me aprieta la muñeca—. ¿Qué te he dicho de entretenernos?

Hago memoria.

—«¡Venga, vamos! ¡No te entretengas!»

—¿Y qué estás haciendo ahora?

—Pensando en los pulgares de Godzilla.

Mamá cierra los ojos.

—Lady Grayer me ha invitado, nos ha invitado, a una reunión musical. Una velada. Habrá gente interesada en la música. Gente del Consejo de Cultura, gente que da trabajos y becas. —Los ojos de mamá tienen unas venitas rojas minúsculas, como ríos fotografiados desde muy arriba—. Yo habría preferido que te quedases en casa jugando con tu maqueta de la batalla de los Boers, pero lady Grayer insistió en que vinieses, así que… hazme el favor de comportarte normalmente.

¿Puedes hacerlo? Piensa en el chico más normal de tu clase, y haz lo que él.

«Comportarse normalmente» es como «integrarse».

–Lo intentaré. Pero no es la batalla de los Boers, es la guerra de los Boers. Me estás clavando el anillo en la muñeca.

Mamá me suelta la muñeca. Eso está mejor.

No sé qué quiere decir su cara.

Slade es el callejón más estrecho que he visto en mi vida. Está embutido entre dos casas y luego desaparece a la izquierda, a unos treinta pasos más o menos. Puedo imaginarme viviendo aquí, entre cartones, a un vagabundo, pero no a un lord ni a una lady.

–Seguro que hay una entrada decente por el otro lado –dice mamá–. Slade House es solo la casa de la ciudad de los Grayer. Su residencia habitual está en el condado de Cambridge.

Si me dieran cincuenta peniques cada vez que mamá me dice eso, ya tendría tres libras y media. En el callejón hace un frío pegajoso, como en la cueva White Scar, en los Yorkshire Dales. Papá me llevó cuando tenía diez años. En la primera esquina me encuentro un gato muerto tirado en el suelo. Es de un gris que parece polvo lunar. Sé que está muerto porque está más quieto que una bolsa tirada, y porque hay unas moscas gordas bebiéndole de los ojos. ¿Cómo ha muerto? No hay herida de bala ni señales de colmillos, aunque tiene la cabeza caída, así que a lo mejor lo ha estrangulado un estrangulador de gatos. Va directo a la lista de las Cosas Más Bonitas Que He Visto Nunca. A lo mejor hay una tribu de Papúa Nueva Guinea que cree que el zumbido de las moscas es música. A lo mejor yo encajaría allí.

–Vamos, Nathan.

Mamá me da un tirón de la manga.

–¿No deberían hacerle un funeral? ¿Como a la abuela? –pregunto.

—No. Los gatos no son humanos. Vamos.

—¿No deberíamos decirle a su dueño que no va a volver a casa?

—¿Cómo? Tómalo en brazos y ve puerta por puerta por Westwood Road preguntando: «Perdone, ¿es este su gato?».

A veces mamá tiene buenas ideas.

—Tardaríamos un poco, pero…

—Ni lo sueñes, Nathan. Nos esperan en casa de lady Grayer ahora mismo.

—Pero si no lo enterramos, los cuervos le sacarán los ojos.

—No tenemos ni pala ni jardín por aquí.

—Seguro que lady Grayer tiene una pala y un jardín.

Mamá cierra de nuevo los ojos. A lo mejor le duele la cabeza.

—Esta conversación se ha terminado.

Me empuja y llegamos a la parte central de Slade Alley. Tiene una longitud de unas cinco casas más o menos, pero está cercada por unas tapias de ladrillo tan altas que no se ve nada. Solo cielo.

—Que no se te pase un portón de hierro pequeño y negro a mano derecha —dice mamá.

Seguimos hasta la otra esquina, noventa y seis pasos exactos, y hay cardos y dientes de león brotando de las grietas, pero de portón nada. Tras la esquina derecha avanzamos unos veinte pasos más hasta salir a la calle paralela a Westwood Road. Un letrero dice CRANBURY AVENUE. Enfrente está aparcada una ambulancia del Hospital Saint John. Alguien ha escrito LÁVA-ME en la mugre que hay encima de una de las ruedas traseras. El conductor tiene la nariz rota y habla por radio. Un mod como sacado de *Quadrophenia* pasa en escúter sin casco.

—Conducir sin casco va contra la ley —digo.

—No tiene ni pies ni cabeza —dice mamá, mirando el sobre.

—A no ser que seas un sij con turbante. Entonces la policía…

—«Un portón de hierro negro.» A ver… No sé cómo nos lo hemos pasado.

Yo sí lo sé. El Valium me sienta como la poción mágica de Astérix, pero a mamá la deja atontada. Ayer ella me llamó Frank (el nombre de papá) y ni se dio cuenta. El Valium se lo recetan dos médicos, porque con lo que le da uno no basta, pero…

… un perro ladra a unos centímetros y he gritado dando un brinco hacia atrás, aterrorizado, y hasta me he hecho un poco de pis, pero vale, está todo bien, hay una valla, y es solo un perrillo de esos que ladran, no un bullmastiff, no es el bullmastiff, y ha sido solo un poco de pipí. Aun así el corazón me late a lo loco y creo que tengo ganas de vomitar. Mamá se ha ido a Cranbury Avenue a buscar portones de casas grandes, y ni siquiera ha visto al perrillo. Un hombre calvo con mono de trabajo se acerca con un cubo y una escalera de mano al hombro. Va silbando «I'd Like to Teach the World to Sing (in Perfect Harmony)».

Mamá lo interrumpe.

—Perdone, ¿conoce usted Slade House?

El silbido y el hombre se detienen.

—¿Que si conozco qué?

—Slade House. Es la residencia de lady Norah Grayer.

—Pues ni idea, pero si encuentra a Su Excelencia, dígale que a mí me van las pijas si a ella le van los duros.

Me dice «Me encanta la pajarita, chaval» y se mete en Slade Alley, retomando el silbido donde lo había dejado. Mamá se le queda mirando y susurra:

—Pues muchas gracias por nada, joder.

—Pensé que no se podía decir «joder».

—No empieces, Nathan. De verdad.

Creo que esa es la cara enfadada de mamá.

—Vale.

El perrillo ha dejado de ladrar para lamerse la pilila.

—Desandaremos el camino —decide mamá—. Quizá lady Grayer se refiriese al callejón siguiente.

Se mete de nuevo en Slade Alley y yo la sigo. Llegamos a la mitad del callejón a tiempo de ver cómo el señor de la escalera desaparece al doblar la esquina del final, donde sigue tirado el gato muerto color gris luna.

—Si nos matasen aquí —señalo—, no lo vería nadie.

Mamá me ignora. A lo mejor no ha sido muy «normal». Estamos a medio camino de la parte central cuando mamá se para.

—¡Ay, la leche!

Hay un portón de hierro negro pequeño empotrado en la tapia de ladrillo. Es chiquitísimo. Yo rondo el metro y medio, y solo me llega a los ojos. Una persona gorda tendría que meterse a la fuerza. No tiene pomo, ni agujero de la cerradura, ni rendijas junto a los bordes. Es negro, negro como la nada, como los huecos entre las estrellas.

—¿Cómo es posible que no lo viésemos? —dice mamá—. Menudo boy scout estás hecho.

—Ya no estoy en los boy scouts —le recuerdo.

El señor Moody, nuestro jefe de exploradores, me dijo que desapareciese de su vista, y así lo hice; a los servicios de rescate del parque de Snowdonia les costó dos días encontrar mi refugio. Me sacaron en las noticias y todo. Todo el mundo se enfadó mucho, pero yo solo cumplía órdenes.

Mamá empuja la puerta, pero no se abre.

—¿Cómo se abre la dichosa puerta? Quizá debería llamar.

La puerta atrae mi mano contra ella. Está caliente.

Y se balancea hacia dentro; los goznes aúllan como frenos...

... y estamos mirando un jardín; un jardín lleno de zumbidos, aún estival. El jardín tiene rosas, girasoles, salpicaduras de amapolas, racimos de dedaleras y un montón de flores cuyo nombre no me sé. Hay un jardín de rocas, un estanque, abejas libando y mariposas. Es genial.

—No te lo pierdas —dice mamá.

Slade House está ahí arriba, antigua, compacta, austera, gris y medio asfixiada por una hiedra encarnada, y no se parece en nada a las casas de Westwood Road y Cranbury Avenue. Si fuera propiedad del Estado habría que pagar dos libras para entrar, o setenta y cinco peniques si eres menor de dieciséis. Mamá y yo ya hemos cruzado el pequeño portón de hierro negro, que el viento ha cerrado como un mayordomo invisible, y la corriente nos empuja a través del jardín, bordeando la pared.

—Los Grayer deben de tener un jardinero todo el año —dice mamá—, o puede que incluso varios.

Siento que por fin me sube el Valium. Los rojos son más brillantes, los azules más transparentes, los verdes más vaporosos y los blancos transparentes como un pañuelo de dos capas al que le quitan una. Estoy a punto de preguntarle a mamá cómo es que una casa tan grande y su jardín caben en el espacio entre Slade Alley y Cranbury Avenue, pero mi pregunta cae en un pozo sin fondo, y se me olvida que lo he olvidado.

—La señora Bishop e hijo, supongo —dice un chaval invisible.

Mamá da un brinco, un poco como yo con el perrillo, pero a mí el Valium me sirve ahora de absorbe-shocks.

—Aquí arriba —dice la voz.

Mamá y yo levantamos la vista. Sentado en la tapia, como a unos cuatro metros y medio de altura, hay un chaval que parece de mi edad. Tiene pelo rizado, labios carnosos, piel lechosa, vaqueros, zapatillas de deporte sin calcetines y una camiseta blanca. Sin un ápice de tweed y nada de pajarita. Mamá no me dijo que fuese a haber más chavales en la velada musical de lady Grayer. Que haya más chavales implica que hay cosas que aclarar. ¿Quién es más guay? ¿Quién es más duro? ¿Quién es más listo? A los chicos normales les importan esas cosas, y los chavales como Gaz Ingram hasta se pelean por ellas.

—Sí, hola —está diciendo mamá—. Soy la señora Bishop y este es Nathan. Oye, esa tapia está muy alta. ¿No crees que deberías bajar?

—Encantado de conocerte, Nathan —dice el chaval.

—¿Por qué? —le pregunto a las suelas de las zapatillas.

Mamá sisea algo sobre educación y el chaval dice:

—Porque sí. Por cierto, soy Jonah. El comité de bienvenida.

No conozco a ningún Jonah. Es un nombre color granate.

—¿Lady Norah es tu madre, Jonah? —pregunta mamá.

Jonah lo piensa.

—Digamos que sí, lo es.

—Ajá —contesta mamá—, esto… ya. ¿Es…?

—¡Ay, Rita, fantástico, nos has encontrado! —Una mujer sale de una especie de túnel hecho de celosía. El túnel está atiborrado de ramilletes blancos colgantes y de flores púrpuras. La mujer rondará la edad de mamá, pero está delgada y menos envejecida y tiene una forma de vestir parecida a su jardín—. Nada más colgar ayer por la noche, me dio pánico haberte hecho un lío al decirte cómo venir por la puerta de Slade Alley. Tenía que haberte mandado por la puerta principal. Pero me moría de ganas de que tu primera impresión de Slade House fuese la del jardín en pleno esplendor.

—¡Lady Grayer! —El tono de mamá es una imitación de persona pija—. Buenas tardes. No, no, no, sus indicaciones fueron…

—Llámame Norah, Rita, por favor… Todo ese rollo de «lady» es aburridísimo cuando no estoy trabajando. Ya veo que habéis conocido a Jonah: nuestro Spiderman residente.

Lady Grayer tiene el pelo negro de Jonah y unos ojos con visión de rayos X que prefiero esquivar.

—Y este jovencito debe de ser Nathan. —Me estrecha la mano. Tiene una mano regordeta pero la estrecha con fuerza—. Tu madre me lo ha contado todo de ti.

—Encantado de conocerte, Norah —digo, como los adultos de las películas.

—¡Nathan! —dice mamá en voz demasiado alta—. Lady Grayer no quería decir que puedas llamarla por su nombre de pila.

—No es problema —dice Norah Grayer—. De veras, me gusta.

La brillante tarde se balancea un poco.

—Tu vestido va a juego con el jardín —digo.

—Qué halago tan elegante —dice lady Grayer—. Gracias. Y tú también vas muy guapo. Las pajaritas son muy distinguidas.

Recupero la mano.

—¿Tenías un gato color gris luna, Norah?

—¿Si «tenía» un gato? ¿Hace poco, quieres decir, o cuando era pequeña?

—Hoy. Está en el callejón. —Apunto en la dirección correcta—. En la primera esquina. Está muerto.

—Nathan puede ser algo directo a veces. —La voz de mamá suena rara y apresurada—. Norah, si es tuyo el gato, lo siento de…

—No os preocupéis, Slade House lleva unos años sin gato. Llamaré al jardinero para pedirle que le prepare de inmediato un entierro decente a esa pobre criatura. Es muy considerado por tu parte, Nathan. Como por la de tu madre. ¿Has heredado también su talento musical?

—Nathan no ensaya lo suficiente —dice mamá.

—Ensayo una hora al día —replico.

—Pues deberían ser dos —dice mamá con sequedad.

—También tengo deberes que hacer —señalo.

—Bueno, ya se sabe, «el genio son nueve partes de transpiración» —dice Jonah, de pie justo detrás de nosotros, en el suelo; mamá da un respingo, pero yo estoy impresionado.

—¿Cómo has bajado tan rápido? —le pregunto.

Se da un golpecito en la sien.

—Un circuito de teletransporte implantado en el cráneo.

Sé que en realidad ha saltado, pero prefiero esa respuesta. Jonah es más alto que yo, pero es lo que le pasa a la mayoría de los chavales. La semana pasada Gaz Ingram me cambió el apodo oficial de Cerduno Mariposón a Enano Venenoso.

—Un listillo incorregible —suspira Norah Grayer—. A ver, Rita, espero que no te importe, pero Yehudi Menuhin se ha pasado por aquí y le he hablado de tu recital de Debussy. Se muere de ganas de conocerte.

Mamá pone la misma cara que el niño asombrado de Snoopy.

—¿Yehudi Menuhin, el de verdad? ¿Está aquí? ¿Esta tarde?

Lady Grayer asiente como si no fuese para tanto.

—Sí, tenía una actuación en el Royal Festival Hall ayer por la noche, y Slade House se ha convertido en su madriguera londinense, por decirlo así. Entonces no te importa, ¿eh?

—¿Que si me importa? —dice mamá—. ¿Conocer a sir Yehudi? Por supuesto que no me importa, solo que… No me puedo creer que sea verdad.

—*Bravissima*.

Lady Grayer toma a mamá del brazo y la conduce hacia la gran casa.

—No seas tímida, Yehudi es un sol. Y vosotros, muchachos… —se gira hacia Jonah y hacia mí—, ¿por qué no vais a disfrutar un rato de este sol estupendo? La señora Polanski está haciendo petisús de café, así que id a fabricar un poco de apetito.

—Toma una ciruela, Nathan —dice Jonah, tendiéndome una del ciruelo.

Se sienta en la base de un árbol y yo en el de al lado.

—Gracias. —Su pulpa cálida y como escarcha derretida sabe a mañanas de agosto—. ¿De verdad está Yehudi Menuhin de visita?

Jonah me echa una mirada que no entiendo.

—¿Y por qué diablos iba a mentir Norah?

Nunca he conocido a ningún chaval que llame a su madre por su nombre de pila. Papá diría que es «muy moderno».

—No he dicho que esté mintiendo. Solo que es un virtuoso del violín increíblemente famoso.

Jonah escupe el hueso de la ciruela entre unas margaritas altas y de color rosa.

—Hasta los virtuosos del violín increíblemente famosos necesitan amigos. Bueno, ¿cuántos años tienes, Nathan? ¿Trece?

—En el clavo. —Yo escupo el hueso más lejos—. ¿Y tú?

—También —dice—. Cumplo años en octubre.

—Febrero. —Soy mayor, aunque sea más bajo—. ¿A qué escuela vas?

—La escuela y yo nunca nos hemos visto la cara —dice Jonah—. Por decirlo de algún modo.

No lo entiendo.

—Eres un niño. Tienes que ir. Lo dice la ley.

—La ley y yo tampoco nos hemos entendido nunca. ¿Otra ciruela?

—Gracias. Pero ¿y los servicios sociales?

La expresión de Jonah expresa asombro. La señora Marconi y yo hemos trabajado con el asombro.

—¿Los servicios… qué?

No lo comprendo. Tiene que saberlo.

—¿Me estás tomando el pelo?

—Qué va, ni en sueños. ¿Qué iba a hacer yo con ellos? —Eso es muy ingenioso, pero si yo se lo soltara a Gaz Ingram me crucificaría en los postes de rugby—. En serio, me educan en casa.

—Eso debe de ser una pasada. ¿Quién es tu profe? ¿Tu madre?

—Nuestro mentor —dice Jonah, y me mira.

Sus ojos me hacen daño, así que aparto la mirada. «Mentor» es como una palabra pija para «profe».

—¿Y cómo es?

—Un verdadero genio —responde Jonah, pero sin intentar presumir.

—Me muero de envidia —admito—. Yo odio mi escuela. A muerte.

—Si no encajas en el sistema, te hacen la vida imposible. ¿Tu padre también es pianista, como tu madre?

Me gusta hablar de papá tanto como odio hablar de la escuela.

—No. Papá vive en Salisbury, pero el Salisbury de Rodesia, no del condado de Wilt. Papá es de allí, de Rodesia, y trabaja de instructor en el ejército. Muchos niños sueltan trolas sobre sus padres, pero yo no. Mi padre tiene una puntería que es una pasada. Le puede meter una bala entre ceja y ceja a un hombre a cien metros de distancia. Una vez me dejó verlo.

—¿Te dejó ver cómo le metía una bala entre ceja y ceja a un hombre?

—Era el maniquí de una tienda de armas cerca de Aldershot. Con una peluca de arcoíris y un bigote a lo Hitler.

Las palomas y los palomos zurean en los ciruelos. Nadie sabe nunca con seguridad si las palomas y los palomos son o no el mismo pájaro.

—Debe de ser duro —dice Jonah— que tu padre esté tan lejos.

Me encojo de hombros. Mamá me ha dicho que chitón de lo del divorcio.

—¿Has visitado África alguna vez? —pregunta Jonah.

—No, pero papá me prometió que iría a visitarlo las próximas navidades. Debería haber ido las navidades pasadas, pero de repente papá tenía un montón de soldados que instruir. Cuando aquí es invierno, allí es verano. —Estoy a punto de contarle a Jonah lo del safari al que me va a llevar papá, pero la señora Marconi dice que hablar es como jugar al pingpong: hay que ir por turnos—. ¿En qué trabaja tu padre?

Me quedo esperando que Jonah me cuente que su padre es almirante o juez o algo así, muy de lord, pero no.

—Mi padre murió. De un disparo. Fue un accidente cazando faisanes. Ocurrió hace mucho, mucho tiempo.

Pues no puede hacer tantísimo, pienso, pero me limito a decir:

—Vale.

Las dedaleras púrpuras se balancean como si hubiese algo allí…

… pero no hay nada, y Jonah dice:

—Cuéntame tu pesadilla recurrente, Nathan.

Estamos sentados junto al estanque, sobre las cálidas losas del suelo. El estanque es un rectángulo largo, con nenúfares y una estatua de bronce de Neptuno en el centro que se ha puesto turquesa y morada. El estanque es más grande que todo nuestro jardín, que en realidad es solo un patio fangoso con una cuerda para la ropa y unos cubos de basura. La cabaña de papá en Rodesia tiene terreno que da a un río con hipopótamos. Pienso en la señora Marconi, diciéndome: «Concéntrate en el tema».

—¿Cómo sabes lo de mi pesadilla?

—Tienes la mirada atormentada —dice Jonah.

Lanzo un guijarro hacia arriba en dirección al agua. Describe un arco matemático.

—¿Tu pesadilla tiene algo que ver con las cicatrices?

De inmediato mi mano tira del pelo hacia abajo, por encima de la zona con vetas blancas y rosadas que hay justo debajo de la oreja derecha, para esconder el daño donde más se ve. La piedra hace plop, pero no se ven las salpicaduras. No voy a pensar en el mastín abalanzándose sobre mí, en sus colmillos arrancándome la piel de la mejilla como si fuera pollo asado, en sus ojos mientras me sacudía como si fuese una muñeca; ni en las semanas de hospital, las inyecciones, los medicamentos, la cirugía, las caras que pone la gente; ni en que el mastín sigue esperándome cuando me quedo dormido.

Una libélula se posa en una espadaña, a unos centímetros de mi nariz. Tiene unas alas como de celofán.

—Tiene unas alas como de celofán —dice Jonah.

—Eso es justo lo que estaba pensando —digo yo.

—¿Pensando qué? —me dice Jonah, así que a lo mejor solo he pensado que lo ha dicho.

El Valium elimina la puntuación al hablar y hace brotar burbujas de pensamiento. Ya me había fijado.

En la casa, mamá está tocando unos arpegios de calentamiento.

La libélula se ha ido.

—¿Tú tienes pesadillas? —pregunto.

—Tengo pesadillas —responde Jonah— con quedarme sin comida.

—Llévate a la cama un paquete de galletas —le digo.

Los dientes de Jonah son perfectos, como los del niño sonriente con cero empastes del anuncio de Colgate.

—No hablo de ese tipo de comida, Nathan.

—¿Qué otros tipos de comida hay? —pregunto.

Una alondra manda mensajes en morse desde una estrella lejana, lejanísima.

—Comida que te da más hambre cuanto más comes —explica Jonah.

Los arbustos tiemblan y se ponen borrosos, como si los estuviesen dibujando.

—No me extraña que no vayas a una escuela normal —digo.

Jonah se enrolla una brizna de césped en el pulgar...

... y luego la rompe. El estanque ya no está y nos hallamos bajo un árbol, así que está claro que es otra brizna de césped, cortada más tarde. Ahora el Valium me late en las yemas de los dedos, y el sol del atardecer toca el arpa. Las hojas que han caído al césped cortado tienen forma de minúsculos abanicos.

—Esto es un árbol de ginkgo —dice Jonah—. Lo plantó quienquiera que viviese en Slade House hace medio siglo.

Empiezo a colocar hojas de ginkgo formando una África grande, como de unos treinta centímetros de El Cairo a Johannesburgo. Jonah está tumbado de espaldas; o se ha dormido o solo ha cerrado los ojos. No me ha preguntado ni una sola vez por el fútbol, ni me ha llamado gay porque me guste la música clásica. A lo mejor tener un amigo es así. Debe de haber pasado un rato, porque he terminado mi África. No sé qué hora es exactamente porque el domingo pasado abrí mi reloj para mejorarlo, y cuando volví a montarlo faltaban algunas piezas. Casi como Humpty Dumpty. Mamá se echó a llorar al ver las tripas del reloj y se encerró en su habitación, así que a la hora del té tuve que tomar otra vez cereales. No sé por qué se puso así. El reloj era viejo, viejísimo, lo habían hecho antes de que yo naciese. Quito unas hojas del lago Victoria y las uso para Madagascar.

—Guau —dice Jonah con la cabeza apoyada en el codo.

¿Hay que decir «gracias» cuando alguien dice «guau»? No lo sé, así que no me arriesgo y hago una pregunta:

—¿Se te ha ocurrido alguna vez que a lo mejor eres una especie diferente de humano, compuesta de ADN puro en un laboratorio, como en *La isla del doctor Moreau*, y luego puesto en libertad para ver si te toman por normal o no?

De una habitación de arriba llega el suave aleteo de un aplauso.

—Mi hermana y yo sí somos una especie diferente —dice Jonah—, pero la parte del experimento sobra. Nos toman por normales o por lo que queramos ser. ¿Quieres que juguemos a zorro y sabuesos?

—Hemos pasado por un pub que se llamaba así, The Fox and Hounds.

—Lleva ahí desde los años treinta. Y huele a años treinta, también, si entras. Mi hermana y yo le pusimos ese nombre a un juego. ¿Quieres jugar? Es una carrera, básicamente.

—No sabía que tenías una hermana.

—No te preocupes, luego la conocerás. Zorro y sabuesos es una carrera. Salimos de esquinas contrarias de la casa. Los dos gritamos «Zorro y sabuesos, ¡un, dos, tres!», y a la voz de «¡Tres!» empezamos a correr en sentido contrario a las agujas del reloj, hasta que uno de los dos coja al otro. El que coja al otro es el sabueso y la presa es el zorro. Es muy fácil. ¿Te apetece?

Si le digo a Jonah que no a lo mejor me llama cobardica o retrasado.

—Vale. Pero ¿el juego no debería llamarse «Zorro y sabueso», ya que solo hay un sabueso?

Por la cara de Jonah pasan dos o tres expresiones que no consigo interpretar.

—De aquí en adelante, Nathan, se llamará «zorro y sabueso».

Slade House se alza ante nosotros. La hiedra encarnada es más roja de lo que suele ser la hiedra roja. Las ventanas de la planta baja están demasiado altas para mirar al interior, y de todos modos no hacen más que reflejar el cielo y las nubes.

—Tú te quedas aquí —me dice Jonah en la esquina delantera derecha—. Yo voy por la parte de atrás. Cuando demos la salida, corre en sentido contrario a las agujas del reloj, por ahí.

Jonah sale trotando por el lateral de la casa, que está rodeada de un seto de acebos. Mientras espero, advierto que alguien se mueve en la ventana más cercana a mí. Me acerco y miro hacia arriba. Es una mujer. Otra invitada a la velada de lady Grayer, supongo, o quizá una criada. Lleva uno de esos peinados como de colmena, como las señoras que salen en los discos viejos de papá; tiene la frente arrugada y la boca se le abre y se le cierra lentamente, como un pez. Como si estuviese repitiendo la misma palabra una y otra vez. No oigo lo que dice porque la ventana está cerrada, así que le digo: «No la oigo». Avanzo un paso, pero desaparece y solo queda el reflejo del cielo. Así que retrocedo un paso, y allí está de nuevo. Es como esos dibujos de las cajas de cereales donde parece que la imagen se mueve si la inclinas un poco. La mujer podría estar diciendo «No, no, no», o a lo mejor «Oh, oh, oh». Antes de aclararlo, oigo la voz de Jonah que llega por el seto de acebo, diciendo:

—¿Estás listo, Nathan?

—¡Listo! —grito, y cuando miro de nuevo a la ventana la mujer del peinado de colmena ya no está, y no consigo verla me ponga donde me ponga ni por mucho que incline la cabeza.

Me sitúo en la esquina, en posición de salida.

—¡Zorro y sabueso! —grita Jonah, y yo lo secundo—. Uno, dos…

—¡Tres!

Respondo a gritos y corro a zancadas acebo abajo; mis zapatos hacen slap, slap, slap, y el eco guak, guak, guak. Jonah es más alto que yo y a lo mejor me ganaría en cien metros, pero también puede que acabe siendo el sabueso y no el zorro porque en las distancias largas lo que cuenta es la resistencia, y ya estoy llegando al final del camino lateral, donde esperaba ver Cranbury Avenue, pero solo hay una larga tapia de ladrillos y abetos y una estrecha franja de césped que se convierte en un borrón. Sigo trotando y doy la vuelta en una tubería; recorro otro gélido camino lateral cortado en rodajas iluminadas que atraviesan una valla altísima llena de zarzas que se cuelan entre las tablas, luego salgo de nuevo a la parte delantera, donde me choco contra una budelia de esas que llaman arbusto de mariposas de la que surge un torrente de mariposas, todas naranjas y negras y rojas y blancas, y una se me mete en la boca, así que la escupo y salto sobre el jardín de rocas y casi tropiezo al aterrizar pero no. Sigo corriendo, dejo atrás los escalones que suben a la puerta principal, la ventana de la mujer de la colmena, que ya no está, y luego doblo la esquina y sigo trotando por el camino de acebo lleno de eco, me está dando flato pero no hago caso, y el acebo me roza el reverso de la mano como si me estuviese empujando, y me pregunto si Jonah me lleva la delantera o yo a él pero no mucho porque llego de nuevo a la parte trasera de Slade House, donde los abetos son más densos y grandes y la tapia parece más borrosa, y sigo corriendo, corriendo, corriendo, doblo la esquina donde las zarzas se están ahogando entre la valla, me pinchan las espinillas y el cuello y ahora me da miedo ser el zorro y no el sabueso, y al llegar a la parte delantera el sol ha entrado, o ha salido, o se ha ido, y no hay ni una mariposa en el arbusto de mariposas, solo unas cuantas muertas, aplastadas por el camino, como marcas de pintura en polvo, y una medio muerta que todavía aletea un poco…

Me detengo, porque el fondo del jardín, la tapia del portón negro, está toda descolorida y opaca. No porque esté anocheciendo. No deben de ser ni las cuatro de la tarde. Tampoco porque haya niebla. Levanto la vista: el cielo sigue azul, como antes. Es el jardín. El jardín se está desvaneciendo.

Me doy la vuelta para decirle a Jonah que detenga el juego, que algo va mal, que necesitamos a un adulto. Llegará en cualquier momento, doblará la esquina a toda velocidad. Las zarzas se balancean como tentáculos submarinos. Miro de nuevo el jardín. Había un reloj de sol, pero ya no está, y los ciruelos tampoco. ¿Me estaré quedando ciego? Quiero que papá me diga que todo va bien, que no me estoy quedando ciego, pero papá está en Rodesia, así que quiero a mamá. ¿Dónde está Jonah? ¿Y qué pasa si esto lo está disolviendo a él también? La especie de túnel con celosía ha desaparecido. ¿Qué se hace cuando está uno de visita y el jardín empieza a desvanecerse? El vacío se va acercando como un frente tormentoso. Luego aparece Jonah al final del camino lateral de las zarzas, y me relajo durante un segundo porque él sabrá qué hacer, pero mientras lo miro su contorno corriendo se va haciendo más difuso y se convierte en una oscuridad de gruñidos roncos y ojos oscuros, ojos que me conocen y colmillos listos para terminar lo que ya empezaron y viene corriendo tras de mí a cámara lenta, poniéndome enfermo, grande como un caballo al galope, y gritaría si pudiese pero no puedo, tengo el pecho lleno de pánico derretido, me ahogo, me ahogo, los lobos, invierno, huesos, cartílago, piel, hígado, pulmones, Hambre, Hambre, Hambre, ¡CORRE! Corro hacia las escaleras de Slade House con los pies resbalando en los guijarros, como si estuviese soñando, pero como me caiga me atrapará, solo me queda un momento, subo los escalones a traspiés, agarro el pomo de la puerta, «gira, por favor, gira», pero está atascado, no, no, no, es dorado con arañazos, rígido, estriado, ¿gira?, sí, no, sí, no, tuerce, tira, empuja, tira, tuerce, me caigo hacia delante sobre un felpudo que pica sobre baldosas blancas y negras y suelto un chillido ahogado y estrangulado como si hubiese chillado dentro de una caja de cartón...

—¿Qué pasa, Nathan?

Tengo las rodillas golpeadas apoyadas sobre la alfombra de un vestíbulo, el corazón me late slap, slap, slap, slap, slap, slap, pero se va tranquilizando, se tranquiliza, estoy a salvo, y lady Grayer está de pie con una bandeja en la que lleva una tetera pequeña de hierro de cuya boquilla salen serpentinas de vapor.

—¿No te encuentras bien? ¿Voy a buscar a tu madre?

Me levanto medio mareado.

—Hay algo fuera, Norah.

—No estoy segura de entenderte. ¿Algo de qué tipo?

—Pues un... un... Una especie de... —¿Una especie de qué?—. Perro.

—Ah, será Izzy, el de la casa de al lado. Tiene menos cerebro que un mosquito y encima no hay manera de que no haga sus cosas en el huerto. Es un incordio, pero también es muy buena.

—No, era... uno grande... y el jardín se estaba desvaneciendo.

Lady Norah Grayer esboza una sonrisa, aunque no sé por qué.

—Es genial que los niños usen la imaginación. Los primos de Jonah se ponen delante de la tele con sus trastos de Atari, sus marcianitos que hacen bip bip y por mucho que les diga «¡Es un día precioso! ¡Salid a jugar afuera!» solo contestan: «Sí, sí, tita Norah, si tú lo dices...».

El vestíbulo tiene baldosas blancas y negras, como un tablero de ajedrez. Huele a café, a barniz, a humo de puro y a lirios. Miro por una ventanita en forma de rombo que hay en la puerta y veo el jardín. No está para nada disuelto. Al otro extremo se ve el pequeño portón de hierro negro que da a Slade Alley. Debo de haberme pasado imaginando. Por las escaleras llega el «Chant de l'alouette» de Tchaikovski. Es mamá.

—Nathan, ¿te encuentras bien? —pregunta Norah Grayer.

Una vez busqué el Valium en una enciclopedia médica de la biblioteca y en casos aislados puede provocar alucinaciones y se lo tienes que decir de inmediato al médico. Supongo que soy un caso aislado.

—Sí, gracias —respondo—. Jonah y yo estábamos jugando a zorro y sabueso y creo que me he dejado llevar.

—Estaba segura de que Jonah y tú ibais a entenderos… Y, madre mía, tu madre y Yehudi se han hecho uña y carne. Sube a la velada, son dos tramos de escaleras. Voy a buscar a Jonah y traemos los petisús. Venga, no seas tímido.

Me quito los zapatos y los coloco juntos antes de subir el primer tramo de escaleras. Las paredes están revestidas de madera y la alfombra de las escaleras es gruesa como la nieve y beis como el turrón. Arriba hay un pequeño rellano donde un reloj de pie hace crunc, cronc, crunc, cronc… Pero primero paso por el retrato de una niña, más pequeña que yo, cubierta de pecas, con una especie de delantal al estilo victoriano. Es una muerta que parece viva. La barandilla se desliza bajo mis dedos. Mamá toca la última nota de «Chant de l'alouette», y oigo los aplausos. Los aplausos la hacen feliz. Cuando está triste solo ceno galletas saladas y plátano. El siguiente retrato es un hombre con cejas peludas vestido de uniforme militar: el del regimiento de la ciudad de Londres. Lo sé porque papá me compró un libro de los regimientos del ejército británico y me lo aprendí de memoria. Crunc, cronc, crunc, cronc, hace el reloj. El último retrato antes del rellano es de una señora demacrada con sombrero que se parece a la señora Stone, nuestra profesora de religión. Si la señora Marconi me hiciese adivinar, diría que la señora del sombrero querría estar en cualquier lugar menos aquí. Del rellano pequeño sale otro tramo de escaleras a la derecha, que lleva a una puerta blanquecina. El reloj es altísimo. Coloco la oreja contra su pecho de madera y le oigo el corazón: crunc, cronc, crunc, cronc… No tiene manecillas. En su lugar tiene palabras pintadas en su cara de reloj pálida como un hueso y antigua; pone EL TIEMPO ES, por debajo EL TIEMPO ERA y por debajo EL TIEMPO NO ES. En el segundo tramo de escaleras, el siguiente retrato es de un hombre como de unos veinte años, pelo negro grasiento, mirada de reojo y una expresión como de haber desenvuelto un regalo y no poder adivinar qué es. El penúltimo es el retrato de una señora a la que reconozco. Por el pelo. La señora que he visto en la ventana. También lleva los mismos pendientes largos, pero en lugar de tener los ojos pintados como a rayas luce una sonrisa soñadora. Debe de ser una amiga de los Grayer. Mira qué vena malva tiene en el cuello, está latiendo, y alguien me murmura al oído «Corre lo más rápido que puedas, vete por donde has venido…» y yo contesto «¿Qué?», y la voz se detiene. ¿Ha existido alguna vez? Es del Valium. A lo mejor debería dejar de tomarlos durante un tiempo. Solo faltan unos cuantos pasos hasta la puerta blanquecina, y oigo la voz de mamá al otro lado:

—¡Oh, no, Yehudi, no me hagas acaparar la atención cuando hay tanto talento en la sala!

La respuesta sale demasiado baja como para oírla, pero la gente se ríe. Mamá también. ¿Cuándo fue la última vez que oí a mamá riéndose así?

—Qué amables sois —la oigo decir—. ¿Cómo puedo negarme?

Entonces se pone a tocar «Danseuses de Delphes». Doy dos o tres pasos más y llego a la altura del último retrato.

Que es el mío.

El mío: Nathan Bishop…

Con la mismísima ropa que llevo ahora. La chaqueta de tweed. La pajarita. Solo que en el retrato no tengo ojos. Mi enorme nariz, el grano que tengo en la mejilla desde hace una semana, la cicatriz del mastín debajo de la oreja, pero de ojos, nada. ¿Es una broma? ¿Esto tiene gracia? Nunca lo sé. Mamá debe de haberle mandado a Norah Grayer una foto del cole y fotos de la ropa que me iba a poner, y ella le encargó el cuadro a alguien. ¿Cómo si no? Porque esto no es un mal viaje de Valium, ¿no? ¿O sí? Pestañeo con fuerza ante el retrato, luego le doy una patada al zócalo; no con la fuerza suficiente para romperme el pie, pero sí para hacerme daño. Como no me despierto, comprendo que estoy despierto. El reloj hace crunc, cronc, crunc, cronc, y yo estoy temblando de furia. Distingo la furia cuando la siento. La furia es fácil, es como ser un hervidor de agua. ¿Por qué me gasta mamá una broma el día que me dice que me «comporte normalmente»? Por lo general esperaría a que terminase con Debussy antes de abrir la puerta blanquecina, pero mamá no se merece hoy buenos modales, así que pongo la mano en el pomo.

Me incorporo en la cama. ¿Qué cama? No la cama del diminuto cuarto que tengo en Inglaterra, eso seguro: esta habitación es tres veces más grande, unos rayos de sol atraviesan las cortinas y hay sábanas de Luke Skywalker. Me zumba la cabeza. Tengo la boca seca. Hay un escritorio; una estantería llena de *National Geographic*; cortinas de cuentas en la puerta; un millón de insectos fuera; un escudo tribal estilo zulú y una lanza decorada con adornos que acerca la respuesta más y más...

La cabaña de papá en Bushveld. Suelto un gruñido de alivio y todo mi enfado del sueño con mamá se evapora, pfff.... ¡Es Nochebuena y estoy en Rodesia! Vine ayer, en un vuelo de British Airways, yo solo, mi primera vez en un avión, y pedí pastel de pescado porque no sabía qué era el *boeuf bourguignon*. Papá y Joy vinieron a buscarme al aeropuerto en su jeep. Camino a casa vimos cebras y jirafas. Nada de retratos que dan miedo, nada de Slade House, nada de mastín. La señora Todds, mi profe de lengua, te suspende automáticamente si terminas una historia con «me desperté y era un sueño». Dice que viola el acuerdo entre lector y escritor, que eso es escaquearse, es como lo del pastor mentiroso. Pero todas las mañanas nos despertamos realmente y realmente todo ha sido un sueño. Aunque es una pena que Jonah no sea real. Levanto la cortina que hay junto a mi cama y veo laderas cubiertas de bosques y prados hasta el infinito. Justo debajo está el río marrón donde hay hipopótamos. Papá me mandó una Polaroid de esta misma vista. La tengo en la pared de casa, en Inglaterra, junto a la almohada, pero aquí está la vista real. Pájaros africanos, mañana africana, trinos africanos. Huelo a beicon y me levanto. Llevo el pijama de los almacenes por catálogo Kays. Siento el suelo de pino lleno de nudos, calentito y hueco bajo las plantas de los pies, y las cortinas de cuentas son como un montón de dedos que me recorren la cara…

Papá está en la mesa leyendo el *Rhodesian Reporter*, vestido con sus bermudas caqui. «Se ha despertado el Kraken.» Papá siempre dice eso por las mañanas. Es el título de un libro de John Wyndham que trata de un monstruo que derrite los casquetes polares e inunda el mundo.

Me siento.

—Buenos días, papá.

Papá dobla el periódico.

—¡Vaya! Yo quería despertarte para que vieras tu primer amanecer africano, pero Joy empezó: «No, déjalo dormir al pobre, ayer se pasó doce horas seguidas volando». Así que lo haremos mañana. ¿Tienes hambre?

Yo asiento, supongo que tengo, y papá inclina la cabeza hacia el pasaplatos de la cocina:

—¿Joy? ¿Violet? ¡Aquí hay un joven que necesita manduca!

Se abre el pasaplatos y aparece Joy.

—¡Nathan!

Sabía lo de Joy, a quien mamá llama «la amiguita de papá», pero aun así me quedé un poco pasmado al ver a papá haciendo manitas con otra mujer. Van a tener un bebé en junio, así que deben de haber tenido relaciones sexuales. El bebé será mi hermanastro o hermanastra, pero todavía no tiene nombre. Me pregunto qué hará todo el día.

—¿Has dormido bien? —dice Joy.

Joy tiene acento de Rodesia, como papá.

—Sí. Pero he tenido unos sueños tremendos.

—Yo siempre tengo unos sueños tremendos después de un vuelo de larga distancia. ¿Zumo y bocata de beicon, Nathan?

Me gusta cómo dice Joy «bocata». A mamá le parecería un horror.

—Sí, por favor.

—Y le hará falta un café también —dice papá.

—Mamá dice que soy demasiado pequeño para bebidas con cafeína —digo.

—Chorradas —dice papá—. El café es el elixir de la vida, y el café de Rodesia el más puro del mundo. Vas a tomar un poco.

—Zumo, bocata de beicon y un café, oído cocina —dice Joy—. Ahora mismo se lo digo a Violet.

El pasaplatos se cierra. Violet es la criada. Mamá siempre le gritaba a papá: «Que no soy tu puñetera criada, Frank, ¿sabes?». Papá se enciende la pipa, y el olor del tabaco me trae recuerdos de cuando él y mamá estaban casados.

—Cuéntame ese sueño tuyo, amigo —me dice por la comisura de la boca.

La cabeza de gacela me distrae; también los mosquetes del abuelo de la guerra de los Boers, y el ventilador de techo.

—Mamá me llevaba a ver a una señora que era lady, de las de los lores. La casa no estaba, así que le preguntábamos a una especie de limpiador de ventanas pero él tampoco sabía… y luego la encontrábamos, era una casa grande como las que salen en las series de la tele. Había un chaval que se llamaba

Jonah pero se convertía en un perro muy grande. Yehudi Menuhin también estaba allí, tocando música con mamá arriba…

Papá ahoga una risa.

—Y luego yo veía un retrato mío, pero me faltaban los ojos, y… —Veo un pequeño portón negro de hierro en la esquina—. Esa puerta también estaba allí.

Papá mira a su alrededor.

—Eso es lo que pasa en los sueños. Se mezcla la realidad con las bobadas. Ayer por la noche estuviste preguntándome por la puerta de la armería antes de irte al sobre. ¿No te acuerdas?

Así debe de ser, si papá lo dice.

—Parecía muy real cuando estaba dentro.

—Claro que parecía real, pero ya ves que no lo era. ¿No?

Miro los ojos marrones de papá, las arrugas, la piel bronceada, las franjas grisáceas en el pelo color arena, la nariz como la mía. Un reloj hace crunc, cronc, crunc, cronc, y fuera, no muy lejos, se oye un bramido. Miro a papá con la esperanza de que sea lo que creo que es.

—Pues sí, amiguito: ayer por la tarde había una manada de elefantes vagando por el río. Luego vamos a verlos, pero primero llena ese estómago.

—Aquí está —dice Joy, colocando una bandeja ante mí—. Tu primer desayuno africano.

El bocadillo de beicon tiene una pinta increíble: hay tres capas de beicon y el kétchup se sale por los lados.

—Este bocadillo ha salido del cielo —digo.

Alguien decía esa frase en una serie que veía y se reía un montón de gente.

—Mira qué zalamero —dice Joy—. A quién habrá salido…

Papá rodea la cintura de Joy con el brazo.

—Prueba el café primero. Te dejará como nuevo.

Levanto la taza y miro. Dentro está más negro que el petróleo, que los agujeros del espacio, que las Biblias.

—Violet acaba de moler los granos —dice Joy.

—Un café salido del cielo —dice papá—. Hala, bebe, amiguito. Una parte tonta de mí dice «No, no, no lo hagas».

—Tu madre no lo sabrá —dice papá—. Será nuestro secreto.

La taza es tan ancha que me cubre la nariz como una máscara antigás.

La taza es tan ancha que me cubre los ojos y toda la cabeza.

Luego lo que sea que hay dentro empieza a tragarme a sorbos.

Ha pasado tiempo, pero no sé cuánto. Una rendija de luz abre su ojo y se convierte en una llamarada. En una estrella gélida y brillante de color blanco. Una vela colocada en un candelero, sobre las tablas del suelo, llenas de arañazos. El candelero es de plata mate o de peltre o de plomo y tiene unos símbolos pintados, o quizá sean letras de una lengua muerta. La llama no se mueve, como si el tiempo estuviese desenrollado y envasado. En la penumbra hay tres caras suspendidas. Lady Grayer a la izquierda, pero ahora es más joven, más joven que mamá. A mi derecha está Jonah Grayer, pero es mayor que el Jonah del jardín. Son gemelos, me parece. Llevan unas túnicas grises con capuchas a medio bajar; él tiene el pelo corto y ella largo, y es dorado, no negro como antes; y están de rodillas, como si estuviesen rezando, o meditando. Están inmóviles como estatuas de cera. Si respiran, yo no lo veo. La tercera cara es la de Nathan Bishop, enfrente. Me veo reflejado en un espejo, un rectángulo alto de pie en el suelo. Aún llevo la chaqueta de tweed de Oxfam y la pajarita. Cuando intento moverme no puedo. Ni un músculo. No puedo girar la cabeza, ni levantar la mano, ni hablar, ni pestañear siquiera. Como si estuviese paralizado. Da muchísimo miedo, pero ni siquiera puedo hacer mmmfff como hace la gente cuando se asusta y lleva mordaza. Estoy bastante seguro de que esto no puede ser ni el cielo ni el infierno, pero lo que está claro es que no es Rodesia. La cabaña de papá ha sido una especie de visión.

Rezaría para que solo fuese el Valium el que me hace ver estas cosas, pero no creo en Dios. Estoy en una buhardilla, a juzgar por la pendiente del techo y las vigas. ¿Los Grayer también son prisioneros, como yo? Parecen los cuclillos de Midwich. ¿Qué ha sido de Yehudi Menuhin, y de los invitados, y de la velada? ¿Dónde está mi madre?

La llama vuelve a la vida, y los símbolos del candelero cambian y no dejan de cambiar, como si estuviese pensando muy rápido y los símbolos fuesen sus pensamientos. Jonah Grayer levanta la cabeza. Su ropa cruje.

—Tu madre se disculpa —dice tocándose la cara como si estuviese probando si aún le queda bien—. Ha tenido que irse.

Intento preguntar por qué y dónde, pero nada de lo que necesito para hablar funciona (mandíbula, lengua, labios). ¿Por qué se iba a ir mi madre sin mí? El yo del espejo me devuelve la mirada. Ninguno de nosotros puede moverse. Norah Grayer flexiona los dedos como si acabase de despertarse. ¿Me habrán inyectado algo?

—Cada vez que vuelvo a mi cuerpo —dice ella— me siento menos bienvenida y más como si entrase en un armazón ajeno. Más debilitada. ¿Sabes que me quiero librar de él?

—Ten cuidado con lo que deseas —dice Jonah—. Si le pasase algo a tu cuerpo natal, el alma se te disolvería como un terrón de azúcar y…

—Sé perfectamente lo que ocurriría. —La voz de Norah Grayer es ahora más fría y gutural—. La peluquera nos ha hecho una visita sin que nadie la invitase, según he visto.

—¿De qué peluquera estás hablando? —pregunta Jonah.

—De nuestra última invitada. Tu «cariñito». Se ha aparecido en una ventana. Y luego en las escaleras, junto a su retrato; ha intentado advertir de algún modo al muchacho.

—Querrás decir que su impresión apareció en la ventana. Esas cosas pasan. La chica ya no está; está más desvanecida que un anillo de humo lanzado durante una tormenta en el peñón Rockall. Es inofensiva.

Una polilla marrón revolotea alrededor de la llama de la vela.

—Se están volviendo más atrevidos —dice Norah Grayer—. Va a llegar un día en que una «impresión inofensiva» nos estropee un Día de Visita.

—Si, y digo si, nos estropearan alguna vez nuestro Teatro Mental y se escapase un huésped, no tendríamos más que llamar a nuestros amigos, los de Blackwater, para que lo trajesen de vuelta. Para eso les pagamos. Mira qué bien.

—Infravaloras a la gente normal, Jonah. Siempre lo has hecho.

—¿Tanto te cuesta, Hermanita, decir una vez, una sola vez: «Un trabajo fantástico, una plegaria soberbia, nos has agenciado un alma jugosa y tierna para pagar las facturas de energía de los próximos nueve años, *bon appetit*!»?

—Tu sucedáneo de cabaña africana no podía haber sido más batiburrillo de tópicos, Hermano, ni aunque hubiese entrado Tarzán columpiándose en una liana.

—No tenía que ser real; solo tenía que ir acorde con el Bushveld que el huésped se imaginaba. De todos modos, el muchacho es un anormal. Ni siquiera se ha dado cuenta de que le han dejado de funcionar los pulmones.

Ahora Jonah me mira como hace Gaz Ingram.

Es verdad. No respiro. Mi cuerpo, desconectado, no ha dado señal de alarma. No quiero morir. ¡No quiero morir!

—Ay, deja de lloriquear, por Dios —refunfuña Jonah—. No soporto a los lloricas. Tu padre se avergonzaría de ti. Yo, a tu edad, nunca lloriqueaba.

—¿Que nunca lloriqueabas? —resopla Norah—. Cuando murió mamá…

—Dejemos los recuerdos para más tarde, Hermanita. La cena está servida. Está caliente, confusa, asustada, llena de banjax y lista para que la cortemos en filetes.

Los gemelos Grayer dibujan letras en el aire con las manos. El aire se coagula lentamente sobre la vela, un poco por encima. El coágulo se convierte en algo. Algo carnoso, grumoso, del tamaño de un puño, que bombea rojo sangre, rojo vino, rojo sangre, rojo vino, cada vez más brillante y más rápido, del tamaño de una cabeza humana, casi más como un corazón del tamaño de un balón de fútbol, ahí suspendido. Le salen unas venas, como tentáculos de medusa, que se retuercen como hiedra en el aire. Vienen a por mí. No puedo girar la cabeza, ni siquiera cerrar los ojos. Algunas de las venas esas se me meten en la boca, otras en las orejas, dos en las fosas nasales. Cuando veo mi reflejo, me dan ganas de gritar, pero no puedo. Después un punto de dolor se me abre en la frente.

En el espejo veo que hay un punto negro. Algo…

… brota de allí, y se queda flotando a unos centímetros de mis ojos, mira: una nube clara de estrellas, tan pequeña que cabe en dos manos ahuecadas. Mi alma.

Mira.

¡Mira!

Bonita como… como…

¡Qué bonita!

Los gemelos Grayer se inclinan con los rostros resplandecientes como si fuese Navidad, y sé de qué tienen hambre. Pegan los labios a ella y chupan. La nubecita redonda se estira como masa formando dos nubes redondas más pequeñas… y se divide. Media alma va a la boca de Jonah, y la otra media a la de Norah. Cierran los ojos como hizo mamá la vez que vimos a Vladimir Ashkenazy en el Royal Albert Hall. Una delicia. Una verdadera delicia. Grito dentro de mi cráneo y el grito resuena y resuena y resuena, pero nada dura para siempre… La cosa esa que latía como un corazón ha desaparecido, y los gemelos Grayer están otra vez de rodillas donde se hallaban antes. El tiempo se ha ralentizado hasta el cero. La llama ha dejado de titilar. La polilla marrón está congelada a unos centímetros de ella. Como una estrella gélida y brillante de color blanco. El Nathan que había en el espejo ha desaparecido, y si él ha desaparecido, entonces yo…

CABALLERO ANDANTE

1988

«Buenas noches, aquí están los titulares del boletín de las seis del sábado 22 de octubre. En una rueda de prensa celebrada hoy en la residencia del primer ministro, el ministro de Interior, Douglas Hurd, ha rechazado las críticas que ha recibido el gobierno por la prohibición de emitir entrevistas con miembros del Partido Republicano Irlandés, el Sinn Féin. El señor Hurd ha declarado...» Apagué la radio, salí del coche y miré el pub. The Fox and Hounds. Me asaltó el recuerdo de Julie y yo entrando aquí una vez para tomar una copa. Estábamos buscando casa, y habíamos visto un sitio en Cranbury Avenue, una calle más arriba. La descripción del agente inmobiliario había sonado bien, pero el lugar había resultado ser un puto agujero: húmedo, lúgubre, con un jardín tan pequeño que allí no se podría ni enterrar un cadáver... Un sitio tan deprimente que necesitamos un tentempié líquido para enfrentarnos a la vuelta a casa en coche. Cinco años hacía ya de eso. Cinco años, una boda, una aburrida luna de miel en Venecia, cuatro navidades con los tarados de la familia de Julie, compuesta de progres y verdes, mil quinientos boles de copos de cereales, doscientas cincuenta botellas de vino, treinta cortes de pelo, tres tostadoras, tres gatos, dos ascensos, un Vauxhall Astra, unas cuantas cajas de Durex, dos visitas de emergencia al dentista, decenas de peleas de diferente alcance y una exagerada demanda por agresión más tarde, Julie sigue viviendo en nuestra casa de campo con vistas al bosque y a los caballos y yo estoy en un piso detrás de un garaje de varias plantas. El señor Justicia Jones dijo que tenía suerte de que no me echaran a patadas del cuerpo. Gracias a Dios que Julie y yo nunca tuvimos hijos, si no me estaría dando por culo con la pensión alimenticia además de tener que compensarla por su «desfiguración». Zorra avariciosa. Cinco años. Un puto abrir y cerrar de ojos.

Tomé Westwood Road, ojo avizor. Le pregunté a una mujer con minifalda y un abrigo de piel más falso que Judas (prostituta, me juego diez libras) si había oído hablar de Slade Alley, pero sacudió la cabeza y siguió su camino sin detenerse. Pasó un tío haciendo footing, puro borrón de naranja y negro, pero los que hacen footing son gilipollas. También pasaron tres niños asiáticos en monopatín, pero ya estaba harto de comecurris aquel día, así que no les pregunté. La brigada multiculti siempre protesta por el racismo del cuerpo, pero ya me gustaría verlos a ellos poniendo orden en una ciudad llena de todoelmundinos que solo saben dos palabras de inglés, «policía» y «acoso», y cuyas presuntas esposas van por ahí envueltas en tiendas de campaña negras. El orden público es algo más que tomarse de las manos para cantar «Ebony and Ivory».

Se encendieron las farolas y parecía que iba a llover: el tipo de tiempo que a Julie le provocaba sus misteriosos dolores de cabeza. Estaba cansado tras un día largo y estresante, a punto de mandarlo todo a la mierda, y si nuestro superior hubiese sido otro y no Trevor Doolan le habrían dado por culo a todo, me habría ido a casa a por los restos del tandoori que había pedido el día anterior, a echarme unas risas con las Sharon y los Wayne del programa ese de citas a ciegas y luego a mirar si Gonzo y algunos de los compañeros tenían ganas de una pinta. Pero, por desgracia, Trevor Doolan sí que es nuestro superior, y además un puto detector de mentiras andante, y para el lunes iba a estar haciéndome alguna pregunta-marrón que yo solo podría responder si había seguido de veras la «pista» del famoso Fred Pink. En plan «Descríbeme el callejón ese, venga, Edmonds», o algo por el estilo. Entre la evaluación de noviembre y el informe sobre el caso Malik, que hay que presentar dentro de dos semanas, tengo que mantener la lengua bien pegada al culo de Doolan. Así que bajé Westwood Road, mirando a la derecha, mirando a la izquierda, buscando Slade Alley por arriba y por abajo. ¿No lo habrían cegado desde el día de Fred Pink, para darle el terreno a los propietarios? Porque a veces el Ayuntamiento hace eso, con nuestra bendición: los callejones siempre son un foco de problemas. Llegué al final de la calle, donde la A2 pasa deslizándose junto al parque, y tiré el cigarrillo por la alcantarilla. Un tío con la nariz rota iba al volante de una ambulancia del Hospital Saint John y casi le pregunto si conocía Slade Alley, pero luego pensé «Que le den», y me volví al coche. Igual una cervecita rápida en The Fox and Hounds, pensé. Para ahuyentar el fantasma de Julie.

Como a medio camino de Westwood Road me di de bruces con el altercado entre un guardia de tráfico de un metro y medio escaso y dos armarios roperos vestidos con chaquetas de color amarillo fluorescente que le sacaban por lo menos otro medio metro y me daban la espalda. Albañiles, como si lo viera. Ninguno de los tres se dio cuenta de que yo pasaba por detrás.

—Pues entonces tu libretita está equivocada. —El Albañil Uno le daba golpecitos al guardia en el nudo de la corbata—. No llegamos hasta después de las cuatro, ¿te enteras?

—Yo estaba aquí —dijo resollando el guardia, que era clavadito a Lech Wałęsa, el político polaco, pero con un bigote que colgaba todavía más—. Mi reloj...

—Tu relojito dice tonterías —interrumpió el Albañil Dos.

El guardia de tráfico se estaba poniendo rojo.

—Mi reloj va bien.

—Espero que se te dé bien actuar en el juzgado —dijo el Albañil Uno—, porque si hay algo que los jurados odien más que a los guardias de tráfico es a los guardias de tráfico privatizados bajitos, tipo Napoleón.

—¡Mi estatura no tiene nada que ver con aparcar ilegalmente, coño!

—¡Ay lo que ha dicho! —dijo el Albañil Dos—. Eso es violencia verbal. Y no me ha llamado «señor» ni una sola vez. Eres una desgracia para tu corbata de clip.

El guardia garabateó algo en su libreta, arrancó la página y la colocó bajo el limpiaparabrisas de la sucia camioneta blanca junto a la que se encontraban

—Tienen catorce días para pagar; de lo contrario, se les demandará.

El Albañil Uno cogió la multa del limpiaparabrisas, se la frotó contra el culo y la arrugó.

—Muy duro —dijo Lech Wałęsa—, pero tiene que pagarla igual.

—¿De verdad? Porque los dos hemos oído cómo nos pedía un soborno. ¿A que sí?

El Albañil Dos se cruzó de brazos.

—Nos pidió cincuenta pavos. No daba crédito a lo que oía. ¿Tú te lo podías creer?

La mandíbula del guardia se agitó arriba y abajo.

—¡No es verdad!

—Dos contra uno. A ver quién te cree, mariquita. Piensa en tu pensión. Sé listo, date la vuelta y vete…

—Pues lo que yo acabo de oír era conspiración para levantar falso testimonio —dije yo, y los dos albañiles se dieron la vuelta—, y para entorpecer la justicia.

El mayor de los dos tenía la nariz rota y la cabeza rapada. El más joven era un pelo zanahoria con pecas y dos ojos como pasas, demasiado juntos. Escupió un chicle en el asfalto que nos separaba.

—Más contaminación con residuos sólidos.

El Nariz Rota dio un paso y bajó la vista.

—¿Y tú quién eres?

Bueno, no me gusta presumir, pero me estrené en las revueltas de Brixton y gané una condecoración por valentía en la batalla de Orgreave. Hace falta algo más que un yesero peludo para acojonarme.

—Inspector Gordon Edmonds, del Departamento de Investigación Criminal, policía del valle del Támesis. —Saco mi placa—. Os sugiero una cosa. Recogéis la multa... y el chicle, os metéis en la mierda esa de camioneta y pagáis la multa el lunes. Y así no os encontráis con una inspección fiscal el martes. ¿A qué viene esa cara? ¿No le gusta mi puto lenguaje? ¿Eh, señor?

El guardia de tráfico y yo los miramos alejarse en la camioneta. Me encendí un cigarrillo y le ofrecí uno a Lech Wałęsa, pero sacudió la cabeza.

—No, gracias de todos modos. Mi mujer me mataría. Por lo que se ve, lo he dejado.

Un calzonazos: qué sorpresa.

—Un trabajo desagradecido, ¿eh?

Aparta la libreta.

—¿El suyo, el mío o estar casado?

—El nuestro. —Me refería al suyo—. Servir al Gran Público Británico.

Se encogió de hombros.

—Al menos usted puede soltar alguna patada de vez en cuando.

—*Moi*? Yo soy el del póster de la policía comunitaria.

Un doble de Bob Marley vino directo hacia nosotros. El guardia de tráfico se hizo a un lado, pero yo no. Al Rastafari del Año le faltó un provocativo centímetro para tocarme. El guardia de tráfico miró el reloj.

—¿Y usted, inspector? ¿Solo pasaba por aquí?

—Sí y no —le dije—. Estoy buscando un callejón llamado Slade pero ni siquiera estoy seguro de que exista. ¿Lo conoce?

Lech Wałęsa me echó una mirada que empezó llena de estupor; luego sonrió, se hizo a un lado y esbozó un gesto como de mago de barrio para descubrir un estrecho pasaje embutido entre dos casas. A unos veinte metros de distancia giraba a la izquierda, bajo la débil luz de una farola suspendida en lo alto.

—¿Es este? —pregunté.

—Sip. Mire, ahí está el letrero.

Señaló a un lado de la casa de la derecha, donde, estaba claro, un viejo letrero mugriento rezaba SLADE ALLEY.

—Hay que joderse —dije—. Debo de haber pasado justo al lado.

—Bueno, ya sabe. Una buena acción se merece otra. Ande, márchese: el mal nunca duerme y todo ese rollo. Hasta pronto, oficial.

Dentro del pasaje el aire era más frío que fuera, en la calle. Caminé hasta la primera esquina, donde el pasaje giraba hacia la izquierda, y corrí unos cincuenta pasos antes de girar a la derecha. Desde arriba, Slade Alley parecería una esvástica. Había muros sin ventanas bordeando toda su longitud. El paraíso de un atracador, vamos. Caminé por el segmento central, aunque solo fuese para poder mirar a los ojos saltones del jefe Doolan y decirle que había inspeccionado paso a paso Slade Alley, señor, y que no había encontrado una mierda, señor. Por eso di con el pequeño portón de hierro negro, como a medio camino del segmento central, a la derecha. Era invisible hasta que estabas encima. Solo me llegaba hasta la garganta y tenía como unos sesenta centímetros de anchura. A ver, como la mayoría de la gente, uno es muchas cosas: forofo del West Ham, natural de la isla de Sheppey, recién divorciado, poseedor de una tarjeta de crédito con deudas que superan las dos mil libras y que no hacen más que aumentar... pero también soy poli, y cuanto que poli no puedo ver que una puerta da a la vía pública sin comprobar si está cerrada. Especialmente si está oscureciendo. La puerta no tenía pomo, pero cuando la palma presionó el metal, ¡qué cosa! Se abrió de par en par ella solita. Así que me incliné un poco para mirar al otro lado...

... y allí donde yo me esperaba un jardincillo de mierda, di con un largo jardín escalonado, con peldaños y árboles, que llevaban hasta una casa grande. Es verdad que el jardín estaba un poco descuidado, lleno de malas hierbas, zarzas y esas cosas, y el estanque y los arbustos habían conocido días mejores, pero aun así era bastante impresionante. Todavía había rosas floreciendo, y la alta tapia que rodeaba el jardín debía de proteger los árboles, porque aún tenían la mayor parte de sus hojas. Y la casa, por Dios... Aquello sí que era una mansión de verdad. Era más grandiosa que las casas que la rodeaban y estaba cubierta de hiedra roja. Ventanas altas, unos escalones que subían hasta la puerta principal, el paquete completo. Las cortinas estaban corridas, pero era como si la casa desprendiese un resplandor de crema de vainilla a la última luz del anochecer. Precioso. Debía de valer un pastón, especialmente tal y como estaba el mercado inmobiliario últimamente, por las nubes. Entonces ¿por qué, por qué, pero por qué se habían dejado los dueños la puerta del jardín abierta para que cualquier hijo de vecino se diese un garbeo por allí y lo dejase todo destrozado? Debían de estar locos. Ni siquiera tenían alarma antirrobos, por lo que parecía. Aquello me cabreó de verdad, porque, a ver, ¿a quién le toca recoger los pedacitos cuando asaltan las casas de los ricos? A los chavales de azul. Así pues, me vi a mí mismo recorriendo el camino empedrado para soltarle al dueño una charlita sobre seguridad en el hogar.

Tenía la mano en el llamador cuando una vocecita suave dijo:

—¿Puedo ayudarle?

Al darme la vuelta me encontré a una mujer al pie de las escaleras. Tenía más o menos mi edad, era rubia, con bultos bien colocados en su sitio bajo una camisa ancha de abuelo y unos pantalones de jardinero. Menudo bombón, incluso con esas botas de agua.

—Inspector Edmonds, de la policía del valle del Támesis. —Bajé las escaleras—. Buenas tardes. ¿Es usted la dueña de esta propiedad, señora?

—Sí, soy... Soy Chloe Chetwynd. —Me tendió la mano como lo hacen algunas mujeres, con los dedos juntos y los nudillos hacia arriba, por lo que es difícil estrecharla como es debido. Me fijé en su anillo de casada—. ¿En qué puedo ayudarlo, inspector...? Ay, vaya, perdóneme, su nombre... Se me ha ido...

—Edmonds, señora Chetwynd. Inspector Edmonds.

—Por supuesto, yo... —La mano de Chloe Chetwynd revoloteó junto a su cabeza. Luego hizo la pregunta típica—: ¿Ha ocurrido algo?

—Todavía no, señora Chetwynd, no; pero si no pone un cerrojo en el portón, acabará por ocurrir. Podría haber entrado cualquiera. Piénselo.

—¡Ay, madre mía, el portón! —Chloe Chetwynd se apartó de la cara un mechón de pelo dorado y lustroso—. Tenía una especie de... enganche de alambre, pero se oxidó, y yo debía haber hecho algo, pero mi marido murió en junio, y claro, ha estado todo un poco... liado.

Eso explica muchas cosas.

—Ya, comprendo; siento su pérdida, pero piense que un ladrón le dejaría una vida cien veces más liada. ¿Quién más vive aquí con usted, señora Chetwynd?

—Solo yo, inspector. Mi hermana se quedó unos quince días después de la muerte de Stuart, pero su familia está en King's Lynn. Y la asistenta viene dos veces por semana, pero ya está. Yo, los ratones y las cosas que dan golpes por la noche.

Esbozó una sonrisita nerviosa que en realidad no era una sonrisa.

Unas flores altas color púrpura se balancearon.

—¿Tiene perro?

—No. Los perros me resultan… ¿serviles?

—Serviles o no, son mucho más seguros que «un enganche de metal». Yo instalaría una cerradura con tres bulones, uno arriba, otro en medio y otro abajo, con marco de acero. A la gente se le olvida que una puerta resiste lo que resiste su marco. Le saldrá cara, pero menos que un robo.

—¿Una «cerradura con tres balones»?

Chloe Chetwynd se mordió el labio.

Ay, Dios, los ricos son unos inútiles.

—Mire, nosotros en la comisaría tenemos a un contratista. Es de Newcastle-upon-Tyne, así que pillará usted una de cada cinco palabras, pero me debe un favor. Lo más posible es que se pase mañana mismo si le doy un toque esta noche. ¿Quiere que lo llame?

Chloe Chetwynd soltó un gran suspiro teatral.

—Ay, ¿de veras lo haría? Le estaría muy agradecida. Es que el bricolaje nunca ha sido mi fuerte.

Antes de que pudiese responder, se oyeron pasos de alguien que llegaba trotando por el lateral de la casa. Dos niños a punto de aparecer, corriendo a toda pastilla; hasta bajé al último escalón para dejarlos pasar…

… pero los pasos se desvanecieron. Debían de ser niños de la casa de al lado, alguna ilusión acústica. Sin embargo, Chloe Chetwynd me estaba echando una mirada extraña.

—¿Los ha oído?

—Pues claro. Los hijos del vecino, ¿no?

No parecía muy convencida, y durante un momento todo pareció bastante absurdo. Tal vez la pena la había convertido en un manojo de nervios. Y heredar una gran tumba para vivir tampoco debía de haber ayudado. Lamenté no haberla tratado con más suavidad al principio, y le di mi tarjeta.

—Mire, señora Chetwynd, este es mi teléfono, por si acaso…

Le dio la vuelta a la tarjeta y luego la deslizó en sus pantalones de jardinero. Contra el muslo.

—Es todo un detalle. Ya… ya me siento más segura.

La hiedra roja se estremeció.

—La pena es una hija de puta, de veras… Perdone mi vocabulario… Lo pone todo cuesta arriba.

No era capaz de decidir de qué color eran los ojos de Chloe Chetwynd. Azules. Grises. Solitarios como los que más.

—¿A quién ha perdido usted, inspector? —preguntó la mujer.

—A mi madre. Leucemia. Hace mucho tiempo.

—Eso de «hace mucho tiempo» no existe.

Me sentí inspeccionado.

—¿Su marido murió en un accidente?

—Cáncer de páncreas. Stuart vivió más de lo que predijeron los médicos, pero… al final, ya sabe… —La luz del anochecer iluminó una tiernísima pelusa en su labio superior. Tragó saliva con fuerza y se miró la muñeca como si llevase reloj, aunque no era así—. Madre mía, mire qué hora es. Ya lo he entretenido bastante, inspector. ¿Me permite que lo acompañe al portón de marras?

Pasamos bajo un árbol que había perdido un montón de hojitas en forma de abanico. Arranqué del césped una mala hierba que me llegaba a la cintura.

—Ay, Dios mío —suspiró la señora Chetwynd—. He dejado que este pobre jardín se eche a perder, ¿verdad?

—Todo se arregla con un poco de sudor.

—Pues me temo que voy a necesitar cantidades industriales para domar esta jungla.

—Me sorprende que no tenga usted jardinero —dije.

—Sí que teníamos, un polaco, pero cuando Stuart murió se marchó para buscar otras oportunidades profesionales. Con un cortacésped nuevecito.

–¿Y no dio parte del robo? –pregunté.

Se miró las uñas.

–No me sentía capaz de bregar con eso. Había que estar pendiente de tantas otras cosas… Es patético por mi parte, lo sé, pero…

–Solo siento no haberlo sabido. Para echar una mano.

–Es un detalle por su parte.

Pasamos por debajo de una especie de celosía de la que colgaban flores púrpuras y blancas.

–Si no es una indiscreción –pregunta–, ¿estaba usted en Slade House por motivos de trabajo cuando dio con la puerta? ¿O solo pasaba usted por ahí?

Desde que planté el pie en el jardín me había olvidado del famoso Fred Pink.

–Por motivos de trabajo, sí.

–Vaya. Espero que no fuese nada demasiado desagradable.

–Demasiado inútil, me temo, a no ser que dé la casualidad de que los nombres de Norah Grayer o de Rita y Nathan Bishop le digan algo.

–Norah Grayer… No. Qué nombre tan raro. ¿Los Bishop son la pareja esa que presenta el programa matinal de la ITV? –preguntó frunciendo el ceño.

–No –respondí–. No se preocupe. Es una especie de saga.

Habíamos llegado al final del camino empedrado, pero en vez de acompañarme a la salida Chloe Chetwynd se sentó en un murete, junto a un reloj de sol.

–Pues resulta que mi frenética agenda social está vacía esta tarde –dijo con algo de picardía–, si es que tiene ganas de contarme la saga, inspector.

¿Para qué volver corriendo a mi casucha? Saqué el tabaco de la cazadora de cuero.

–¿Puedo? ¿Quiere?

–Sí, puede; y sí, quiero. Gracias.

Así que me senté junto a ella en el murete y encendí un cigarrillo para ella y otro para mí.

—Vale, primera parte. Rita y Nathan Bishop eran madre e hijo, vivían cerca de la comisaría y desaparecieron en 1979. Entonces se llevó a cabo una investigación, pero cuando el oficial que la hacía se enteró de que Rita Bishop estaba endeudada hasta las cejas y tenía familia en Vancouver, dio por sentado que se había fugado, y el caso murió por falta de interés. -Una ligera brisa me echó el humo de su cigarrillo a la cara, pero no me importó–. Vamos a la segunda parte. Hace seis semanas, un hombre llamado Fred Pink se despertó en el ala de comatosos del hospital Royal Berkshire.

—A él sí lo conozco —dijo Chloe Chetwynd–. Salió en el *Mail on Sunday*: «El limpiaventanas que regresó de la muerte».

—El mismo que viste y calza.

Eché la ceniza sobre el murete, en el mismo lugar donde antes había visto a unas hormigas dando vueltas.

—Cuando Fred Pink no estaba disfrutando de sus quince minutos de gloria, estaba metido en la biblioteca municipal, poniéndose al día con los periódicos locales. Y allí fue donde se encontró con un artículo relacionado con la desaparición de los Bishop. Y, atención, los reconoció. O eso cree él. Asegura que incluso habló con Rita Bishop, la madre, ahí fuera, en Slade Alley… —Hice un gesto hacia el pequeño portón de hierro negro–. A las tres de la tarde del 27 de octubre de 1979. Sábado.

Chloe Chetwynd mostraba un cortés asombro.

—Qué precisión.

—Fue un día inolvidable para él, ya ve. Después de que Rita Bishop le preguntase si sabía dónde estaba «la residencia de Norah Grayer», Fred Pink plantó la escalera entre Slade Alley y Westwood Road, donde un taxi que pasaba a toda velocidad lo atropelló, dejándolo en coma nueve años.

—¡Menuda historia! —Chloe Chetwynd se medio quita las botas para que le respiren los pies–. Pero si la tal Norah Grayer es de la nobleza no debería ser tan difícil de localizar.

Asentí.

—Pues eso se podría pensar, pero de momento nuestra búsqueda no ha dado ningún resultado. Eso suponiendo que exista.

Chloe Chetwynd inhaló, retuvo el humo en los pulmones y lo soltó.

—Bueno, suponiendo que existiese, y residiese por aquí, probablemente viviría en Slade House, en nuestra casa. Mi casa, quiero decir. Pero Stuart y yo le compramos la casa a unas personas que se llamaban Pitt, no Grayer, y llevaban años viviendo aquí.

—¿Desde antes de 1979? —pregunté.

—Desde antes de la guerra, creo. Y en lo que a mí respecta, en 1979 yo estaba estudiando un posgrado de Historia del Arte en Luxemburgo y haciendo una tesis sobre Ruskin. Por supuesto, inspector, es usted más que bienvenido si quiere traer a los perros policía, o drenar el estanque, si piensa que hay algo siniestro en la finca…

Una ardilla salió pitando por el césped apelmazado y desapareció en un parterre de ruibarbo. Me pregunté quién coño sería el tal Ruskin.

—No creo que sea necesario, señora Chetwynd. Después de todo lo que ha sufrido Fred Pink, mi superior ha pensado que deberíamos tener la cortesía de seguir su pista, pero, para ser sinceros, y que quede entre nosotros, no tenemos muchas esperanzas de que salga algo.

Chloe Chetwynd asintió.

—Es muy considerado por su parte demostrarle al señor Pink que se lo están tomando en serio. Y espero de veras que los Bishop estén sanos y salvos en algún lugar.

—Si fuera un hombre de apuestas, me jugaría el cuello a que están vivitos, solventes y coleando en algún lugar de la Columbia Británica.

La luna se alzaba sobre las chimeneas y las antenas de televisión. Mi imaginación abrió una parte de su tienda porno y me mostró una imagen de Chloe Chetwynd agitándose boca arriba, debajo de mí.

—Bueno, tengo que marcharme. Le digo al contratista que venga por la entrada principal, ¿no?

—Por la que le venga bien. —Se puso de pie y me acompañó los últimos pasos hasta el pequeño portón de hierro negro. Tamborileé con los dedos sobre él, preguntándome si pedirle el número de teléfono, pero entonces Chloe Chetwynd dijo lo siguiente—: La señora Edmonds fue sabia al escoger marido, inspector.

¿Hola?

—Esa área de mi vida es un completo desastre, señora Chetwynd. Me han dejado tirado y llevo cardenales que lo atestiguan.

—En la tele, los mejores inspectores siempre tienen unas vidas domésticas complejas. Y, por favor, llámame Chloe, si se puede.

—Fuera de servicio, se puede. Fuera de servicio, soy Gordon.

Chloe jugueteó con un botón de la manga de su camisa de abuelo.

—Pues arreglado, Gordon. *Au revoir.*

Me incliné y me medio embutí por aquel umbral de tamaño ridículo para volver a Slade Alley. Me pareció distinguir movimientos por encima del hombro de Chloe y un resplandor proveniente de una ventana de Slade House, pero seguramente me lo imaginé. Pensé en mi piso, en los platos sin fregar, en el radiador que goteaba, en el ejemplar de *Playboy* metido tras la escobilla del váter, y deseé estar dentro de Slade House, mirando cómo el sol se ponía en el jardín, sabiendo que Chloe volvería pronto con su piel cremosa bajo la ropa.

—Cómprate un gato —me oí decir.

Ella sonrió y frunció el ceño al mismo tiempo.

—¿Un gato?

Al volver a Westwood Road, los coches llevaban los faros y los limpiaparabrisas encendidos, y unas gotas de lluvia me salpicaron el cuello y el punto no-del-todo-calvo. Mi visita a Chloe Chetwynd no había seguido exactamente el protocolo policial, tenía que admitirlo. Había bajado la guardia, casi habíamos tonteado al final, y Trevor Doolan no habría dado saltos de alegría precisamente si me hubiese oído hablar de Fred Pink tal y como lo había hecho; pero de vez en cuando se conoce a una mujer que te hace comportarte así. Y además, Chloe sabe guardar un secreto, se le nota. Julie era una bocazas: desenvuelta por fuera y gelatina emocional por dentro, pero a Chloe le pasa al revés. Chloe tiene la capa exterior descascarillada, pero un núcleo indestructible. Y al final, cuando sonrió, o medio sonrió… Como cuando vuelve la luz después de un apagón y piensas: «¡Aleluya!». Y cómo nos sentamos a fumar, como si fuese lo más natural del mundo. A ver, está claro que Chloe Chetwynd está forrada y que su casa vale una fortuna, mientras que yo no tengo donde caerme muerto, pero lo único que le queda en este mundo son arañas, ratones y recuerdos de un marido enfermo. Yo en algunas cosas seré un idiota, pero en lo que respecta a las mujeres tengo más experiencia que muchos tíos. Me he acostado con veintidós mujeres, desde Angie Pike, la Bici de Sheerness (la llaman así porque la ha montado todo Sheerness), hasta la aburrida mujer del corredor de seguros del mes pasado en Surrey, a la que le iban las esposas, y he visto que Chloe Chetwynd estaba pensando en mí como yo estaba pensando en ella. Mientras volvía caminando al coche, me sentí en forma, delgado, fuerte, bien y seguro de mí mismo y con la sensación de que algo acababa de empezar.

«Buenas noches, aquí están los titulares del boletín de las seis del sábado 29 de octubre. Hace unas horas el secretario de Estado de Estados Unidos, George Schultz, ha anunciado en una rueda de prensa celebrada en la Casa Blanca que la embajada estadounidense de Moscú será completamente reconstruida, tras descubrir micrófonos en las paredes del edificio. El presidente Reagan ha expresado su…» ¿A quién le importa un carajo, de verdad? Apago la radio, salgo y cierro el coche. El mismo aparcamiento de hace siete días, justo a la salida de The Fox and Hounds. Qué día tan asqueroso. Esta mañana, un drogata puesto de speed atacó al oficial de guardia justo cuando yo pasaba por allí y necesitamos cuatro agentes para arrastrarlo a la celda… donde el muy gilipollas se murió una hora más tarde. El informe de toxicología disipará las sospechas, en algún momento, pero ya estamos bajo el «foco de la vergüenza», por cortesía del caso Malik (cuyas conclusiones iniciales, según supimos a mediodía, se han filtrado al puto *Guardian*). Se avecina una puta tormenta de mierda de fuerza diez. Doolan dijo que haría «lo posible» para protegerme del puteo. ¿«Lo posible»? ¿A que suena patético? Para ponerle más gravilla a la vaselina, antes de irme al trabajo ha llegado un aviso final de pago del asilo de mi padre, junto con un aviso final finalísimo de la empresa de la tarjeta de crédito. Tendré que extender el descubierto el lunes. O intentarlo. El único rayo de luz que ha iluminado un poco esta pesadilla de día ha sido la llamada de Chloe Chetwynd esta tarde. Al principio parecía nerviosa, pero le dije que llevaba pensando en ella desde el sábado pasado. Ella contestó que también había pensado en mí, y al menos dos de mis órganos exclamaron «¡Sí!». Así que al salir de la oficina me agencié un corte de pelo de veinte libras en una peluquería de mariposones y vine aquí pasando por Texaco, donde venden condones y claveles. Por aquello de estar preparado y eso. Así que voy a toda mecha por la acera, silbando «When you wish upon a star», apartándome para evitar primero a un tío haciendo footing con ropa de deporte negra y naranja fosforito, y luego a un tío de mi edad que va empujando un carrito de bebé. El mocoso va chillando a voz en grito y la cara del tío es un poema: «¿Por qué, pero por qué metí mi esperma en una hembra ovulante?». Demasiado tarde, colega.

Ni rastro del guardia de tráfico en la boca de Slade Alley esta noche. Allá voy, al gélido callejón, hasta la esquina, luego a la izquierda, unos veinte pasos más adelante, y aquí estamos: un pequeño portón de hierro negro. Le doy un buen empujón pero esta noche no se abre. Ni cruje, ni cede, ni nada. Han puesto un quicio nuevo, unido con hormigón, y un enladrillado fresco por la parte de atrás. Buen trabajo. No se puede ni meter una palanca. Me pongo en marcha hacia el extremo final del callejón que da con Cranbury Avenue, a ver si encuentro la entrada principal de Slade House, pero me detiene un clic y un golpe sordo que vienen de la puerta que he dejado atrás. Ahí está, cruzando el umbral tamaño infantil.

—Buenas noches, inspector.

Lleva una cosa tipo poncho azteca por encima de unos vaqueros negros que le marcan los muslos, y tiene algo apretado contra el pecho. Vuelvo, miro más de cerca y veo un gatito color canela.

—Vaya, vaya, vaya —le digo—. Pero ¿qué es esto?

—Gordon, Bergerac. Bergerac, Gordon.

—¿«Bergerac»? ¿Como Jim Bergerac, el detective de la tele?

—No lo digas con tanto escepticismo. Lo del gato fue idea tuya, así que me pareció apropiado. Es muy mono para ser Colombo, tiene mucho pelo para Kojac y como es macho no puede ser ni Cagney ni Lacey, así que me decidí por Bergerac. ¿A que es adorable?

Miro el bultito peludo. Miro los ojos de Chloe.

—Desde luego.

—¿Y qué tal mi puerta nueva, Gordon? ¿Crees que disuadirá a los visitantes indeseables?

—Pues a no ser que vayan hasta los dientes de misiles antitanque, sí. A partir de ahora puedes dormir tranquila.

Una pequeña concha de plata se balancea en un cordón negro alrededor del cuello de Chloe Chetwynd.

—Oye, es muy amable por tu parte haberte pasado. Después de colgar me puse un poco nerviosa, no quiero desperdiciar el tiempo de la policía.

—Esto no es tiempo de la policía. Es mi tiempo. Lo malgasto como quiera.

Chloe Chetwynd aprieta a Bergerac contra su tierna garganta. Me llega un olor a lavanda y a humo y experimento esa sensación todoterreno que tiene uno cuando todo es posible. Ella también ha ido a la peluquería.

—En ese caso, Gordon, si no es abusar, ¿te importaría mirar también la puerta por el lado del jardín? Solo para asegurarnos de que los tres bulones de la cerradura de vanguardia se ajustan a los requisitos de la industria…

Chloe pone el chisporroteante costillar de ternera sobre la mesa de la cocina. Aspiro el olor, me lleno la cabeza del maravilloso aroma, salado y grasiento, de la vaca muerta. La mesa es antigua y maciza, como la cocina. Julie normalmente babeaba sobre fotos de cocinas así en la revista esa que se compraba, *Country Living*. Vigas de roble, azulejos de terracota, focos empotrados, vistas al jardín en cuesta, estores elegantes, una alacena con una colección de teteras, un fogón en el que podría asarse a un niño pequeño, un frigorífico combi sueco de acero inoxidable tan grande como los de las películas americanas y un lavaplatos empotrado. Hay una chimenea con una gran campana de cobre encima.

—Trincha la carne —dice Chloe—. Eso es tarea de hombres.

Me pongo manos a la obra con el cuchillo.

—Esta ternera huele que alimenta.

Trae las verduras asadas.

—Es una receta de mi madre: vino tinto, romero, menta, nuez moscada, canela, soja y unos cuantos ingredientes secretos más que no puedo revelar porque si no tendría que matarte. —Chloe retira la tapa: chirivías, patatas, zanahorias, cubos de calabaza—. La ternera con especias necesita un vino con fuerza. ¿Qué tal un rioja fuerte y seco?

Pongo la cara de «Por mí está bien si por ti está bien».

—Pues entonces rioja. Estoy segurísima de que aún me queda un tempranillo del 81.

Cuando Julie hablaba de vino parecía una esteticista sin bachillerato dándoselas de aficionada al vino, que es lo que era. Chloe parece estar enumerando hechos. Vuelve y me pasa la botella y un sacacorchos. ¿Con un destello en la mirada? Introduzco la punta curvada en el corcho y me asaltan pensamientos carnales hasta que el corcho hace pop.

—Me encanta ese sonido —dice Chloe—. ¿A ti no? Los nazis del vino dicen que hay que dejar que los tintos fuertes respiren un cuarto de hora, pero yo creo que la vida es demasiado corta. Toma, usa estas copas. —Las bases de cristal se deslizan por la madera—. Sirve, Ambrosio.

Obedezco. El vino hace glup, glup, glupglupglupglupglup.

El tiramisú es una maravilla, y lo digo. Chloe se limpia una pizca del labio con la servilleta.

—¿Ni muy empalagoso ni muy dulce?

—Como todo lo demás, perfecto. ¿Cuándo has encontrado tiempo para formarte como chef?

Aparentemente complacida, sorbe el vino y se enjuga la mancha roja con la servilleta.

—Halagador.

—¿Halagador? ¿Qué móvil podría tener yo para halagarte? Ninguno. Pues ya está. Caso cerrado.

Chloe sirve café de una cafetera en forma de dragón.

—La próxima vez (bueno, si alguna vez quieres volver a ayudarme con la sobrealimentación, digo) te haré el sorbete de vodka. Esta noche no quería…

Y justo entonces, justo a nuestro lado, una niña grita:

—¡Jonah!

Claro y transparente. Pero no hay ninguna niña. Pero…

… la he oído. Justo aquí. Una niña. Ha dicho: «¡Jonah!».

De la puerta llega un estruendo…

Doy un brinco, mi silla chirría sobre el suelo, se tambalea y cae.

La puerta gatera se balancea. Cruje. Queda en silencio.

Y luego vuelvo a oír a la niña.

—¿Jonah?

Eso no me lo he imaginado yo.

Y otra vez.

—¡Jooonaaaaahhh!

Estoy en posición de alerta, pero Chloe no parece sorprendida, ni tampoco me mira como si estuviera loco. Me observa con calma y serenidad. A mí me tiemblan las piernas.

—¿Lo has oído? —le pregunto. Mi voz suena un poco frenética.

—Sí. —Más que nada, parece aliviada—. Sí, lo he oído.

—Una niña —le digo—. Aquí, en la cocina.

Chloe cierra los ojos y asiente lentamente.

—Pero… si dijiste que no tenías niños.

Chloe inspira hondo y suelta el aire.

—No son míos.

¿Qué quiere decir? ¿Que son adoptados? ¿O qué, invisibles?

—¿Quiénes son?

—Ella se llama Norah. Es la hermana de Jonah. Viven aquí.

Tengo erizado el vello de los brazos.

—Yo… Tú… ¿Que qué?

Chloe me coge un cigarrillo.

—Oyes una voz; no hay nadie; es una casa muy vieja. ¿Alguna idea, inspector?

No puedo pronunciar la palabra «fantasma», pero acabo de oír lo que acabo de oír: una niña chillando «Jonah», pero sin niña.

—Los pasos que oíste el sábado pasado —continúa Chloe— alrededor de la casa. Pensaste que eran los niños de la casa de al lado. ¿Te acuerdas?

Tengo frío. Asiento.

—No hay niños en la casa de al lado, Gordon. Eran Norah y Jonah. Creo que son gemelos. Toma. Fuma. Siéntate.

Hago lo que me dice, pero la cabeza me da vueltas y al encenderme el cigarrillo noto los dedos entumecidos.

–Los sentí por primera vez en enero de este año. En el jardín, al principio, como tú; y como tú, supuse que serían los vecinos. Luego, una tarde, con Stuart hecho polvo y dormido después de la quimio (el día de San Valentín, además), estaba yo en las escaleras cuando oí a una niña tarareando en el rellano, junto al reloj de pie. Pero no había nadie. Después una voz de niño gritó desde el umbral «¡Norah, tu huevo duro está listo!», y la niña contestó «¡Bajo en cuanto le dé cuerda al reloj!». Pensé que serían niños que habían entrado de algún modo, para hacer el gamberro, o por una apuesta, no sé, o quizá eso esperaba, pero... Es que yo estaba allí, en las escaleras, por Dios. Junto al reloj.

No se me ha escapado el detalle de que Norah, la niña invisible, tiene el mismo nombre que lady Grayer, pero ¿qué puede significar eso? O a lo mejor es una coincidencia insignificante, ¿quién sabe?

–¿Los oía tu marido?

Chloe sacude la cabeza.

–Nunca. Más o menos alrededor de Pascua, Jonah y Norah, los «fantasmas», cruzaron la cocina charlando sobre un poni llamado Blackjack, y Stuart estaba sentado donde estás tú ahora. Ni siquiera levantó la vista del crucigrama. Le pregunté «¿Has oído eso?», y me contestó «¿Qué?». «Las voces», le dije. Stuart me echó una mirada rara y preocupada, así que fingí que me había dejado la radio puesta en la planta de arriba. –Chloe se enciende el cigarrillo y contempla la brasa–. Stuart era bioquímico y ateo, y desde luego lo de los fantasmas no iba con él. Unas semanas más tarde organizamos aquí una cena, y mientras servía los entremeses oí que pasaban Jonah y Norah cantando una variación jocosa de la marcha nupcial y riéndose como locos. Haciendo ruido como si fueran niños de verdad. Teníamos a ocho invitados sentados a la mesa y ninguno los oyó.

Las llamas crepitan en la chimenea. Mi cerebro de policía de investigación criminal me envía un télex: «Esquizofrenia». Pero yo también he oído las voces, nunca he oído hablar de esquizofrenia compartida.

Chloe vacía la botella en las copas.

—Me daba pánico estar volviéndome majareta, así que, sin decirle nada a Stuart, visité a tres médicos diferentes, me hice un escáner cerebral, todo el lote. No salía nada raro. Tenía que cuidar a Stuart veinticuatro horas al día, y él iba de mal en peor, así que dos de los tres médicos lo atribuyeron todo al estrés. Uno me dijo que las voces venían del deseo insatisfecho de tener hijos. No volví a la consulta.

Me bebo el vino. Le doy una calada al cigarrillo.

—Así que aparte de mí, ¿no los ha oído nadie?

—Así es. No… No te puedes imaginar el alivio que supuso para mí ver que tú también los habías oído el sábado pasado. Lo acompañada que me sentí. Madre mía, simplemente poder hablar de ellos así, sin tener miedo de que creas que estoy como una cabra… No te lo imaginas, Gordon.

Ojos azules. Ojos grises.

—¿De ahí la invitación?

Una sonrisita tímida.

—No es la única razón. No te sientas explotado.

—No, no me siento explotado. Oye, Bergerac también los ha sentido. Se ha ido corriendo. —Me sirvo café de la cafetera—. ¿Por qué te quedas aquí, Chloe? ¿Por qué no vendes la casa y te mudas a un sitio menos… encantado?

Chloe hace una mueca que ya he advertido cuando le plantean una pregunta espinosa.

—Slade House es mi casa. Me siento segura aquí, y… tampoco es que Norah y Jonah se dediquen a hacer «¡Uuuuuh!», o a gotear ectoplasma, o a escribir mensajes terroríficos en los espejos. Yo… Ni siquiera estoy segura de que sepan que estoy aquí. Vale, los oigo, una o dos veces, cada día o cada dos días, pero van a su rollo. —Chloe coloca una cuchara sobre un plato–. Hay otra voz a la que llamo Ígor, como el burrito pesimista de Winnie the Pooh, porque es siempre muy negativo, pero solo lo he oído unas cuantas veces. Murmura cosas como «Son unos mentirosos» o «Márchate» o cosas que no tienen ni pies ni cabeza, y supongo que él sí es un poco desconcertante, pero no sirve ni para poltergeist. No me voy a marchar de Slade House solo por su culpa.

Bergerac frota la espalda contra mis espinillas. No me había dado cuenta de que había vuelto.

–Sigo pensando que eres más dura de pelar que la mayoría de la gente, Chloe. Bueno, quiero decir… Joder, fantasmas.

Chloe suspira.

–Hay gente que como mascota tiene boas constrictor o tarántulas; seguro que eso es más raro, da más miedo y es más peligroso que mis inocuos inquilinos, ¿no? Ni siquiera estoy convencida de que sean «fantasmas» de verdad.

–«Inocuos» significa «inofensivos», si no me equivoco. Si no son fantasmas, ¿qué son entonces?

–Mi teoría es que son niños normales que viven en su propio tiempo y van a su rollo, y yo simplemente los oigo. Como si hubiera interferencias entre las líneas de nuestros tiempos. El muro entre nuestro «ahora» y su «ahora» es delgado. Y ya está.

El gran ventanal muestra el reflejo de una cocina con una Chloe y un yo fantasmales, sobrepuestos a un jardín oscuro.

–Si no los hubiese oído yo mismo –le digo–, pensaría que has visto demasiados capítulos de *Alfred Hitchcock presenta*, o algo. Pero… los he oído. ¿Has pensado en averiguar quién vivía en Slade House? A lo mejor encuentras a unos gemelos que se llamen Jonah y Norah.

Hace una bola con la servilleta.

–Sí que lo he pensado, pero desde que Stuart murió me ha faltado ánimo.

Chloe pone cara de disculpa. Me doy cuenta de que quiero besarla.

Bergerac se hace una bola en mi entrepierna. Esperemos que mantenga las uñas bien guardadas.

—El registro de la propiedad de los archivos municipales se remonta hasta 1860 —le digo a Chloe—. Nosotros, bueno, el Departamento de Investigación Criminal, quiero decir, lo consultamos de vez en cuando. Hay un archivero que se llama Leon y es un lince, y me mira algunas cosas sin hacerme demasiadas preguntas. Un caserón como este siempre deja huellas en la historia local. ¿Hago una llamada discreta?

—Primero un contratista de puertas, ahora un archivero. —Chloe parece impresionada—. Eres unas páginas amarillas con piernas. Sí, por favor. Te estaría muy agradecida.

—Yo me encargo.

Acaricio a Bergerac. Ronronea.

Mi anfitriona vuelve a recogerse el pelo.

—De verdad, Gordon. La gran mayoría de los hombres habrían salido pitando.

Suelto una nube de humo.

—No soy la gran mayoría.

Chloe y yo nos echamos una mirada más larga de lo que normalmente se permite. Se acerca y coloca mi plato de postre encima del suyo.

—Ya sabía yo que llamarte era una jugada inteligente.

—¿Más café?

Ojalá tuviese una réplica más ingeniosa.

—No, por favor. No voy a poder dormir durante horas.

«Justamente», pienso.

—Bueno, pues déjame fregar los platos.

—Para eso inventó Dios los lavavajillas, amigo.

Me fijo en que se ha quitado la alianza.

—Pues entonces me quedo sin hacer nada.

Ojos azules. Ojos grises.

—No necesariamente.

Bramante y jadeante, empapado, salado y pegajoso, me desplomo sobre su almohada. Estoy saciado, saciado, saciado, y el mejor papel dentro de la gloriosa creación divina es el de un macho saciado tirando a joven. Nos quedamos allí un rato hasta que se nos calman un poco la respiración y los latidos.

–Si me das un segundo turno, me las apañaré un poco mejor –le digo.

–Pide una cita, veré a ver si puedo colarte –me responde Chloe, y me da tanta risa que se me sale la porra, ya desinflada.

Me da un puñado de pañuelos y se pone de costado para limpiarse la parte baja de la espalda y envolverse en las sábanas pegajosas. No me ha pedido que use condón, así que no lo he usado: un poco de riesgo, pero es ella quien lo corre, no yo, y cualquier hombre de negocios de éxito te dirá que la transferencia de riesgos es el núcleo mismo del juego. La cama de dosel tiene cortinas granate, así que todo es cálido, oscuro, acolchado.

–Bueno. Tu cerradura de tres bulones definitivamente sí que se ajusta a los requisitos de la industria…

Me da un golpecito con el reverso de la mano.

–¿Agresión a un policía? Es un delito serio.

–Vaya. ¿Vas a sacar las esposas?

–Solo en mis sueños más obscenos.

Chloe me besa el pezón.

–Entonces duérmete.

–Sí, seguro, aquí tumbado junto a una diosa desnuda.

Me besa los párpados.

–Dulces sueños, inspector.

Bostezo enormemente.

–De verdad, si no tengo sueño…

Cuando me despierto ya no está. Tengo la salchicha y los tomates hirviendo a fuego lento. En las paredes rezongan las cañerías antiguas, y el agua salpica el suelo de una ducha cercana. Encuentro el reloj debajo de una almohada. La 1.30 de la madrugada. No hay problema, es domingo. No tengo que estar en la oficina hasta el martes. Que le den al martes. Que le den al curro. Que le den al caso Malik. Que le den a Trevor Doolan. Que le den al Gran Público Británico. Chloe y yo tendríamos que quedarnos aquí haciéndolo todo el domingo, toda la semana, todo el mes… Solo que algo me preocupa. ¿Qué? Un pensamiento. Este: ¿por qué esta mujer elegante, inteligente y de lo más sexy se mete en la cama con un tío que apenas conoce? Esas cosas pasan en Pornolandia, o en las tonterías de los tíos, pero en el mundo real, las mujeres como Chloe simplemente no se follan a un tío la segunda vez que lo ven. ¿O sí?

Espera un momento, Gordon Edmonds, espera. ¿«La segunda vez que lo ven»? Perdona, pero esta es la quinta vez que visitas Slade House, capullo. Cuenta las comidas: el primer sábado, Chloe preparó chuletas; el segundo, bacalao con patatas paja; pastel de venado y Guinness el tercero; la semana pasada fue el faisán, y esta noche, ternera asada. ¿Lo ves? Cinco cenas, cinco sábados, cinco botellas de vino y cinco largas charlas durante horas sobre cosas importantes, cosas no importantes y cosas en medio: niñeces, posturas políticas; su marido fallecido y mi exmujer; John Ruskin, la escuela de arte victoriana. Os llamáis todas las noches para desearos dulces sueños y deciros «Qué ganas de que llegue el sábado». No ha sido un cortejo largo, de acuerdo, pero ha sido intenso, sincero y ni remotamente obsceno o lascivo. Eres un policía apuesto y es evidente que eres fantástico en la cama. ¿Dónde está el problema? Chloe Albertina Chetwynd está enamorada de ti.

Yo no estoy enamorado, todavía no, pero el amor crece a partir del sexo, según mi experiencia. Cuanto más entras dentro de una mujer, más te entra a ti el rollo. ¿Quién sabe? Podríamos terminar casados. Imagínate ser el propietario de Slade House, o medio propietario. ¿A quién le importan los tres monstruitos? El hecho de oírlos me hace especial a los ojos de Chloe. Slade House es muchísimo más grande que la casa de ejecutivo de Trevor Doolan allí en la colina, con sus vecinos ricos del club conservador. Si el caso Malik me arroja a los leones, Slade House sería mi salvavidas, el dinero para largarme. ¿Cuánto vale? ¿Cien mil libras? ¿Ciento veinte mil? Las fortunas cambian de manos todos los días, todo el rato, por negocios, por apuestas de fútbol, por delitos o, también, por matrimonio. Yo le daré a Chloe la seguridad y llenaré el vacío en forma de hombre que hay en su vida; ella me ofrecerá seguridad financiera.

Tiene pinta de ser un trato justo.

—¡Gooorrrdooonn! —Su voz me llega desde la habitación contigua—. ¿Estás despierto?

—Ahora sí —le contesto a gritos—. ¿Dónde estás?

—*Dans la douche*, y el champú tiene… ejem… un «casquete»…

Ay, gatita descarada.

—¿De verdad?

—Soy una damisela en apuros, Gordon. Sube las escaleras.

Hay una bata marrón de hombre sobre la cama. Seguramente sea de Stuart, pero bueno, ahora que me he quedado con su viuda, ¿por qué le iba a importar que me quedase con la bata? Me la pongo, me deslizo por las densas sábanas rojas y salgo de la cama para cruzar la extraña habitación redonda y encontrarme en un rellano cuadrado. A mi izquierda hay un reloj de pie; a mi derecha, unas escaleras que llevan al vestíbulo de abajo y otras que suben, junto a unos retratos, hasta una puerta blancuzca que hay en la parte superior de la casa, donde una Chloe Chetwynd llena de jabón espera a su Caballero Andante.

—¿Vienes, Gordon?

Ah, claro, claro. Allá voy, subiendo escalones de dos en dos, dejando atrás el retrato de un adolescente con una chaqueta de cuero curtido, oscuro pelo grasiento y ojos rasgados como si fuese medio chino. El siguiente es un retrato de una mujer de punta en blanco, con un pelo color miel peinado como las coristas de los grupos femeninos de los sesenta. Tiene una sonrisa soñadora que me recuerda a la de Julie cuando no era una zorra neurótica, así que me paro y le rozo los labios con los míos, solo porque puedo hacerlo. El tercer retrato contando desde el rellano es el de un chaval como de unos trece años. Pelo rubio, nariz grande, malhumorado, nada feliz de ser él mismo ni de llevar la chaqueta de tweed y la pajarita que uno sospecha que una madre mandona...

Es Nathan Bishop. No puede ser. Pues lo es. Me va el corazón a cien por hora, y me siento mal, ingrávido. Nathan Bishop tal como lo vio Fred Pink en Slade Alley en 1979. Nathan Bishop, cuya foto recortó Fred Pink del periódico. Trevor Doolan hizo que Debs la fotocopiase y la colgase sobre nuestros escritorios para que el famoso Fred Pink se diese cuenta de lo en serio que se estaba tomando su pista el cuerpo del valle del Támesis. *Es una mentirosa*, dice una voz malhumorada en mi canal auditivo, clara como el agua. Doy un brinco; casi me caigo; me agacho; miro a mi alrededor. Nadie. *Te quitará la vida y mucho más...*

Escaleras que suben; escaleras que bajan; no hay nadie.

Intento «destensarme». Me lo he imaginado. Y ya está.

A lo mejor encuentras un arma en las rendijas, dice la voz.

Este no se parece a Jonah ni a Norah en la cocina. Esta voz se dirige a mí. No sé cómo lo sé, pero lo sé.

Las rendijas por las que tiran las migajas, dice el niño.

¿Rendijas? ¿Migajas? ¿Arma?

—¿Quién eres? —consigo decir, pero como se lo estoy diciendo al retrato de Nathan Bishop, mi parte inteligente cree saberlo.

No queda mucho de mí, dice el niño. *Soy mis propios restos.*

—¿Para qué...? —Pero ¿qué estoy haciendo? ¿Hablando con el retrato de un niño desaparecido?—. ¿Para qué voy a querer yo un arma?

El reloj de pie suena mucho más abajo.

Todo está en mi mente. No. Cada palabra es un latido doloroso.

Es demasiado tarde para ti, dice el niño. *Pero que corra la voz.*

—¿Que corra la voz a quién? —le pregunto a esa voz que a lo mejor es real y a lo mejor no.

Al siguiente huésped... Yo estoy acabado... Todo consumido...

—¿Hola? —digo, pero el niño se ha ido.

Me arrastro de espaldas escaleras arriba, alejándome del retrato de Nathan Bishop, hasta que mis ojos se quedan clavados en el siguiente, al que también reconozco de inmediato porque soy yo, Gordon Edmonds. Esto debería haberme dejado completamente helado, pero llevo tantos sustos en el cuerpo que se me han quemado los circuitos o algo, no sé. Así que me quedo mirando, como un retrasado. Me quedo mirando el retrato vívido de un Gordon Edmonds que se ha quedado mirando, con una bata color marrón, mi pelo rapado, mi frente cada vez más ancha, mi cara como de Phil Collins pero en-más-guapo-y-más-delgado, con unos putos huecos asquerosos color piel donde deberían estar mis ojos. Lo miro hasta pensar: «Tienes que largarte de esta casa. No sabes en qué te estás metiendo». Pero eso es una imbecilidad además de una gallinada. Huye, porque Chloe ha pintado tu retrato. Intento pensar, pero no es fácil. Tengo el cerebro como adormecido. Si ha sido Chloe quien ha pintado mi retrato, también ha pintado los demás. Si Chloe ha pintado los demás, ha pintado a Nathan Bishop. Lo cual quiere decir que mintió al decir que no conocía su nombre. Lo cual...

¿Chloe es una asesina? Tranquilo, tómatelo con calma. He entrevistado a tres o cuatro asesinos en serie, y Chloe no se parece en nada a esos putos comemierdas. Mira otra vez. Sí, Chloe me ha pintado para darme una sorpresa, pero eso no significa que pintase los otros retratos. Los demás retratos dan la impresión de llevar ahí colgados mucho tiempo. Ya debían de estar ahí cuando Chloe y Stuart les compraron la casa a los

Pitt. Eso lo explica todo. O casi. No tienen ni títulos ni firma, así que Chloe no podía saber que ha estado pasando junto a Nathan Bishop cada vez que usa las escaleras. Y yo no le enseñé la foto del niño la semana pasada en el jardín; solo le dije su nombre.

¿Y la voz que acabo de oír avisándome de que salga de aquí?

¿Qué pasa? Solo porque uno ha oído una voz fantasmal no significa que tenga que tomarse lo que ha dicho como si fuese el Evangelio. A lo mejor la voz que acabo de oír no era de Nathan Bishop, sino la que Chloe había llamado Ígor. Y, en fin, ¿cómo sé que la he oído de verdad? ¿Y si me lo he imaginado?

Esto es lo que vas a hacer: saca a Chloe de la ducha, dile que posee un retrato de Nathan Bishop, asegúrale que no es sospechosa, y mañana a primera hora llama al jefe Doolan a casa. Al principio no le hará gracia, y me va a dar un poco de vergüenza cuando la gente de la comisaría se entere de que me he estado beneficiando a Chloe, pero en cuanto Doolan se entere de que la pista de Fred Pink a lo mejor no es tan falsa como parecía, ya verás qué pronto cambia de rollo

Solucionado, pues. Allá vamos.

Pero al otro lado de la puerta blancuzca no me encuentro un baño con Chloe en la ducha, sino una buhardilla larga y oscura. Una buhardilla larga y oscura que es una especie de… ¿calabozo? Está claro que eso es lo que parece. Tiene las tres cuartas partes rodeadas de unos barrotes gruesos y sólidos de unos dos centímetro y medio de grosor y otros dos centímetros y medio de separación. Está tan oscuro que no veo hasta dónde se extiende la buhardilla. Un débil rayo de luz llega de dos tragaluces, del lado libre de barrotes, por encima de donde estoy yo, pero eso es todo. La buhardilla huele a mal aliento y a desinfectante de pino, un olor bastante parecido al de las celdas que hay en la comisaría. Mi pulgar encuentra un interruptor que pulsar, y de detrás de los barrotes surge una luz. Es una bombilla débil, arriba. Distingo una cama, un lavabo, un sofá, una mesa, una silla, un cubículo para el váter con la puerta entreabierta, una bici estática y alguien que se mueve en la cama, medio escondido entre mantas y sombras. La buhardilla solo mide cinco metros de ancho, pero tiene mucha longitud, a lo mejor toda la de Slade House. Aprieto la cara contra los barrotes para mirar lo mejor que puedo y digo:

—¿Hola?

Él o ella (no veo) no responde. ¿Un pariente loco? Pero ¿esto es legal? Voy a tener que dar parte mañana.

Lo intento de nuevo.

—¿Hola? ¿Qué está haciendo aquí?

La oigo respirar, y el camastro cruje.

—¿Habla inglés? ¿Necesita ayuda? ¿Es…?

Una voz de mujer me interrumpe.

—¿Es usted real?

Qué voz tan quebradiza.

No es la pregunta de apertura más cuerda del mundo. La cama está en el centro de la buhardilla, así que no veo demasiado: un pómulo, una mano, un mechón de pelo gris.

—Me llamo Gordon Edmonds, y sí, soy real.

Se incorpora en la cama y se abraza las rodillas.

—La gente de los sueños siempre dice que es real, así que discúlpeme por no creerle. —La mujer aparenta fragilidad y tristeza, pero qué bien habla—. Una vez soñé que Charlie Chaplin venía a rescatarme con una podadora gigante.

Mira hacia mí con los ojos entornados y una cara que lleva años sin sonreír.

—Una vez, Vyvyan Ayrs hizo un agujero en el techo. Salí por él y me ató a su ala delta; cruzamos el canal de la Mancha volando, hasta Zedelghem. Al despertar me puse a gritar. —Un radiador refunfuña—. Gordon Edmonds. Eres nuevo.

—Pues sí. —Habla como si fuese una enferma mental—. Así que… ¿es usted una paciente?

Frunce el ceño.

—Si es usted real, sabrá quién soy.

—Pues me temo que no. Soy real, y no la conozco.

La voz de la mujer se vuelve áspera:

—La Bestia quiere que piense que me van a rescatar, ¿verdad? Es un jueguecito. Pues dígale que yo no juego.

—¿Quién quiere que piense que la van a rescatar?

—La Bestia es la Bestia. No pronuncio su nombre.

¿La Bestia? Un horrible pensamiento se abre paso: Chloe; pero tiene que haber una explicación lógica.

—Señora, soy poli. Inspector Gordon Edmonds, del valle del Támesis, Departamento de Investigación Criminal. ¿Puede contarme qué hace aquí? O, al menos, ¿por qué cree que está aquí?

—Un inspector en bata. De incógnito, ¿no?

—Da igual lo que lleve puesto, soy un poli.

Sale de la cama y se desliza hasta los barrotes en camisón.

—Mentiroso.

Doy un paso hacia atrás, no vaya a ser que tenga un cuchillo.

—Señora, por favor. Yo… solo quiero que me cuente la historia. Dígame su nombre al menos.

Un ojo loco aparece entre los dos centímetros y medio que separan los barrotess.

—Rita.

La frase sale sola, como si un mago me sacase un pañuelo de la boca:

—Maldita sea, no me diga que es usted Rita Bishop…

La mujer parpadea.

—Sí. Como ya sabe usted perfectamente.

Miro más de cerca, y rememoro la otra fotocopia de foto que Debs nos había colgado sobre los escritorios. Ay, Dios mío. Rita Bishop ha envejecido, mucho, pero es ella.

—Después de tantos años —dice, y su aliento es avinagrado—, ¿a la Bestia todavía le hacen gracia estas pantomimas?

Me siento como si hubiese perdido la mitad de la sangre.

—¿Lleva…? —Me da miedo la respuesta—. ¿Lleva en esta buhardilla desde 1979?

—No —dijo burlona—. Primero me escondieron en el palacio de Buckingham, luego en la cabina de un vidente en el muelle de Brighton, luego en la fábrica de Willy Wonka…

—¡Vale, vale! —Estoy temblando—. ¿Dónde está Nathan, su hijo?

Rita Bishop cierra los ojos y se obliga a pronunciar:

—¡Pregúntale a ella! Pregúntale a Norah Grayer, o como se llame esta semana. Ella fue quien nos trajo a Slade House, quien nos drogó, quien nos encerró, quien se llevó a Nathan, ¡quien ni siquiera me dice si mi hijo está vivo o no!

Se dobla en dos y se calla, hecha un bulto sollozante.

Mi cabeza retumba y se tambalea: ¿Chloe Chetwynd? ¿Norah Grayer? ¿La misma mujer? ¿Cómo? ¿Cómo? ¿Los retratos? ¿Por qué? ¿Por qué llevarse a la cama a un agente del Departamento de Investigación Criminal? ¿Por qué hacer que suba estas escaleras y vea los retratos? No tiene sentido. Lo que sí sé es que Slade House no es una comisaría, ni una cárcel ni una institución psiquiátrica, y parece que estamos ante un caso de detención ilegal. Normalmente (ja, «normalmente») regresaría al coche, pediría refuerzos y órdenes por radio, y volvería en un par de horas, pero con este puto panorama, en el que a lo mejor (a lo mejor, insisto) me acabo de tirar a una asesina-barra-secuestradora-barra-lo-que-coño-sea, lo mejor será poner a salvo a Rita Bishop primero y luego reclamar un código 10 para Slade House. Si me equivoco y Trevor Doolan me capa, pues que así sea.

—Señora Bishop. ¿Sabe dónde está la llave?

Sigue siendo un bulto sollozante en el suelo.

Me doy cuenta de que el sonido de la ducha ha cesado.

—Señora Bishop, ayúdeme a ayudarla, por favor.

La mujer levanta la cabeza y me lanza unos rayos de odio.

—Como si fuese usted a abrir la puerta después de nueve años. Así de fácil.

Por todos los santos.

—Si soy quien digo ser, habrá salido usted de Slade House dentro de dos minutos, y le juro por lo más sagrado, señora Bishop, que habrá agentes armados aquí dentro de media hora y detendrán a «la Bestia»; por la mañana pondré al Departamento de Investigación Criminal y a Scotland Yard y al Departamento Forense a seguir el rastro de Nathan, así que, por favor, ¿me dice dónde está la llave? Porque ahora mismo soy la única oportunidad que tiene de volver a ver a su hijo.

Algo en mi voz convence a Rita Bishop para darme una oportunidad. Se incorpora.

—La llave está en el gancho. Justo detrás de usted. A la Bestia le hace gracia que yo pueda verla.

Me giro en redondo: una llave larga, delgada y brillante. La cojo y se me cae al suelo emitiendo una nota límpida. La recojo, encuentro la placa de acero en la puerta de la jaula y meto la llave en la cerradura. Está bien engrasada, la puerta se abre y Rita Bishop se tambalea hasta ponerse en pie y retrocede y se balancea hacia delante y mira como si no se lo pudiese creer.

—Vamos, señora Bishop —susurro—, salga. Nos vamos.

La prisionera avanza con pasos vacilantes hacia la puerta de la jaula, donde se agarra a mi mano y sale.

—Yo… yo…

Su respiración es rasposa.

—¿Ha visto qué fácil? —le digo—. Ya está. ¿Sabe usted si… si «ella», o «ellos», tienen armas?

Rita Bishop no es capaz de responder. Se aferra a mi bata, temblando.

—Prométame, prométame, por favor, que esto no es un sueño mío.

—Se lo prometo. Vámonos.

Me clava los dedos en la muñeca.

—Y que tampoco es un sueño suyo.

Mantengo la paciencia; si me hubiesen tenido encerrado nueve años, yo también estaría como una cabra.

—Se lo garantizo. Y ahora, salgamos de aquí.

Me suelta.

—Mire esto, inspector.

—Señora Bishop, hay que marcharse.

No me hace caso, y blande un mechero.

Mueve el pulgar y una fina llama...

... se alza larga, pálida e inmóvil como una imagen congelada. Ya no es un mechero, es una vela sobre una base de metal toda escrita, en árabe o hebreo o en algún idioma extranjero. El calabozo ha desaparecido. Los muebles han desaparecido. Rita Bishop ha desaparecido. La vela es el único foco de luz. En la buhardilla ahora reducida hay más oscuridad que dentro de un ataúd metido en una cueva cegada. Estoy de rodillas, estoy paralizado, y no sé lo que ocurre. Intento moverme, pero nada. Ni un dedo. Ni la lengua. Mi cuerpo es ahora la jaula, y yo soy el que está encerrado. Lo único que me funciona son los ojos y el cerebro. Adivina, adivinanza. ¿Gas nervioso? ¿Un infarto? ¿Me han dado hidrato de cloral? Vete tú a saber. ¿Alguna pista, inspector? Hay tres caras en la oscuridad. Justo delante, al otro lado de la vela, estoy yo con la bata de un hombre muerto. Un espejo, obviamente. A mi izquierda está Chloe, con una especie de túnica acolchada con capucha. A mi derecha hay... un Chloe hombre. El gemelo de Chloe, supongo: un tío rubio, vestido con una cosa como la de Chloe, en plan túnica, y guapo al estilo modelo gay de las Juventudes Hitlerianas. Ninguno de ellos se mueve. A unos centímetros de la llama de la vela hay una polilla marrón, congelada en el aire, congelada en el tiempo. No estoy soñando. De eso es lo único de lo que estoy seguro. Así que ¿esta es la historia de cómo Gordon Edmonds perdió la cabeza?

Pasa el tiempo. No sé cuánto. La vela sisea y su llama blanca se balancea de un lado a otro. La polilla revolotea entrando y saliendo de la oscuridad; a veces la veo y a veces no.

—Veo la sonrisita, Hermano —dice Chloe, si es que ese es su verdadero nombre.

La mujer tiene la misma cara que la que me servía el tiramisú, pero mientras que antes su voz era suave y esponjosa ahora parece una navaja oxidada.

—No sé de qué sonrisita hablas —objeta el hombre moviendo las piernas como si se le hubiesen quedado dormidas.

Intento moverme yo también. Sigo sin poder. Intento hablar. No puedo.

—Eres un maldito mentiroso, Jonah —dice Chloe.

Levanta las manos como si fuesen un par de guantes a los que su mente no acaba de acostumbrarse.

—A mí no me viste sonrisita cuando nos serviste a la peluquera esa hace dos ciclos. Y vosotros sí que intercambiasteis fluidos de verdad; yo a este perro en celo —dice dirigiéndome una mirada de reojo asqueada— solo le he echado un hueso imaginario.

—Si he sonreído —dice el hombre—, habrá sido una sonrisa de orgullo ante tu actuación en mi subplegaria. Has representado a la perfección a la viuda neurótica. La jaula de la buhardilla ha sido una de mis mejores *mises-en-scène*, creo que ambos estaremos de acuerdo, pero ni la misma Meryl Streep habría desempeñado el papel de la pobre señora Bishop con más aplomo. Yo, la verdad, apenas me fijé en aquella criatura irritable, hace tantos años. Su voz me hacía daño en los oídos. ¿Por qué esa cara tan larga, Hermanita? Si ha transcurrido como la seda otro Día de Visita, nuestro operandi ha demostrado ser sólido, tenemos al faisán desplumado y borracho, y no obstante estás toda… avinagrada.

—El operandi es un batiburrillo improvisado, que depende demasiado…

—Norah, te lo suplico, estamos a punto de cenar, ¿no podemos…?

… que depende demasiado de la suerte, Jonah. De que nada salga mal.

El hombre, Jonah, mira a su hermana, Norah, con cariñosa suficiencia.

—Nuestras almas llevan cuarenta y cuatro años vagando por el ancho mundo, poseyendo los cuerpos que queremos, viviendo las vidas que queremos, mientras que nuestros coetáneos victorianos están todos muertos o muriéndose. Nosotros seguimos con vida. Luego el operandi funciona.

—El operandi funciona siempre que nuestros cuerpos de nacimiento permanezcan aquí en la lacuna, deshidratados contra el tiempo del mundo, para anclar nuestras almas a la vida. El operandi funciona siempre que recarguemos la lacuna cada nueve años atrayendo a algún Dotado simplón con una plegaria adecuada. El operandi funciona siempre que nuestros huéspedes caigan en la trampa, se tomen el banjax y acaben en la lacuna. Demasiados «siempre que», Jonah. Sí, hemos tenido suerte hasta ahora. Pero no puede durar para siempre, y no lo hará.

No tengo ni idea de qué va la cosa, pero Jonah tiene cara de haberse mosqueado de verdad.

—¿Y a qué viene ahora esta conferencia de iluminada, Hermanita?

—Necesitamos blindar el operandi contra la mala suerte y los enemigos.

—¿Qué enemigos? Gracias a mi insistencia en aislarnos, ni siquiera la Senda Sombría sabe de nosotros. Nuestro sistema de subsistencia funciona: ¿por qué alterarlo? Y ahora, la cena está servida. —Jonah me mira—. Ese eres tú, inspector Madero.

Intento moverme pero no puedo, ni eso, ni luchar, ni suplicar. No puedo ni cagarme encima.

—Has dejado de respirar —me dice Jonah en tono divulgativo.

No, no, no, debo de estar respirando, pienso. *Aún estoy consciente.*

—No por mucho rato —responde Jonah—. Después de cuatro minutos sin oxígeno, el daño cerebral se hace irreversible, y aunque no llevo el reloj puesto, yo diría que ya llevas dos.

A los seis minutos morirías, pero intervenimos antes de la agonía final. No somos sádicos.

Me siento como si me estuviese zambullendo hacia arriba. ¿Qué he hecho yo para merecer esto?

—Pero qué tendrán que ver los méritos. —Norah Grayer levanta sus agudas cejas—. ¿Es que el cerdo cuya carne ahumada te comiste ayer «merecía» su destino? La pregunta es irrelevante. Se te antojó beicon y no pudo escapar del matadero. Se nos antoja tu alma para darle combustible a nuestro operandi, y no puedes escapar de la lacuna. Y ya está.

Los hombres que se asustan fácilmente no duran mucho en el cuerpo, pero ahora estoy muerto de miedo. Aunque la religión siempre me ha parecido una bobada, de repente es lo único que me queda. *Si son ladrones de almas, rézale a Dios.* ¿Cómo era? *Padre nuestro…*

—Una idea espléndida —dice Jonah—. Vamos a hacer un trato, inspector. Si recitas el padrenuestro de cabo a rabo (en la versión del misal) ganas una tarjeta de salida. A ver hasta dónde llegas.

—Esto es una chiquillería, Hermano —suspira Norah.

—Es justo, démosle una oportunidad. ¿Preparados, Madero? Listos… «Padre nuestro que estás en los cielos.» Sigue.

Este Jonah es un cabrón y un tramposo, pero no tengo otra opción.

Padre nuestro que estás en los cielos, santificado sea tu nombre…

—¿Has dicho «tu» nombre o «su» nombre? —pregunta Jonah.

Tengo que seguirle el juego a este mamón. *Tu.*

—¡Bravo! Adelante, continúa. «Santificado sea tu nombre».

¿Cómo sigue? *Venga a nosotros tu reino, hágase tu voluntad así en la tierra como en el cielo. El pan nuestro de cada día dánoslo hoy; no nos dejes caer en la tentación, y perdona a los que nos ofenden, como nosotros…*

—¡Ooooh! ¿«Perdona nuestras ofensas» o «perdona a los que nos ofenden»? ¿Lo primero o lo segundo? ¿Acción o persona?

Joder, quiero romperle una botella en la puta cara. *Acción*, pienso.

−¡Madero en racha! «Perdona nuestras ofensas»...

Como nosotros perdonamos a los que nos... los que... nos...

−¿Qué es esto? ¿Un tic del pensamiento o una imitación de periquito?

Los que nos ofenden. Amén.

Lo he conseguido. Lo miro.

El muy cabrón sonríe.

−Qué pena, porque en realidad es «a quienes nos ofenden»; lo de la tentación viene después de las ofensas, y se te ha olvidado el trozo de «líbranos del mal». Qué ironía.

Voy a morir.

Ahora mismo.

Yo. Ahora.

−Y el objetivo del interludio era... −dice Norah.

−Un destello de desesperación en el último momento siempre les da un agradable regusto terrenal a las almas. Cuando quieras, Hermanita.

−Yo siempre estoy lista −susurra Norah, y los gemelos Grayer comienzan a trazar símbolos en el aire.

También recitan, recitan un canto en una lengua que no conozco, y algo aparece por encima de la llama de la vela, algo con una luz rojiza en el interior que late como un corazón y tiene el tamaño de un cerebro. De dentro le brotan unos gusanos o unas raíces o unas venas. Algunas se extienden hacia los gemelos, y otras vienen hacia mí; intento echar la cabeza hacia atrás o apartarlos o al menos chillar, o cerrar los ojos, pero no puedo; se me meten en la boca, en las orejas, en las fosas nasales, como deditos afilados, y se ponen a hurgar en mi interior. Siento un dolor agudo en la frente, y en el espejo veo un punto negro en ella... No es sangre. Transcurren unos segundos. Algo brota de ella y se queda suspendido, una mancha del tamaño y la forma de una pelota de golf, justo ante mis ojos. Es casi transparente, como gel, o como clara de huevo, y está llena de granitos brillantes de polvo, o de galaxias, o…

Dios, qué bonito.

Madre mía, si titila.

Está vivo, es mío…

… los rostros de los gemelos se alzan hacia mí, Jonah a mi izquierda, Norah a mi derecha, con su piel suave, hambrientos, con los labios fruncidos como para silbar, chupando, con tanta fiereza que mi alma (¿qué otra cosa puede ser?) se estira lentamente pero con toda seguridad, como Blu Tack. La boca de Norah aspira como humo media alma, y la boca de Jonah la otra mitad. Sollozaría si pudiese, o diría «Os cogeré os mataré me las pagaréis», pero ya soy solo el residuo de Gordon Edmonds. Soy la cáscara. Soy su traje de carne y piel. Los gemelos tragan y dejan escapar unos gruñidos suaves, como yonquis cuando la droga les llega a la sangre después de chutarse. Ahora se oye un ruido de ajetreo tan fuerte como si fuese el fin del mundo. El cerebro ese que flotaba ya no está; las venas aéreas tampoco. Como si nunca hubiesen estado allí. Los gemelos Grayer se arrodillan uno frente a otro ante la vela, tan exánimes como la llama que no se mueve. El espejo está vacío. Mira esa diminuta migaja chamuscada como de papel. Ahí, en el suelo. Eso una vez fue una polilla.

OINC OINC

1997

—Cinco —dice Axel Hardwick, estudiante de posgrado de astrofísica, vestido de pana, pelo corto, negro y rizado, nombre real Alan y no Axel, pero le da la impresión de que Axel lo acerca más a Guns N' Roses. Axel nos mira como si fuésemos nosotros los que no se han molestado en aparecer—. Un cierto reajuste es inevitable cuando cae la madera muerta, pero un recuento de cinco personas a estas alturas de semestre es francamente desolador.

Un estruendo cervecero retumba escaleras arriba; llega del bar de abajo, y mi mente se escapa flotando, y me pregunto si habría conocido a más gente si en la Semana de los Novatos me hubiese apuntado al club de fotografía en vez de al club de fenómenos paranormales, como tenía pensado. Pero entonces no habría conocido a Todd.

Todd Cosgrove, en segundo año de mates, un tío medio tímido con pinta de elfo, abrigo negro, camiseta blanca, pantalones granate, botas marrones, vicepresidente del Club de Fenómenos Paranormales y fan de los Smiths. Al otro lado de la mesa, frente a mí, Todd sorbe su *ale* tostado de Newcastle. Lleva el pelo a lo loco, con tupé; es de color marrón como un té bien cargado antes de echarle la leche. Todd vive con sus padres en la ciudad pero no es rarito ni parece indefenso, es brillante, amable y fuerte, así que seguro que hay una buena razón para seguir viviendo allí. A mí se me traban la lengua y el cerebro cuando intento hablar con él, pero cuando cierro los ojos por la noche Todd está ahí. Es una locura. Pero, como dicen todas las canciones de amor de la historia, el amor es una locura.

—El camino podría haber ahuyentado a algunos indecisos —opina Angelica Gibbons.

Definitivamente más cerca del gibón de su apellido que al ángel de su nombre, esta estudiante de segundo año de antropología lleva el pelo lacio color índigo y botas Doctor Martens, se viste como una adivina, y es igual de corpulenta que yo. Pensé que podríamos hacernos amigas, pero cuando sacamos un 18 por ciento en el test de telepatía me echó la culpa a mí y dijo que yo «no tenía ningún tipo de potencial psíquico». No me gustó la manera en que dijo «ningún tipo».

Axel frunce el ceño.

—The Fox and Hounds está a veinte minutos andando del campus. Como mucho. Me niego a socavar el presupuesto del Club de Fenómenos Paranormales fletando autobuses para un paseo de tres kilómetros.

Empieza a darle vueltas a un posavasos. El *leprechaun* de un anuncio esmaltado de Guinness que hay sobre la chimenea me llama la atención. Está tocando el violín para que un tucán baile.

—Estoy completamente de acuerdo, Axel —dice Angelica—. Solo era un comentario.

—A lo mejor hay un montón viniendo pero se han perdido *en masse* o algo. —Lance Arnott, último año de filosofía, casposo, con una camiseta de *El Muro* de Pink Floyd y peste a hamburguesa. Lance me tiró los tejos en las ruinas romanas de Silchester. Aquello fue *Pesadilla en Elm Street*. Le solté una trola sobre un novio de Malvern, pero se cree que me estoy haciendo de rogar. Se gira hacia Fern—: ¿Dónde está tu colega esta semana, Ferny?

Fern Penhaligon, en primer año como yo, pero de teatro, con pelo a lo Rapunzel, delgada como una modelo, nacida en Cornualles, educada en Chelsea, con vaqueros de marca, una parca con la bandera británica, «en busca de lo sobrenatural» para una versión escénica de *Ghost* que va a protagonizar, tuerce la boca.

—Me llamo Fern. Y no sé a qué «colega» te refieres.

Sorbe el Cointreau al que le ha invitado Lance; si cree que tiene alguna posibilidad, es más capullo de lo que parece.

—La que vino a Saint Aelfric. La de la personalidad... —Lance imita un par de tetas— arrolladora. La galesa.

Fern hace girar los cubitos de hielo en el vaso.

—Te refieres a Yasmin.

—Yasmin, eso. ¿Tenía una propuesta mejor esta noche, no? ¿Eh? ¿Un maromo?

Lance le hace una mueca a Todd. Le mando a Todd un mensaje telepático que dice: «No hagas caso a Lance, es un gilipollas». Y atención, porque Todd ignora de verdad a Lance, así que a lo mejor es Angelica la que no tiene «ningún tipo» de potencial psíquico. Lo intento de nuevo: «Mírame las uñas, Todd, me las he pintado de azul éter». Pero Todd tiene sus maravillosos ojos clavados en Fern, que está explicando que la ausencia de su amiga Yasmin se explica porque la última excursión la decepcionó.

—¿Que la decepcionó? —Axel deja de darle vueltas al posavasos—. Cualquier escala estandarizada dice que Saint Aelfric es la iglesia más encantada de Inglaterra.

Fern se encoge de hombros.

—Supongo que esperaba ver algún fantasma de verdad en lugar de cogerse un resfriado.

—Las entidades paranormales no vienen cuando las llamas —le dice Angelica—. No son criadas filipinas.

A mí eso me mosquearía, pero Fern, como quien oye llover.

—Se dice «filipinas», por si no lo sabías; yo lo sé, claro, porque soy pija pijísima.

Fern se pone un Gauloise en la boca y se lo enciende.

Angelica se queda más chafada que un tomate y pienso «¡Derechazo!»; Fern me lanza una mirada cómplice.

—Bueno, pues yo no me voy a quedar aquí plantado esperando a gente que no viene o que no aparece a tiempo

—anuncia Axel hojeando un tochito de impresos que llevan por título «Informe de la excursión del club de fenómenos paranormales» y por subtítulo «Las desapariciones de Slade Alley».

Debajo hay dos fotografías. La de arriba en realidad está dividida en dos: la mitad izquierda es una foto granulosa de un niño de alrededor de unos doce años, con pelo de friki y una nariz puesta a lo ancho en lugar de a lo largo; la parte derecha muestra a una mujer de aspecto severo de unos treinta y muchos años, pelo oscuro recogido, delgada, que lleva una blusa con volantes en el cuello, un collar de perlas y un jersey. Son madre e hijo, se ve. La leyenda dice NATHAN Y RITA BISHOP: VISTOS POR ÚLTIMA VEZ EN SLADE ALLEY, EL SÁBADO 27 DE OCTUBRE DE 1979. La foto de abajo muestra a un hombre de unos treinta años, que sonríe burlonamente a cámara mientras sujeta una cerveza, vestido como un policía de *Corrupción en Miami*, aunque se está quedando calvo y no está delgado. La leyenda pone INSPECTOR GORDON EDMONDS: VISTO POR ÚLTIMA VEZ ENTRANDO EN SLADE ALLEY, EL SÁBADO 29 DE OCTUBRE DE 1988. Así que tengo razón: es un poli. A pie de página pone COPYRIGHT AXEL HARDWICK 1997. Ajá.

—«Las desapariciones de Slade Alley» —lee Lance—. Guay.

—Esto… Yo creo que todos sabemos leer el titular —dice Angelica.

—Habría llevado siglos escribir todos los detalles del caso —explica Axel—, así que voy a haceros un resumen oral.

—Era una noche oscura y tormentosa —dice Lance con acento cómico.

—Si no te tomas esto en serio… —le amenaza Angelica.

—Solo estaba caldeando un poco el ambiente. Sigue, Axel.

Axel mira a Lance como diciendo «Madura de una vez».

—La cosa empieza hace dieciocho años, a principios de noviembre de 1979. Un casero cabreado golpeaba la puerta de la casa que le tenía alquilada a Rita Bishop, madre divorciada de Nathan, que está aquí en la foto. Le habían devuelto el cheque del alquiler. Otra vez. Un vecino le dijo al casero que hacía al menos diez días que no veía ni a Rita Bishop ni a su hijo. Al oír aquello, el casero dio parte a la policía, que descubrió que Nathan llevaba sin ir a clase desde el último viernes de octubre. A continuación se llevó a cabo una búsqueda de lo más chapucera. ¿Por qué chapucera? Porque Rita tenía la doble nacionalidad británica y canadiense, un exmarido viviendo en Zimbabue-barra-Rodesia, y una pila de deudas. La policía supuso que era una fuga por razones económicas y archivó el caso con un NIUM.

Fern sacude la melena.

—¿NIUM?

—Acrónimo de «No Importa Una Mierda». -Axel sorbe su cerveza amarga mientras Angelica finge que le hace gracia—. Luego pasamos a septiembre de 1988. Un paciente llamado Fred Pink sale del coma en la unidad del Hospital Royal Berkshire, nueve años después de que un taxista borracho lo dejara en el limbo en Westwood Road.

—Westwood Road es esta calle, ¿no? —pregunto.

—Estaba en la hoja de la cita para esta noche —dice Angelica.

«Vaca estúpida.» Sorbo mi Coca-Cola light pensando que ojalá yo fuese Fern para poder pegarle un corte de los buenos. Y atraer a los tíos. Como Todd. Por poner un ejemplo.

—Fred Pink empezó a repasar los periódicos locales para ver qué se había perdido durante lo que él llama su «sueño eterno». Pronto se topó con una foto de los desaparecidos, Rita y Nathan Bishop. Le sonaban. ¿Por qué? Porque en 1979, justo antes de que el taxista lo atropellase, Fred Pink había hablado con Rita Bishop a la entrada de Slade Alley por Cranbury Avenue, una calle por encima de Westwood Road. Rita le había preguntado si sabía dónde vivía lady Norah Grayer. Fred Pink dijo que no, cruzó el callejón, y al final lo atropelló el taxi.

—¡Bang! ¡Crash! ¡Pum!

Lance se recoloca los genitales sin asomo de pudor.

—No quisiera faltarle al respeto al señor Pink —dice Todd—, pero ¿qué confianza merecía él como testigo?

Su voz tiene un ligero deje pueblerino pero en realidad resulta bastante sexy.

El gesto de asentimiento de Axel significa «Buena pregunta».

—La policía también era escéptica. No es un vecindario difícil, pero está claro que no es rico. Si una «lady» de verdad tuviese aquí su «residencia», sería una mosca pija nadando en leche. Aun así, el Departamento de Investigación Criminal no quería que Fred se sintiese ninguneado, así que mandaron a un hombre a echar un vistazo a Slade House. Y ahí entra el inspector Gordon Edmonds. —Axel da unos golpecitos sobre la segunda fotografía del folio—. El 22 de octubre de 1988 entró en Slade House y encontró una puerta en el muro. Estaba abierta; encontró un jardín y una «propiedad considerable» llamada Slade House.

—¿Y en Slade House vivía lady Grayer? —pregunta Angelica pasándose los dedos por entre el pelo color índigo.

—No. En 1988, la propietaria era una joven viuda llamada Chloe Chetwynd. El breve informe de Edmond (mi principal fuente para la excursión de esta noche) deja claro que Chloe Chetwynd no sabía nada de lady Grayer o de la desaparición de los Bishop.

—Ya, pero eso es lo que diría de todos modos, ¿no? —Fern apaga su cigarrillo—. En las novelas victorianas picantes siempre hay que tener cuidado con las jóvenes viudas. Especialmente si son atractivas.

—Pues es una pena que nadie se lo contase a Gordon Edmonds —dice Axel—. El sábado siguiente volvió a Slade House. Al parecer le había recomendado a alguien a Chloe Chetwynd para arreglar la puerta del jardín, y ella le pidió que revisara el trabajo. Un testigo lo vio aparcar en Westwood Road a las seis de la tarde…

Axel no puede resistirse a hacer una pausa teatral.

—Pero nunca se volvió a ver al inspector Edmonds.

—Cuando un poli desaparece —dice Angelica—, la pasma no para hasta encontrar a su colega. Y los medios de comunicación también se unen.

—Es cierto —responde Axel—. Y Gordon Edmonds estuvo varios días en portada. La historia se mantuvo en el candelero gracias a unas teorías de secuestro del IRA o de pacto de suicidio, pero cuando Edmonds se negó a aparecer ni vivo ni muerto, las fotos de la tonta de lady Di o las revueltas que provocó el impuesto de capitación o el divorcio del día reclamaron su lugar de rigor en la portada del *News of the World* y otros periódicos sensacionalistas, y el inspector Edmonds se quedó fuera.

—¿Y cuál fue la versión de los hechos de Chloe Chetwynd? —pregunta Angelica.

—Pues para darle una curiosa vuelta de tuerca a la historia —dice Axel—, los investigadores nunca localizaron a Chloe Chetwynd.

Nos miramos, preguntándonos qué nos hemos perdido.

—A ver, un momento —pide Lance—. ¿Y quién abrió la puerta de Slade House cuando los polis fueron a buscar a Gordon Edmonds?

—Para darle una vuelta de tuerca más a la historia —Axel le da un trago a la cerveza—, Slade House resultó ser tan escurridiza como la propia Chloe Chetwynd.

—¡Ja, ja, ja! —suelta Lance—. ¿Qué, que la casa desapareció?

—Las casas grandes de piedra —señala Fern— no tienen por costumbre diluirse en la niebla.

Axel se sorbe los mocos.

—La última vez que miré éramos el club de fenómenos paranormales.

Al otro lado del bar una máquina tragaperras vomita un chorro de monedas.

—Esto es un verdadero expediente X —dice Lance balanceándose en la silla.

—¿Y si Gordon Edmonds se inventó Slade House en sus notas, y a Chloe Chetwynd también? —propone Fern.

—¿Por qué arriesgarse tanto por una mentira tan tonta? —pregunta Angelica.

—Ni idea —declara Fern—. ¿Un colapso nervioso? ¿Fantasioso en serie? ¿Quién sabe? Pero, a ver, gente, ¿qué es más posible: un informe policial inventado o una casa que hace puf, violando las leyes de la física?

—¿Qué dijo el que reparó la puerta? —pregunta Todd.

Axel finge que no está disfrutando, pero lo está pasando en grande.

—Juró por su madre que nadie se puso en contacto con él respecto a Slade House: ni una tal Chloe Chetwynd ni un tal inspector Edmonds.

—Hombre, ya se sabe que los asesinos mienten —replica Angelica.

—El Departamento de Investigación Criminal lo investigó —dice Axel—, y a todos los cerrajeros y albañiles de la zona también: *zilch*, nada, *niente*, cero patatero. Nadie había trabajado en ninguna Slade House en Westwood Road ni cerca.

—¿Salió a la luz en aquella época que Slade House era el punto de conexión entre la desaparición de Gordon Edmonds, en 1988, y la de los Bishop, en 1979? —pregunta Todd.

Axel sacude la cabeza.

—Ese hecho anecdótico lo pasaron por alto. Los policías no querían que Slade Alley se convirtiese en un imán para fanáticos de los crímenes reales.

—Qué típico que esos cerdos fascistas silenciasen la verdad —exclama Angelica.

Me gustaría preguntarle a Angelica si cree que estaría muy segura en una sociedad sin policía de ningún tipo, pero me faltan agallas.

—Y tú, ¿cómo conectaste las dos desapariciones, Axel? —pregunta Todd.

—Un informador me llamó la atención sobre el hecho —dice Axel con cierta precaución—, y me sugirió que el Club de Fenómenos Paranormales debería echarle un vistazo al asunto.

—¿Qué informador?

Lance se hurga la nariz y pega el moco bajo la mesa. Yo tal vez tenga algo de sobrepeso, pero ese tío es verdaderamente repulsivo.

—Un tío mío —admite Axel tras una corta pausa—. Fred Pink.

—¿Que Fred Pink es tu tío? —Angelica se queda de una pieza—. ¿Estás de coña? ¿El limpiaventanas en coma? Pero si tú te apellidas Hardwick, no Pink.

—Fred Pink es el hermano de mi madre. El apellido de soltera de mi madre es Pink. Siento decir que Slade Alley es la obsesión de Fred.

—¿Por qué «sientes decir»? —pregunta Fern; es lo que yo quería preguntar.

Axel frunce los labios.

—El tío Fred se siente… ejem… «elegido».

—¿Elegido para qué? —apremia Fern—. ¿Por quién?

Axel se encoge de hombros.

—Elegido para averiguar la verdad sobre Slade House. Tras los nueve años de coma, le ha costado adaptarse a la vida real, y ahora está… hospitalizado. A las afueras de Slough. En una… unidad psiquiátrica.

—Esto es la hostia de brillante —declara Lance levantando la palma de la mano para indicar que va a eructar; y eructa—. Todos los relatos sobrenaturales necesitan una explicación realista y una sobrenatural. En plan: ¿ve realmente el protagonista fantasmas o está sufriendo un colapso termonuclear? Me encanta este caso. Cuenta conmigo, Axel.

—Cuantos más mejor —dice Axel sin mucha alegría.

Angelica le da un sorbo a su *pale ale*.

—Es un caso intrigante… Pero ¿cómo vamos a encontrar nosotros seis Slade House y a toda esa gente desaparecida si no han podido hacerlo un montón de polis?

—La pregunta no es cómo —señala Axel—, sino cuándo. Mirad las fechas, gente.

Da un golpecito sobre el folio.

—Usad vuestra materia gris.

Vuelvo a mirar, pero lo único que veo es al hombre, a la mujer y al niño, mirando desde la tinta de las imágenes fotocopiadas. Cómo iban a saber ellos… Mis dedos encuentran el colgante de jade que mi hermana de Nueva York me ha mandado esta mañana. Es un símbolo de la eternidad y me encanta.

Todd el matemático es el primero en darse cuenta.

—Joder, ya lo tengo. Los Bishop desaparecieron el último sábado de octubre de 1979; súmale nueve años, y Gordon Edmonds desaparece el último sábado de octubre de 1988; súmale otros nueve años, y es… —Mira a Axel, que asiente—. Hoy.

—El último sábado de octubre de 1997. ¡Qué pedazo de pista! —dice Lance, que es capaz de estar de coña y ser sincero a la vez—. Una casa encantada que aparece en la existencia una noche cada nueve años. ¡Joder, se me ha puesto más dura que una piedra! ¡Brindemos!

Las farolas de Westwood Road tienen halos anaranjados de llovizna fina. Los coches se precipitan de badén en badén. Una ambulancia del Hospital Saint John pasa traqueteando a nuestro lado, sin prisas. Los chicos encabezan la marcha: Lance va aireando la teoría de que Slade House podría ser la boca de un agujero negro en miniatura. Me encantaría añadir algún pensamiento agudo que suscitase el respeto de Todd, pero siempre soy demasiado lenta. Angelica y Fern van discutiendo si *Cuando Harry encontró a Sally* es ofensiva para las mujeres, y eso me deja a mí en la retaguardia. Mi lugar habitual. Contemplo las habitaciones con las cortinas corridas y veo sofás, lámparas, cuadros, y mira, una chica tocando el pia-

no en una habitación tan azul como julio. Tiene el pelo corto, lleva un uniforme azul y gris, y la vamos a llamar Grace.
Grace parece enfadada porque la pieza no le sale perfecta,
pero yo, como hermana mayor, sería una pianista de talento y
la ayudaría. Nunca le diría: «Te sentirías mejor si perdieses
unos kilos». Mamá está preparando la cena en la parte trasera,
no para una docena de esposas gruñonas de la Shell Oil, sino
solo para papá, para Grace, para mí y para Freya, que no se ha
largado a Nueva York en cuanto se ha graduado, sino que
trabaja en Londres para poder pasar conmigo los fines de
semana. Mamá no está haciendo ningún plato fusión, semive-
getariano ni de moda, está preparando pollo asado en salsa
con patatas y zanahorias. Estoy removiendo la salsa. Papá viene hoy a casa andando de la oficina porque no es un ejecutivo del petróleo que gana ciento noventa mil al año más acciones; trabaja para Greenpeace, pero solo gana cuarenta mil.
Bueno, sesenta mil. Grace nota que la estoy mirando, levanta
la vista hacia la calle y yo le hago un pequeño gesto de saludo,
pero ella corre la cortina. Nunca sabes si te han visto.

—¿Estás bien, Sally?

Ay, Dios, es Todd. Justo a mi lado.

—Sí —digo yo, y paso a actuar como una persona normal—.
Sí, sí, yo...

Los demás me están mirando, esperándome.

—Lo siento, gente, estaba... Esto...

—¿En las nubes? —sugiere Fern sin malicia.

—Quizá —admito—, pero ya he vuelto.

—En marcha, pues —dice Lance, y nos vamos, pero Todd se
queda a mi lado.

Lleva un abrigo amplio de paño y en sus bolsillos caben
nuestras dos manos juntas. Le digo telepáticamente «Tómame
de la mano», pero no. ¿Por qué solo me tiran los tejos babosos
como Lance? Si fuese más delgada, y más divertida, y más
sexy, sabría qué decirle a Todd ahora para que antes incluso de
encontrar Slade House me dijese «Mira, Sal, yo digo que nos

pillemos algo de comida china y vayamos a mi casa a tomar café», y yo respondería «¿Pues sabes lo que te digo? Por mí, nos olvidamos de la comida». Nos hacemos a un lado para que pase un sabueso afgano que tira de una mujer con abrigo largo y gafas de sol. Nos ignora.

—Encantada, estoy segura —murmuro.

Todd murmura una especie de «Mmmm…» para demostrarme que sigue conmigo.

Caminamos unos pasos. Hay algo invisible que nos conecta. Oigo unos gruñidos que parecen sexo creciendo en intensidad, pero es solo un hombre haciendo footing. Lleva ropa negra y naranja fosforito, como si se acabase de escapar de una rave con ácidos.

—Sal —dice Todd—, no querría parecer lanzado…

—No, no, para nada —contesto, nerviosa, y mi corazón se pone a cien—. Está bien. Claro. Sí.

Se detiene, confuso.

—Pero si todavía no te he preguntado.

«Sally Timms, oinc, imbécil.»

—Quería decir: «¡Suéltalo!».

—¡Gente, lo he encontrado! —grita Lance unos cuantos pasos más adelante, y el momento ha pasado y mi corazón grita «¡No!».

Todd alumbra con la linterna una placa difícil de ver: SLADE ALLEY. El callejón es oscuro y estrecho, solo un poco más ancho que un cochecito de bebé.

—Qué miedo da el sitio, ¿no? —dice Lance.

—Pues claro que da miedo —dice Fern encendiéndose uno de sus cigarrillos franceses—. Casi se ha hecho de noche, y es un espacio cerrado.

—Yo siento presencias aquí —dice Angelica con voz acuosa.

Una parte de mí piensa «Sí, claro, seguro», pero otra parte de mí es como si… supiese a qué se refiere Angelica. Slade Alley atraviesa una sombra negra antes de girar bruscamente a la izquierda bajo un débil farol que titila levemente. Si yo fuese «una presencia», este es el tipo de sitio que me gustaría.

—¿Quién molestará primero a tus presencias? —pregunta Lance, impasible.

—Si fueses tú quien tuviese la Visión, serías menos chulito —dice Angelica.

—Fred es mi tío —dice Axel—, así que yo abriré la marcha. ¿Listos?

Lance, Angelica, Fern, yo y Todd seguimos a Axel, en este orden. Me siento segura con Todd detrás de mí, y recorro con los dedos enguantados los ladrillos de ambos lados; Slade Alley no puede medir ni un metro de ancho. Una persona gorda de verdad (más gorda que yo, quiero decir) no podría cruzarse con otra persona que viniese en sentido contrario.

—Hace frío —le murmuro a nadie en particular, pero Todd me oye.

—Ya lo creo. El aire es como un cuchillo en la garganta.

—Qué eco más guay —dice Lance—. ¡Balrogs de las profundidades, yo os invoco!

—Cuidadito con lo que haces —dice Angelica en plan señorita Rottenmeier.

Lance se lanza a un recital lleno de eco de «Bohemian Rhapsody» antes de que Axel le diga: «Cierra el pico, Lance». Ha llegado a la esquina que hay bajo el farol, y unos segundos más tarde estamos los seis apiñados allí. Tras girar a la izquierda, Slade Alley sigue unos cuarenta o cincuenta pasos (es difícil verlo) hasta girar a la derecha después de otro farol tembloroso situado en lo alto.

—Esas bombillas que zumban son siempre mala señal —dice Lance—. ¿Alguien ha visto *Candyman*?

Yo sí, pero no lo digo y nadie más habla. Slade Alley no es sino un callejón en una ciudad normal, pero estos muros de ladrillo tienen la altura de dos hombres uno encima de otro y no te dejan ver nada. El cielo es solo una larga franja de crepúsculo neblinoso sobre nuestras cabezas. Tengo la espalda apoyada contra Todd, que huele a lana húmeda, calidez y menta. En cuanto pueda le preguntaré qué quería decirme en la calle. Y así reunirá valor para pedirme una cita. Tengo que provocar los hechos, tomar el control por una vez.

—Ni rastro de puerta —dice Lance—. Solo una pared larga.

—Dos paredes largas, si te parece —replica Angelica en tono irritante.

—Vale —dice Axel—. A lo mejor este pasaje es un LAP.

—¿Cómo llaman al LAP en casa? —pregunta Lance.

—Lugar de Actividad Paranormal, lo cual explicaría por qué Angelica nota presencias. —Madre mía, qué contenta de sí misma parece Angelica—. Lance, Fern, Todd: necesito que registréis la pared de la derecha centímetro a centímetro. Hasta el final. Angelica, Sally y yo nos ocupamos de la izquierda. Estamos buscando IAP. ¿Abreviatura de?

—Indicadores de Actividad Paranormal —dice Todd tras aclararse la garganta.

—Excelente —dice Axel, y yo también me pongo un poco contenta.

—Recuérdame cómo es un IAP exactamente —dice Fern.

—Objetos, signos, letras —dice Axel—. Se manifiestan de formas muy distintas. Cualquier cosa fuera de lugar podría ser un IAP.

—Buscaré grietas en la membrana —dice Angelica.

—¿Qué membrana? —pregunta Fern, como Angelica esperaba.

—La membrana entre los mundos. Pero tú no puedes verla. Solo es visible para los empáticos. Los que tenemos visión chakra desarrollada.

—Ah, claro —dice Fern como si estuviese muy impresionada—. Esa membrana.

—La apertura mental es algo maravilloso —dice Angelica—. Pruébalo alguna vez.

Fern se enciende otro cigarrillo.

—Si tienes la mente demasiado abierta se te cae el cerebro.

Con tanta sombra no veo la cara de Angelica, pero estoy segurísima de que debe de estar matando con la mirada a Fern.

—No estoy seguro de que esto sea un IAP —grita Lance unos metros más adelante—. Pero una puerta sí que es.

Todo el mundo se une a Lance, que se agacha junto a un pequeño portón de hierro negro. Al menos creo que es un portón. Es bajo y muy estrecho, como si la hubiesen construido para hobbits canijos, pero no tiene ni pomo ni cerrojo ni signos ni nada.

—Los IAP normalmente se camuflan bajo la forma de objetos normales —dice Axel.

—A primera vista parece sólida. —Fern llama con los nudillos—. Al tacto también.

—¡No llames! —le dice Angelica a Fern—. A lo mejor despiertas a una entidad hostil.

Pone la palma de la mano en el portón.

—Emanaciones. Sin duda.

—Qué raro que ninguno la viésemos desde la esquina —digo.

—Es una puerta estrecha —dice Fern—. En ángulo obtuso.

—No hay cerradura —dice Lance—. El cerrojo debe de estar dentro.

Presiona en varios puntos del quicio.

—¿Por qué haces eso? —pregunta Angelica.

—Para descubrir trampillas.

Pero la puerta permanece cerrada.

—Si me pusiera de pie sobre tus hombros —le dice Lance a Axel—, a lo mejor podría…

—No antes de que mi esqueleto se desplomara. —Axel se gira hacia Fern (no hacia el gordo culo de Sally Timms, obviamente)—. Fern, ¿tú podrías trepar…?

—Olvídalo —dice Fern—. Si Slade House está efectivamente al otro lado, esta puerta enana no puede ser la única entrada. ¿Por qué no seguimos el pasaje hacia la calle y rodeamos la otra esquina hasta llegar a la puerta principal?

Eso tiene sentido, pero Lance no da su brazo a torcer.

—Ya, pero si fuese tan simple, la policía lo habría encontrado, ¿no? Los agujeros de gusano interdimensionales no tienen «otros lados» ni «puertas principales». Esta es la puerta.

Hay algo burlón en el tono de Lance, y una voz en mi cabeza dice: «No confíes en él, está jugando con todos vosotros».

Entonces ocurre algo extraño: mi mano decide ella sola presionar la puerta, y un calambre de calor me recorre la palma. Dejo escapar un chillido de sorpresa digno de un cachorrito al que han pisado y el pequeño portón de hierro negro se abre. Como si estuviese esperando a que se lo pidiesen. Esperando, entornado...

—Hay que joderse —dice Lance—. No literalmente, Axel.

—Parece que Sal tiene el toque mágico —dice Todd.

—Seguro que lleva todo este rato abierta —dice Angelica, pero estoy tan asustada que ni me importa.

Emergemos de un arbusto para contemplar ante nosotros una larga extensión de césped que lleva a la gran casa antigua de piedra. Una enredadera de Virginia que al anochecer ha tomado un color carmesí oscuro crece por un lado. El débil resplandor de las estrellas atraviesa los huecos entre las nubes, pero aun así el cielo está un poco más iluminado y el aire es un poco más cálido que en el callejón.

—A mis poco psíquicos ojos —dice Fern—, Slade House se parece más a *Rocky Horror Picture Show* que a «una membrana entre mundos».

Angelica no puede entrar al trapo porque Fern tiene razón. Estamos mirando una residencia de estudiantes en plena fiesta de Halloween. Se oye «Novocaine for the soul», de Eels, a toda pastilla, Bill Clinton y una monja están dándose el lote en un banco, y un gorila, una Muerte y una Bruja Mala del Oeste están sentados alrededor de un reloj de sol, fumando.

—Ay, ay, ay, qué tramposillo eres, Axel —dice Lance.

—¿Eh? —pregunta Axel vagamente, y luego, con brusquedad—: ¿Tramposillo por qué?

—Has arrastrado a tus pobres discípulos a una noche de fiesta, ¿eh?

—Yo no he arrastrado a nadie a ningún sitio —protesta Axel.

—Un momento —dice Fern—. ¿Esta es la misma Slade House que el cerebro colectivo de la policía del valle del Támesis fue incapaz de encontrar?

—Eso parece, pero… —murmura Axel; el «pero» se desvanece en el aire.

—Vale —responde Fern—. Y mientras nos dura este ataque de cordura, ¿podríamos excluir la teoría de que acabamos de cruzar por un agujero negro?

—¿Fern?

Es la Bruja Mala del Oeste, acercándose.

—¡Fern! ¡Ya me parecía que eras tú! Nos conocimos en el seminario sobre teatro jacobino del profesor Marvin. Kate Childs, alumna de intercambio del Blithewood College. —La bruja es estadounidense y lleva una careta verde. Se da la vuelta—. Aunque ahora mismo estoy haciendo horas extra para las fuerzas del mal. Fern, tengo que decirte que tu actuación en *La pata de mono* me dejó de-u-na-pie-za.

—¡Kate! —Fern, la futura estrella, se olvida de nosotros, sus embarazosos acoplados—. Me alegro de que no te pareciese que estaba haciendo el mono.

—¿Estás de broma? —Kate Childs le da una buena calada al porro y suelta una columna de humo—. Me moría de envidia.

—¿Estás fumando lo que me parece que estás fumando, bruja mala malísima? —pregunta Lance.

—Eso depende —dice la estadounidense echándole una mirada suspicaz a Lance— de qué creas exactamente que estoy fumando.

—Cierra la boca un rato, Lance —dice Angelica—. Perdona, Kate. Querríamos que nos aclarases solo una cosa: ¿este edificio es Slade House?

Kate Child sonríe como si fuese una pregunta con trampa.

—A no ser que lo hayan cambiado de nombre en la última media hora, sí.

—Gracias —continúa Angelica—. ¿Y quién vive aquí?

—Yo y otros quince estudiantes Erasmus de intercambio. Vosotros habéis venido por la fiesta de Halloween, ¿no?

—Claro —dice Lance—. Somos seis investigadores psíquicos.

—Entonces, para que quede claro —insiste Angelica—, Slade House, este edificio, donde vives, ¿es propiedad de la universidad?

—Técnicamente es propiedad del Instituto Erasmus, aunque el césped lo corta un encargado de mantenimiento de la universidad con su cortacésped de mierda. Hay un cartel en la fachada principal que... Ay, joder, ¿acabo de decir cortacésped de mierda? —Kate Childs se dobla silenciosamente en dos a causa de una risa que desaparece tan pronto como ha llegado—. Perdón. ¿Dónde estábamos?

—El cartel —dice Axel—. El cartel en la fachada principal.

—SLADE HOUSE, CENTRO DE BECARIOS ERASMUS, PATROCINANDO EL CONOCIMIENTO INTERCULTURAL EN LA EDUCACIÓN DESDE 1982. Paso por delante todos los días. Está en... —señala con un dedo hacia el tejado de Slade House— las puertas grandes. Así que, si ya ha quedado claro...

Kate Childs apunta hacia la gran casa.

—Comed, bebed y sed felices, pues mañana...

Hace un gesto con la mano para que le salga el último verbo, pero se rinde y le pasa el porro a Lance.

Lance se gira hacia nosotros.

—Chavales, os veo luego.

—Voy a formalizar una disculpa en el registro del Club de Fenómenos Paranormales —dice Axel mientras él, Angelica, Fern, Todd y yo nos acercamos a la casa—. Mi tío me juró que nunca habían encontrado Slade House.

Axel le da una palmada al muro empedrado del edificio.

—O es un mentiroso o está neurótico. ¿A quién le importa? Mi primer error fue creerle.

Me siento mal por Axel.

—Es tu tío. No deberías sentirte mal solo por creerle.

—Sal tiene razón —dice Todd—. No ha pasado nada malo.

Axel nos ignora.

—Mi segundo error fue el fracaso de reconocimiento que le hicimos al escenario. Un paseíto por Cranbury Avenue habría bastado. Imperdonable. —Axel está casi al borde de las lágrimas—. Superficial. De aficionados.

—¿Qué más da? —dice Fern—. Parece una fiesta de puta madre.

Axel se coloca la bufanda.

—A mí no me da igual. El Club de Fenómenos Paranormales queda suspendido hasta nuevo aviso. Buenas noches.

Y dicho esto, se dirige hacia el callejón que se halla junto a Slade House.

—Axel —le llama Angelica, que sale corriendo tras él—, no tan rápido…

Todd se queda mirando cómo desaparecen.

—Pobre chaval.

—Pobre Angelica —dice Fern, y eso no lo entiendo; yo pensaba que Fern la odiaba—. Bueno, allá donde fueres…

Sube trotando las escaleras y se desliza en el interior. Todd se vuelve hacia mí y me pone cara de «¡Menuda noche!». Yo a mi vez le pongo cara de «¡Ya te digo!». Se coloca las gafas. Si yo fuera su novia le diría que se comprara unas sin montura para potenciar su pinta de poeta maldito.

—Todd, querías preguntarme algo.

Todd adopta un aire arrinconado.

—¿Sí?

—Antes. En la calle. Antes de que Lance encontrase el callejón.

Todd se rasca el cuello.

—¿Sí, eh? Yo…

Me desinflo. Todd finge que se le ha olvidado porque se ha rajado. Es por todas esas chicas delgadas sueltas que hacen girar sus cuerpos flacos.

—A lo mejor si entramos y charlamos —me dice Todd— me vuelve, Sal. Bueno, claro, si no tienes otros planes esta noche. Una copita y charlar. Sin compromisos.

—Solo una de las hermanas —le digo a Todd por segunda vez, más alto, porque tienen puesto el «Caught by the Fuzz» de Supergrass a toda leche en el equipo de música.

Estamos apretujados en un rincón, junto a un horno que tiene un ventilador de lo más ruidoso. La cocina está hasta arriba, llena de niebla por el humo de los cigarrillos; huele a basura. Todd está bebiendo una cerveza Tiger de la botella y yo un vino tinto de mierda de un vaso de plástico.

—Me imagino que tu hermana es mayor que tú —dice Todd.

—¿Ha sido una suposición al cincuenta por ciento, o te lo imaginabas de verdad?

—Una intuición del ochenta por ciento. ¿Cómo se llama?

—Freya. Ahora está viviendo en Nueva York.

Alguien estalla en risas cerca. Todd se ahueca la mano cerca de la oreja.

—¿Cómo?

—Freya. Como la diosa escandinava cañera de… esto…

—Del amor, el sexo, la belleza, la fertilidad, el oro, la guerra y la muerte.

—Esa, esa —digo—. No como «Sally», un burro de carga, una puta de los muelles del East End en alguna novela de Dickens.

—¡Eso no es verdad! —Todd parece herido de verdad—. Sally es un nombre luminoso. Es amable.

—Todos los estudios indican que las Freya llegan mucho, pero mucho más lejos en esta vida que las Sally. Dime una Sally famosa, solo una. Vamos. ¿A que no se te ocurre? Mi hermana ganaba todas las medallas en el colegio; aprendió un buen mandarín en Singapur, un francés fluido en Ginebra; se licenció en Periodismo en el Imperial College en junio de este año; se mudó con su novio, que por supuesto es un realizador de documentales sinoestadounidense de primera fila, a Brooklyn, y ha conseguido trabajo en una agencia de fotografía de Bleecker Street. No una práctica, sino un trabajo de verdad, remunerado. Todo eso dos semanas después de aterrizar en el aeropuerto de Nueva York. Eso es muy Freya. Y si te parece que le tengo envidia es porque se la tengo. Por Dios, Todd, ¿me has puesto suero de la verdad en el vino?

—No, pero no pares, Sal. Adoro oírte hablar.

Lo he oído perfectamente, pero me encanta oír a Todd usando el verbo «adorar» cuando se dirige a mí, así que le pregunto:

—¿Qué?

—Digo que adoro oírte hablar. A lo mejor también Freya te tiene envidia.

—¡Sí, claro! Aquí va un resumen de mi biografía, para probarlo: Sally Timms, nacida en Canterbury en 1979. —Todd está prestando atención, como si de veras quisiera oír todo esto—. Mi padre era un hombre Shell Oil y mi madre era una esposa Shell Oil. Aún siguen siéndolo; Shell es como el Hotel California: puedes dejar la habitación, pero no te marchas nunca. A mi padre lo ascendieron cuando yo tenía ocho años, y nos mudamos a Singapur. Singapur está lleno de reglas, tienen hasta el último metro cuadrado cerrado con cercas. Cuando cumplí doce años tuve una especie de ataque de nervios… y…

Vacilo, preguntándome si Todd admira mi honestidad o está pensando «Majara, majara, aléjate, aléjate»; pero sus hermosos ojos marrones me animan a seguir.

—Mis padres decidieron que no era culturalmente adaptable, así que acabé en una escuela femenina en Great Malvern, en el condado de Worcerster. Seis años de clima inglés, de asquerosa comida inglesa; un montón de chicas de Singapur, qué ironía; un montón de niñas ricas con problemas, también. Como yo. —«Pero más delgadas, más guapas y más zorras»—. Debería haber encajado, pero… En realidad lo odiaba.

—¿Y tus padres sabían que lo pasabas tan mal?

Me encojo de hombros.

—Era un rollo «Tú te lo has buscado». Mi padre se fue a Brunéi con un ascenso, mamá se quedó en Singapur, Freya se fue a Sidney; todo esto fue antes de que hubiese correo electrónico, claro, así que cada uno tenía que… buscarse la vida, con bastante independencia. Nos reuníamos en verano y en navidades, pero mientras que mamá y Freya eran como hermanas que hacía tiempo que no se veían, yo era… no sé, me gustaría decir «la oveja negra de la familia», pero las ovejas negras son guays. Todd, no me puedo creer que tengas ganas de oírme lloriquear.

—No estás lloriqueando. Lo has pasado mal.

Le doy un trago al vino de mierda.

—No en comparación con un huérfano del sida o con cualquier norcoreano o con la criada de una esposa de Shell Oil. Se me olvida mi buena suerte.

—¿Y a quién no? —dice Todd.

Estoy a punto de decir «Seguro que a ti no», pero entonces llega un tío negro con el pelo teñido de blanco y abre el horno que tenemos al lado.

—Cuidado, cuidado, chicos y chicas. —Saca una bandeja de pan de ajo y nos ofrece, comiéndose la mitad de las consonantes—: Vamos, vamos, no os resistais.

No sé si es acento de Londres de verdad o nos está tomando el pelo, pero el pan de ajo desprende un olor delicioso. Vacilo.

—Si tú coges, yo también —dice Todd.

—Mi madre es ciega —me dice Todd mientras tomamos la tercera rebanada.

En realidad voy por la cuarta, pero dejo de masticar.

—Todd.

—Oye, que no pasa nada. Hay gente que vive con cosas peores.

—Sí que pasa. ¿Por eso vives con tus padres?

—Ajá. Me aceptaron en Edimburgo, y mis padres estaban en plan «Vete, hijo mío, haz tu vida», pero mi padre ya está un poco cascado y soy hijo único, así que me quedé. No me arrepiento. Tengo el piso de la abuela para mí solo, encima del garaje, con todas las comodidades, para... —Todd se da cuenta de que si dice «novias» va a parecer que me está tirando los tejos—; para... esto...

—¿Tener tu espacio personal y llevar una vida independiente? —le ofrezco mientras me quito una pizca de mantequilla del mentón con la mayor sofisticación posible.

—Tener mi espacio personal y llevar una vida independiente. ¿Puedo usarlo?

—Solo conmigo —me atrevo a decir. Intento que no se me caiga la baba cuando Todd me sonríe y se chupa la mantequilla de ajo de los dedos—. Si no es demasiado personal, Todd, ¿te importa que te pregunte si tu madre es ciega de nacimiento o fue algo posterior?

—Fue algo posterior. Se lo diagnosticaron cuando yo tenía once años. Retinitis pigmentaria, RP para los amigos. Pasó de aproximadamente un noventa por ciento de visión a menos de un diez por ciento en un año. No tuvo gracia, la verdad. Ahora distingue si es de día o de noche, y poco más. Pero aun así tenemos suerte. A veces la RP provoca sordera y fatiga crónica también, pero mamá oye mis palabrotas a kilómetros. Y además trabaja: transcribe audiolibros a Braille. Hasta hizo la novela esa de Crispin Hershey, *Embriones desecados*.

—Guay —digo, pero no añado que en mi opinión el libro estaba muy sobrevalorado. La rodilla de Todd casi toca la mía. Si estuviese borracha, o fuese Fern o Freya, le pondría la mano encima y le diría «Bésame, tonto, ¿no ves que yo también quiero?», y seguro que hasta sonaría elegante. Pero si yo lo intentase, quedaría como una putilla borracha, gorda y lerda, una especie de Lance en femenino, y no puedo, no debo, no lo hago–. Guay.

–Tú y mi madre os llevaríais bien. –Todd se levanta–. Muy bien.

¿Eso era una invitación?

–Me encantaría, Todd –digo y pronuncio el verbo «encantar» en la misma frase que Todd–. Sí, me encantaría conocerla.

–Pues lo arreglamos. Mira, voy a buscar el baño. ¿Me prometes no marcharte?

–Sí. Solemnemente.

Observo cómo desaparece entre los cuerpos. Todd Cosgrove. Buen nombre para un novio. A «Todd» le falta clase mientras que «Cosgrove» roza la pijería. Es un buen equilibrio. «Sally Timms» suena a organizadora de eventos a la que han dejado tirada, pero «Sal Cosgrove» podría ser una joven promesa de la BBC, o una diseñadora de interiores para las estrellas, o una editora legendaria. Y Sal Cosgrove no está gorda, además. Nunca se zamparía una bolsa tamaño familiar de M&M para luego obligarse a vomitar en el baño. Es cierto que apenas acabo de empezar a hablar con Todd hace media hora, pero todos los ejemplos de amor inmortal tuvieron media hora de vida alguna vez.

Detrás de mí, Darth Vader está poniendo a parir a su profesor de sociología ante a un Increíble Hulk canijo como un palillo, mientras que delante de mí, a la Muerte se le cae la guadaña al suelo mientras él o ella tontea con un ángel negro de alas arrugadas. Abro el bolso y saco mi espejito Tiffany (Freya me lo regaló como disculpa por andar demasiado ocupada para que pasase agosto en Nueva York con ella). La chica del espejo se retoca el pintalabios. Si Todd es mi novio oficial seguiré la dieta, comeré solo fruta para desayunar, y la mitad de las raciones de ahora. Mamá y Freya se quedarán con la boca abierta cuando me vean. ¡Dios, qué bien estará eso! Así pues, decidido, me acerco al mostrador de la comida. Palomitas, más pan de ajo y dos bandejas de porcelana para tartas repletas de brownies. Una de las bandejas para tartas tiene una banderita colocada en el brownie de arriba que dice BROWNIE DE MARÍA, mientras que la banderita de la otra dice BROWNIE NORMAL. Aparte de un Snickers que me tomé antes de la clase sobre Chaucer y un tubo de Pringles en la biblioteca, no he comido nada desde mediodía. Sin contar el pan de ajo. Y además he quemado una pila de calorías con el paseo hasta The Fox and Hounds. Un pequeño brownie normal no me hará daño...

... Joder, me sale espuma por la boca de lo buenos que están. Chocolate negro, avellanas, ron y pasas. Estoy a punto de comerme un segundo cuando aparece un rubio bronceado de ojos azules con cuerpo de Action Man vestido de un negro ajustado y me pregunta con un acento australiano de veinticuatro kilates:

—¿No nos conocimos en la actuación de Morrissey?

Me acordaría.

—Me temo que te equivocas de chica.

—Es la historia de mi vida. Pero te digo que tienes una sosias. Soy Mike, Mike de Melbourne, no Mike de Margate. Encantado de conocerte... ¿Signo de interrogación?

Nos damos la mano.

—Soy Sal —digo—, de Singapur, supongo, si soy de algún sitio.

Singapur suena más exótico que Malvern, siempre que no hayas vivido allí de verdad.

Mike de Melbourne levanta una ceja en plan misterioso.

—Sally de Singapur. Creo que una noche me bebí tres de esos en un bar de cócteles. ¿Más sola que la una, Sal?

De todos los tíos que me han tirado los tejos y no estaban borrachos, que no son muchos, Mike de Melbourne es de lejísimos el más guapo. Pero tengo a Todd, así que le suelto una sonrisita de disculpa a Mike.

—Me temo que no.

Mike de Melbourne hace una cortés reverencia.

–Un tío con suerte. Feliz Halloween.

Y ahí va, así que… que te follen, Isolde Delahunty de la Escuela Femenina Beacon de Great Malvern, a ti y a tu cuadrilla de barbies fascistas corporales, que os pasasteis ocho años llamándome «Oinc» como si fuese un apodo de amigas y diciendo «Oinc, oinc, oinc» cuando pasabais a mi lado por las escaleras o en las duchas después del hockey, y yo tenía que sonreír como si fuese una broma divertida, pero sabíais muy bien que no tenía gracia, sabíais que era venenoso, así que que te folle un pez espada, Isolde Delahunty, y que os follen a todas, estéis donde estéis esta noche, porque acabo de ganar, Oinc acaba de decirle que no a un semidiós bronceado surfero australiano que ahora se da la vuelta, aún sonriente, y señalando las bandejas de brownies me dice:

–Por cierto, Sally de Singapur, puede que algún gracioso haya cambiado las banderitas.

Dejo de masticar.

–Pero eso es muy peligroso.

–Ya, qué gente, ¿eh? Mamones de mierda.

Al pie de las escaleras, una chica quizá india disfrazada de Hombre de Hojalata me lee la mente.

–El baño está por ahí, gira a la derecha, sigue recto y estás. Me encanta tu esmalte de uñas, por cierto. ¿Azul éter?

Me atasco entre el «Gracias» y el «Sí», así que al final me sale un «Grasí». Avergonzada, sigo sus instrucciones hasta llegar a una sala de televisión donde hay un grupo de tíos sentados en el sofá viendo *El exorcista*, pero no me quedo. *El exorcista* era lo que estaban poniendo en la fiesta en Malvern donde perdí la virginidad con el exnovio de mi mejor amiga de la época, un tal Piers. No es un recuerdo que me encante. Isolde Delahunty le contó a toda la escuela la «gran noche» de Oinc Oinc, por supuesto, y le dio publicidad a lo que Piers dijo después de mí. Ahora estoy en un pasillo con luz azul en el que resuena «Hyperballad», de Björk. Paso junto a un par de puertas altas y miro al interior. Unas treinta personas están bailando en una especie de antigua sala de fiestas iluminada por tenues bombillas anaranjadas. Algunos de los que bailan llevan puesto solo medio disfraz, otros llevan solo camisetas o chaquetas. Veo a Lance, que se pasa la mano por su propio torso y cuello. Sacude la melena casposa, me ve en la puerta y con el dedo me hace señas de que entre, en plan dios del sexo. Corro por el gélido pasillo antes de vomitar al doblar una esquina, subir unas escaleras y bajar otras hasta que encuentro una ventana en saledizo con una vista que podría ser lo que hay delante de Slade House, dos grandes jambas, aunque las farolas y las sombras de los árboles y las líneas están desdibujadas por la neblina y las ventanas con parteluces empañadas, y para ser sinceros me he dejado el sentido de la orientación en la cocina. «Hyperballad» se ha convertido en «Safe from Harm» de Massive Attack. Fern pronuncia mi nombre. Está tumbada en un sofá gigante con una túnica puesta; tiene un cigarrillo francés en una mano y una copa en la otra, como si estuviese en medio de una sesión de fotos.

—Hola. ¿Lo estás pasando bien en la fiesta?

—Pues la verdad es que sí. ¿Has visto a Todd?

—He visto lo colado que está por ti.

Tengo tantas, tantísimas ganas de oír eso que me uno a ella, solo un rato. El sofá de cuero está frío. Me hundo en él. Hace ese ruido seco de chapoteo, parecido a la nieve recién caída o al poliestireno para el que alguien tendrá que inventarse un adjetivo.

—¿Tú crees?

—Joder, Sal. Todd no ha venido esta noche buscando experiencias paranormales. ¿Cuándo os vais a acostar? ¿Esta noche?

Me hago la sueca, pero soy más feliz de lo que he sido… nunca, en realidad.

–Depende. Esas cosas tienen que llevar su ritmo.

–Y un huevo, tía.–El cigarrillo de Fern sisea en su copa–. Tú eres quien marca el ritmo. Todd es de los que cuidan. Un chaval muy majo, en realidad. Me recuerda a mi hermano.

Fern nunca ha mencionado a su hermano (tampoco es que hayamos hablado demasiado).

–¿Tu hermano es estudiante, o actor, o…?

–Pues ya no es nada. Está muerto.

–¡Oh, joder! Soy famosa por mi bocaza, Fern, lo…

–Vale, no te preocupes. Pasó hace… mmm… cinco navidades. Es historia.

Fern contempla el cadáver de su cigarrillo flotando en su copa.

–¿Fue un accidente? ¿O estaba enfermo? –digo intentando arreglar mi metedura de pata.

–Suicidio. Jonny se tiró con el coche por un acantilado.

–Hostia. Lo siento. ¿Por qué…? Vale, no, olvídalo, no es…

–No dejó ninguna nota, pero el acantilado estaba a un campo de distancia de la carretera de Trevadoe (nuestra mansión, cerca de Truro), así que sabemos que no fue un accidente. –Fern finge una sonrisa–. Y escogió como sarcófago el Aston Martin de papá, además. Podría decirse que el mismo acto fue una nota de suicidio.

–No tenía intención de hacerte un interrogatorio, Fern, lo siento, soy una imbécil, yo…

–¡Deja de disculparte! El imbécil fue Jonny. Bueno, eso no es justo, papá había muerto hacía dos años, mamá estaba hecha polvo, así que Jonny estaba lidiando con el caos legal, los impuestos de sucesiones, una licenciatura en Cambridge, por supuesto, y además luchando contra la depresión (cosa que nosotras desconocíamos). Sin embargo, sus ideas sobre las deudas de póquer y el honor eran completamente idiotas, idiotas del todo. Podíamos haber vendido una o dos hectáreas de tierra.

Nos quedamos contemplando la noche empañada a través de la ventana empañada.

–Por eso me apunté al Club de Fenómenos Paranormales, si te soy sincera –dice Fern–. Si pudiese ver un fantasma, aunque solo fuese una vez… Un centurión romano, o un jinete sin cabeza, o a Nathan y a Rita Bishop, no soy muy exigente… Solo un fantasma, y así sabría que la muerte no es el final, sino una puerta. Una puerta con Jonny al otro lado. Joder, Sally, daría cualquier cosa por saber que esa estúpida tarde él no solo… stop. Cualquier cosa. De verdad. Así.

Fern chasquea los dedos.

Levanto la cabeza de un gran sofá de cuero frío en una alcoba oscura. Sigue sonando «Safe from harm», así que no debo de haber dormido mucho. Fern se ha ido, pero a unos treinta centímetros hay un tío que lleva un albornoz marrón peludo y casi nada más, a juzgar por las piernas peludas y el pecho peludo. Vale. No me está mirando. En realidad está mirando la pared desnuda (pensaba que había un ventanal ahí, pero es obvio que no). El tío de la bata no es tan mayor, pero se está quedando calvo. Tiene ojos de búho insomne y es casi uniceijo. ¿Lo conozco? No sé de qué. Qué raro que Fern haya desaparecido de ese modo, justo después de soltarme todo lo de su hermano, pero así son las actrices. A lo mejor le molestó que me quedase dormida. Debería buscarla para arreglar las cosas. Pobre Fern. Su pobre hermano. Las personas son máscaras, con más máscaras debajo de esas máscaras, y más máscaras debajo, y así sucesivamente. Todd debe de haber vuelto a la cocina ya, pero no consigo levantarme del sofá.

–Perdone –le pregunto al señor Bata–, ¿sabe por dónde se va a la cocina?

El señor Albornoz hace como que no estoy.

–Gracias, muy amable –le digo.

El ceño se le marca más y luego, a cámara lenta, abre la boca. ¿Se supone que esto es una broma? Tiene la voz seca como el polvo y deja grandes huecos entre palabra y palabra.

—¿Sigo… en… la… casa…?

Madre mía, va más ciego que Stevie Wonder.

—Bueno, esto no es Trafalgar Square, eso se lo aseguro.

Transcurren más segundos. Sigue hablándole a la pared. Esto es muy raro.

—Me… han… quitado… el… nombre…

—Estoy segura de que volverá a encontrarlo por la mañana —digo irónicamente.

El hombre mira hacia mí, pero no me mira a mí, como si no pudiese localizar bien de dónde salen mis palabras.

—Ni… siquiera… te… dejan… morir… en… condiciones…

Como una cabra.

—No sé que ha estado fumando, pero yo a partir de ahora pasaría. De verdad.

Ladea la cabeza rapada y me mira de reojo, como si le llegasen palabras a gritos desde lejos.

—¿Eres… la… siguiente…?

Suelto una risita; no puedo evitarlo.

—¿Qué, la siguiente Mesías?

El sofá vibra con el bajo colosal de «Safe from harm».

—Tómese un buen café solo cargado —le digo al señor Albornoz.

El hombre se estremece, como si mis palabras fueran guijarros arrojados a su cara. Ahora me siento mal por reírme de él. Se frota los ojos enrojecidos como si estuviese intentando recordar algo.

—Huésped —dice, y mira a su alrededor entre parpadeos, muy al estilo Alzheimer.

Espero la continuación, pero no hay.

—¿Si soy la siguiente huésped? ¿Eso es lo que me pregunta? ¿La siguiente huésped?

Cuando el hombre vuelve a hablar hace el truco ese increíble de los ventrílocuos, cuando mueven la boca un segundo o dos antes de que tú oigas las palabras.

—He… encontrado… un… ar… ma… en… las… ren…
di… jas.

El truco del lapso de sonido es alucinante, pero lo de que mencione armas desencadena una alarma.

—Vale; la cosa es que no necesito un arma, así que…

Pero el colgado triste y medio desnudo extrae del bolsillo de su albornoz un pincho corto, como de quince centímetros, de plata. Primero me encojo, por si es una amenaza, pero en realidad me lo está ofreciendo, como un regalo. El extremo romo está decorado con una cabeza de zorro de plata, pequeña pero sólida, con los ojos engarzados.

—Es muy bonito —digo girándolo—. Parece antiguo. ¿Es una especie de pincho para el pelo de geisha o algo así?

Estoy sola en el sofá de cuero. No hay nadie en el pasillo. No hay nadie en ningún sitio. Tengo la impresión de que el señor Albornoz hace rato que se ha ido, pero aún tengo en la mano el pincho con forma de zorro. Ay, otra vez se me ha ido el santo al cielo. No es una buena costumbre. «Safe from harm» ha dado paso a «Little Fluffy Clouds», de los Orb. Ahí había una pared desnuda, o eso creía yo, pero en realidad hay un pequeño portón de hierro, justo como el de Slade House, solo que este ya está entreabierto. Voy hacia él, me agacho, lo empujo y asomo solo la cabeza. Es un callejón. Se parece mucho a Slade Alley, pero no puede ser porque no puede ser. Todavía tengo las rodillas en la alfombra de Slade House. Está oscuro, hay unas paredes muy altas y no hay gente. Está más silencioso que una tumba. Como se suele decir. Fuera no se oye el «Little Fluffy Clouds»; es como si hubiese atravesado con la cabeza una membrana a prueba de sonidos. A unos cincuenta metros a mi izquierda, el callejón dobla a la derecha bajo un farol que titila levemente. A mi derecha, más o menos a la misma distancia, hay otro farol y otra esquina. No puede ser Slade Alley. Estoy en un pasillo de la casa, a cincuenta, ochenta o cien metros de distancia… soy muy mala con las distancias. Entonces… ¿drogas? Drogas. Si algún gilipollas ha puesto maría en los brownies sin maría, otro gilipollas-elevado-a-la-décima-potencia podría haber metido algo más fuerte en la fuente del ponche. Son cosas que pasan. Dos estudiantes que Freya conocía en Sidney se fueron a Indonesia, se comieron una especie de estofado con champiñones mágicos y pensaron que podrían volver nadando a casa, a Bondi Beach. A uno lo rescataron, pero el cuerpo del otro no lo encontraron nunca. ¿Y qué se hace si te encuentras un callejón imposible puesta de ácido? ¿Recorrerlo? Pues igual sí. A ver si me lleva de nuevo a Westwood Road. Pero entonces qué pasa con Todd, que me estará esperando en este mismo momento en la cocina, preguntándose dónde estoy. No. Mejor me doy la vuelta. O…

O…

¿Y qué pasa si Slade House es la alucinación y la puerta es mi camino de regreso? No la madriguera de conejo que te lleva al País de las Maravillas, sino la madriguera que te lleva a casa… ¿Y si…?

Alguien me toca la espalda y brinco hacia atrás, al pasillo de Slade House, a la música, a la fiesta, doblemente sorprendida al ver ante mí a la Bruja Mala del Oeste, mirando hacia abajo.

—Hola, Sally Timms. ¿Qué haces ahí abajo? ¿Estás bien? ¿Has perdido algo?

—Hola… —Rebusco el nombre—. Kate.

—¿Te encuentras bien? ¿Has perdido algo?

—No, no, solo me preguntaba adónde llevaría esta puerta.

La bruja parece algo asombrada.

—¿Qué puerta?

—Esta puerta. —Y le enseño a Kate Childs… la pared desnuda. La pared desnuda sin puerta. La toco. Sólida. Me levanto, preguntándome qué trola me voy a inventar, intentando ganar tiempo. La cabeza me da vueltas. Sí, estoy alucinando; sí, he comido o bebido algo que llevaba drogas; no, no me veo capaz de contarle a Kate que alguien me ha drogado–. Oye, me piro a casa.

–Pero si la noche aún es joven, Sally Timms.

–Lo siento, es que estoy acatarrada. Y me acaba de bajar la regla.

Kate se quita la careta nudosa de Bruja Mala para mostrarme un rostro preocupado de hermana enmarcado por un pelo rubio estilo Barbie.

–Entonces deja que te llame a un taxi. Es un poder mágico con el que nací. Chasqueo los dedos. –Empieza a darse palmaditas como en los controles de seguridad del aeropuerto–. Resulta que llevo un móvil de última generación más a mano imposible, en uno de mis bolsillos de bruja.

Un taxi estaría bien, pero solo tengo dos libras.

–Me iré andando.

No parece muy convencida.

–¿Es buena idea, si no te encuentras bien?

–Positivo, gracias. El aire fresco me sentará bien.

La bruja sin careta no está segura.

–¿Por qué no le pides a Todd Cosgrove que te lleve a casa sana y salva? Todd es uno de los últimos caballeros que quedan en Inglaterra.

No sabía que Kate conocía a Todd.

–En realidad lo estaba buscando.

–Él también anda buscándote a ti. Está en la sala de juegos.

Lo de esta noche es como un juego de mesa diseñado entre un Escher ebrio y un Stephen King febril.

–¿Por dónde queda la sala de juegos?

–El camino más rápido es volver por la sala de la tele, bajar al vestíbulo, subir las escaleras y seguir subiendo. No tiene pérdida.

Todo el mundo está pegado a la pantalla, como cuando ha pasado algo gordo. Le pregunto a un hombre lobo medio girado qué ha pasado.

—Han raptado a una chica o algo así.

El hombre lobo es del norte. No me mira.

—Una estudiante, una chica de la universidad.

—Dios. ¿La han raptado?

—Sí, eso es lo que están diciendo.

—¿Cómo se llama?

—Polly, o Sarah, o… —El hombre lobo está borracho—. ¿Annie? Lleva solo cinco días desaparecida, pero han encontrado un objeto personal, así que la policía se teme que sea… un secuestro de verdad. O algo peor.

—¿Qué objeto personal?

—Un espejito —murmura el hombre lobo—. Un espejito de tocador. Espera, mira…

En la tele se ve la sede del sindicato de estudiantes, donde una reportera tiene en la mano un gran micro rosa.

«Gracias, Bob; esta noche aquí, en el campus de la ciudad, el ambiente puede describirse como lúgubre y contenido. Hace un rato la policía hizo un llamamiento para recabar cualquier tipo de información referente al paradero de Sally Timms, una estudiante de dieciocho años a la que se vio por última vez cerca de Westwood Road el sábado por la noche…» Las palabras de la periodista no tienen ningún sentido. ¿Desaparecida? ¿Cinco días? ¿Desde el sábado? ¡Pero si todavía es sábado! Solo llevo una hora en Slade House. Debe de ser otra Sally Timms. Pero de repente una foto mía llena la pantalla y soy yo, soy yo, y la Sally Timms de la pantalla lleva puesto exactamente, pero exactamente, lo que yo llevo ahora: mi chaqueta de Zizzi Hikaru y el collar maorí de jade que me ha llegado hoy como regalo de Freya. Por el que le eché una firma al portero hace solo doce horas. ¿Quién me ha tomado esa foto? ¿Cuándo? ¿Cómo? La periodista le acerca el gran micrófono rosa a Lance, Lance Arnott, por favor, que, al parecer, está bailando ahora mismo en este edificio mientras habla al mismo tiempo con una periodista a unos tres kilómetros de aquí, diciendo:

—Sí, sí, la vi justo antes de que desapareciera, en la fiesta, y...

Los labios de bacalao de Lance no dejan de moverse, pero a mí es como si se me cortase la audición. Debería estar encendiendo las luces y gritando «NO NO NO, gente, mirad, ha habido algún error tonto, ¡yo soy Sally Timms, estoy aquí, todo va bien!», pero me da miedo el jaleo, la vergüenza de ser un espectáculo, de ser una noticia, y al final no puedo. Mientras tanto, la expresión de Lance Arnott es de suspicacia.

—Sí, me temo que sí. Tenía problemas bastante serios para adaptarse a la vida universitaria. Una figura un poco trágica: vulnerable, no muy espabilada, ya me entiende, ¿no? Había rumores de que consumía drogas, de que tenía novios no muy de fiar, esas cosas.

Ahora estoy enfadada, además de asustada y confusa de cojones. ¿Cómo se atreve Lance a decir todas esas cosas sobre mí en directo en la tele? ¿Qué pasa, que soy una yonqui trágica y vulnerable por no enrollarme con él? La periodista se gira de nuevo hacia la cámara.

«Se va formando una imagen clara de la estudiante desaparecida: una chica infeliz; una solitaria con problemas de peso; una chica a la que le costaba adaptarse a la vida real tras las escuelas privadas de Singapur y Great Malvern. Tras el descubrimiento del espejito de tocador hoy en... esto...» La reportera consulta las notas. «... En Slade Alley, la familia y los amigos de Sally Timms, aunque siguen albergando esperanzas de que todo acabe bien, con el paso del tiempo deben de haber empezado a temerse lo peor. Aquí Jessica Killingley, en directo para *South Today*; devolvemos la conexión al estudio, Bob.»

Dios sabe lo que estarán pensando Freya, mamá y papá.

Bueno, en realidad sí que sé lo que están pensando: están pensando que me han asesinado. Tienen que saber urgentemente que estoy bien, la policía tiene que retirar la orden de búsqueda, pero no puedo anunciarlo simplemente aquí. Me alejo del hombre lobo y me doy con un aparador. Toco con la mano algo gomoso: una careta de la Cerdita Peggy. Gracias a Isolde Delahunty *et al* solo asocio cosas malas con los cerdos, pero si no me la pongo en cualquier momento me verá alguien, me señalará y soltará un chillido, así que me paso la cuerda por detrás de la cabeza y me cubro la cara. Guay. Un poco de espacio para respirar. ¿Qué estaba diciendo la periodista sobre mi espejito de tocador? Lo usé en la cocina después de que Todd se marchase. ¿No? Compruebo en mi bolso…

… No está. Normalmente desandaría el camino para buscarlo, pero mi deseo de salir de Slade House es aún mayor que el de recuperar el regalo de Freya. Lo comprenderá. Tendrá que hacerlo. Todd sabrá qué hay que hacer. Todd es imperturbable. Nos escaparemos y arreglaremos lo que haya que arreglar. Él y yo.

Al pie de las escaleras, una chica quizá india disfrazada de Hombre de Hojalata dice:

—¿Te has enterado de lo de Sally Timms, la chica desaparecida?

—Sí.

Intento pasar, pero me está bloqueando el camino.

—¿Conocías bien a Sally Timms? —pregunta la chica Hombre de Hojalata.

—No tanto —respondo, y me escabullo escaleras arribas.

La barandilla se desliza bajo los dedos y el jaleo del vestíbulo se aleja, como si estuviese escalando a una nube de silencio. La alfombra de las escaleras tiene un color crema como de margarina, de las paredes revestidas de madera cuelgan unos retratos, y arriba hay un pequeño rellano cuadrado custodiado por un reloj de pie. Una alfombra de color claro y un reloj antiguo solo pueden traer problemas en una residencia de estudiantes, sean Erasmus o no. El primer retrato es de una chica con pecas; es de lo más vívido. El siguiente retrato es de un soldado antiguo con el bigote encerado, de esos que dirían: «Recibido, Roger, ¡leven anclas!». Estoy sin resuello, pero no puedo llevar tanto tiempo subiendo. Tengo que apuntarme al gimnasio. Llego por fin al reloj de pie. La esfera no tiene manillas, solo las palabras EL TIEMPO ES, EL TIEMPO ERA, EL TIEMPO NO ES. De lo más metafísico e inútil. A mi izquierda queda una puerta revestida de madera a juego con las paredes. A mi derecha, unas escaleras suben hasta una puerta blanquecina. ¿Cuál será la sala de juegos? Llamo a la puerta revestida.

Solo oigo el corazón engrasado y oxidado del reloj.

Llamo otra vez, más fuerte. Nada…

… aparte del gruñido rítmico de los engranajes.

Pues gira el pomo entonces. Abre la puerta. Solo un centímetro. Echa un vistazo.

La habitación tiene forma de iglú, y está iluminada por una lamparita de noche; no tiene ventanas ni alfombras, pero sí una cama con dosel y no mucho más. Las cortinas color granate de la cama están corridas. El rechinar mecánico se ha detenido, pero lo llamo con suavidad, por si está en la cama.

–¿Todd? ¿Todd? Soy Sal.

No responde nadie, pero si Todd se ha comido un brownie de maría (o un brownie normal, en realidad), a lo mejor está dormido. Quizá esté roncando suavemente en esa cama, como Ricitos de Oro.

Solo echaré un vistazo tras la cortina. No puedo hacer ningún daño.

De todos modos, estoy irreconocible con mi careta de Cerdita Peggy.

Así que piso de puntillas los tablones granulados del suelo y levanto una esquina de terciopelo. Solo un centímetro…

–¡Cerdita Peggy! –suelta un hombre (¿Axel?) bañado en sudor en la crisálida de color sangre, y solo consigo reprimir un chillido a medias.

La cama se ve ocupada por un marco grotesco de miembros, pechos, tetas, ingles, hombros, dedos de pies, culos, bocios y escrotos; una jaula de huesos imposible de dibujar, una visión de carne, un juego de Twister con unos cuantos cuerpos siameses despedazados y rejuntados; arriba está la cabeza de Angelica con su pelo color índigo apelmazado y un piercing en la lengua a la vista; abajo está la cabeza de Axel; en el núcleo veo sus sexos neumáticos, hinchados hasta la enormidad y de un color carmesí crudo, como en una pesadilla porno de Francis Bacon; la peste a pescado echado a perder es nauseabunda y la cabeza de Axel me sonríe a través de la abertura de la cortina, a través de los agujeros para los ojos de mi careta de Cerdita Peggy, y habla, pero las palabras salen de su interior con la voz de Angelica:

—¿Oinc-Oinc-tie-ne-ham-bre-de-un-bo-ca-di-llo-de-bei-con?

Y la cabeza de Angelica, mezclada con un muslo flácido donde tendría que tener las orejas, gruñe a modo de respuesta con la voz de Axel.

—No-se-as-ma-lo-Sal-ly-o-dia-que-la-lla-men-a-sí.

Retrocedo a resbalones por el suelo hasta la puerta con revestimiento de madera y doy un portazo tras de mí, temblando de asco, de horror, de... El reloj de pie está sereno y reposado. Mucho más abajo, el vestíbulo con baldosas blancas y negras se mantiene en silencio. Arriba espera la puerta blancuzca. Es un mal viaje de ácido. He oído hablar de ellos. Piers, mi ex no novio tuvo uno una vez y se parecía a esto. Axel y Angelica estaban acostándose, pero lo he visto a través de unas lentes teñidas por las drogas. Tengo que ir rápidamente con Todd para que me cuide. Subo las escaleras, dejo atrás dos retratos: uno de un joven a lo rockabilly con el pelo engominado y la camisa medio abierta; el siguiente de una mujer con la raya del ojo pintada a lo Cleopatra y un peinado de colmena en plan Martha and the Vandellas. Sin embargo, el siguiente retrato me deja de piedra: es de un niño vestido de uniforme, y ya lo he visto antes esta noche… Saco el folio de Axel de la chaqueta para compararlo. Es Nathan Bishop. Mis pies me llevan al siguiente retrato, que muestra al señor Albornoz de antes. Ahora que tengo ante mí el informe de los casos que hizo Axel ya puedo ponerle nombre: Gordon Edmonds. Con quien hablé en el sofá frío hace un rato. O con quien soñé que hablaba. No sé. Ni siquiera sé si me llevo un susto de muerte al encontrar a Sally Timms mirándome desde el último retrato, con su chaqueta de Zizzi Hikaru y el colgante maorí de Freya al cuello. La misma imagen que usaron en la tele. Solo que ahora mis ojos son dos horribles huecos, y tiene el ceño fruncido, como si no entendiese por qué no veo, y mientras la miro levanta el índice para darle unos golpecitos al lienzo desde el interior… Medio resoplo, medio chillo, medio me deslizo, medio me golpeo contra el anaquel que hay justo encima de las escaleras, y me sostengo con la mano, que se aferra al pomo brillante de la puerta blancuzca…

… que de repente se abre y allí está Todd, mirándome, lívido y atónito. Digo «¿Todd?» y se echa atrás de un salto, y entonces me doy cuenta de que es por la careta, así que me la arranco y vuelvo a pronunciar su nombre.

–Sal, Sal, gracias a Dios que te he encontrado –dice Todd, y nos abrazamos.

Todd es huesudo y flaco pero tiene unos músculos de acero aunque está helado, como si acabase de entrar de una noche de escarcha. Tras él se extiende el techo inclinado de una buhardilla oscura. Todd deshace nuestro abrazo y cierra la puerta blancuzca.

–En esta casa pasa algo malo, Sal. Tenemos que salir de aquí.

Ambos susurramos.

–Sí, lo sé, alguien nos ha puesto algo en las bebidas. Veo unas cosas… imposibles. Como…

¿Por dónde empezar?

—Todd, han dicho en la tele que llevo desaparecida cinco días. ¡Desaparecida! No puede ser. Y mira…. La del retrato soy yo, y llevo esto… —Señalo mi retrato sin ojos, que ha dejado de moverse, y levanto el colgante de verdad, para que Todd lo vea—. Me lo han regalado hoy. Es una locura.

Todd traga saliva.

—Me temo que es peor que un viaje de ácido, Sal.

Veo que está hablando en serio; mi mente juguetea con lo que querrá decir.

—¿Qué, entonces?

—Nos unimos al Club de Fenómenos Paranormales en busca de fenómenos paranormales. Pues los hemos encontrado. Y no son benignos. Van a intentar impedir que salgamos.

—¿Quién intentará detenernos? —Me da miedo preguntarlo.

Todd mira hacia atrás, a la puerta blancuzca.

—Nuestros anfitriones. Los gemelos. Yo… Los he dormido, pero se despertarán pronto. Enfadados y hambrientos.

—¿Gemelos? ¿Qué gemelos? ¿Qué quieren?

—Consumir tu alma —dice Todd en voz baja y monótona.

Quiero que me diga que me está gastando una broma. Espero. Espero.

Todd me tiene agarrada por los codos.

—Slade House es la máquina que los mantiene con vida, Sal, pero su combustible son almas, y no cualquiera, además. Es como lo de los grupos sanguíneos: el tipo que necesitan es muy poco frecuente, y tu alma es de ese tipo poco frecuente. Tenemos que sacarte de aquí. Ahora. Bajaremos las escaleras, saldremos por la cocina, cruzaremos el jardín, y una vez que lleguemos a Slade Alley creo que estaremos a salvo. Más a salvo, por lo menos.

Noto el aliento de Todd en la frente.

—He visto unas grandes puertas que daban a Cranbury Avenue, y otro portón de hierro negro en el vestíbulo.

Todd sacude la cabeza.

–Eso es papel pintado, para confundirte. Se sale por donde entramos: por la apertura.

–¿Y qué pasa con Fern, Lance, Axel y Angelica?

Un músculo de la mejilla de Todd se crispa.

–No puedo ayudarlos.

–¿Qué quieres decir? ¿Qué pasará con ellos?

Todd vacila.

–Tú eres la fruta; ellos son la cáscara y el hueso. Se desechan.

–Pero… –Señalo escaleras abajo (¿ahora hay más que antes?), en dirección al rellano cuadrado, pero la puerta de la sala iglú ya no está–. He visto… a Axel y a Angelica… ahí abajo. O algo así.

–Has visto Polaroids carnosas en 3D de Axel y Angelica que no aguantarían una inspección más de cerca. Escúchame. –Todd me coge las manos–. Con atención. Al salir no se te ocurra hablar con nadie; no le respondas a nadie; no mires a los ojos a nadie. No cojas nada de lo que te den, no comas nada, no bebas nada. Esta versión de Slade House es un juego de sombras que evocan para que exista. Si te mezclas en ella, los gemelos te sentirán, se despertarán y extraerán tu alma. ¿Entendido?

Más o menos. Sí. No.

–¿Y quién eres tú?

–Yo soy… una especie de guardaespaldas. Mira, ya te lo explicaré luego en casa de mis padres. Tenemos que irnos, Sal, o será demasiado tarde. Recuerda: voto de silencio, mirada gacha, no me sueltes la mano. Nos cubriré lo mejor posible. Y ponte otra vez esa careta. A lo mejor siembra un poco de confusión extra.

Todd me toma la mano, caliente, con la suya, fría, y yo me concentro en los pies para evitar mirar los retratos. El tiempo transcurre, los escalones vuelan bajo nuestros pies, y llegamos al reloj de pie. El crunc, cronc marca los tiempos a la vez. La puerta revestida de madera que daba a la sala iglú no ha vuelto a aparecer.

—Había una puerta ahí —susurro—. ¿Lo he soñado?

—Las ratas en los laberintos de paredes móviles se preguntan lo mismo —murmura Todd.

A medio camino del tramo inferior de escaleras empiezan a aparecer estudiantes en el vestíbulo, charlando, discutiendo, fumando, tonteando. El volumen se incrementa a cada paso.

—Conque lo has encontrado —dice la chica Hombre de Hojalata con una sonrisa, presionando una bebida negra contra la mejilla plateada—. Soy Urvashi. ¿Cómo te llamas?

Todd me aprieta la mano para avisarme de que no responda. Es como el juego ese en que no se puede responder ni sí ni no que nos hacía papá a Freya y a mí en los viajes, pero aquí no se puede decir nada de nada. Tengo a Urvashi, el Hombre de Hojalata, pegada a la cara.

—¡Oye, Cerdita Peggy! ¡Responde, o seguirás siendo la Cerdita Peggy para siempre jamás! ¡Eh!

Pero Todd tira de mí, y Urvashi se pierde en una maraña de caras, caretas, cuerpos, y pronto estamos de nuevo en la cocina. Del equipo de música sale a toda leche «Caught by the Fuzz», de Supergrass. Todd me lleva por el lateral y todo va bien hasta que pasamos a unos centímetros de Todd Cosgrove y Sally Timms apretujados en un rincón junto a un horno que tiene un ventilador de lo más ruidoso. Me detengo. Falso Todd bebe cerveza india de una botella y Falso Yo está bebiendo vino tinto de mierda de un vaso de plástico.

—Me imagino que tu hermana es mayor que tú —dice Falso Todd, y Falsa Sally asiente.

—¿Ha sido una suposición al cincuenta por ciento, o te lo imaginabas de verdad?

Oigo a Todd, al Verdadero Todd, hablándome por el canal auditivo. *Muévete, Sal, son papel matamoscas.* Tira de mí, me rodea la cintura con un brazo, dejamos atrás una mesa llena de botellas, latas, un bol de ponche y dos bandejas de porcelana para tartas llenas de brownies. Cruzamos un arco que da a un lavadero; una docena de personas que se interponen entre nosotros y la puerta, incluyendo a un cadáver desenterrado, una momia que va perdiendo el vendaje, un tubo de pasta de dientes Colgate con un cubo rojo en la cabeza y a Lance Arnott que me bloquea el paso con aire de alma en pena en un cuadro antiguo sobre el infierno.

—¡Hay algo malo aquí dentro!

No es él, dice Todd en mi oído interno, pero Lance se agarra a mis solapas: sí que es él, me llega su olor a levadura.

—¡Por favor, Sal, ya sé que he sido un gilipollas, pero por favor, no me dejes aquí! ¡Por favor!

—Vale, vale —murmuro—, te llevaremos con nosotros.

Al instante la cara de Lance se diluye para descubrir otra cosa llena de huesos, dientes y hambre. Intento gritar, pero mi garganta está bloqueada. Todd se cuela entre nosotros y traza unos signos en el aire (casi veo las vívidas líneas negras que dibuja antes de que se borren), y luego la cosa que iba disfrazada de Lance Arnott parpadea una y otra vez… hasta desaparecer.

—¿Qué coño…? —digo tragando saliva.

He desenchufado el módem, me dice Todd… por telepatía; me doy cuenta un momento después para aceptarlo de inmediato. *Pero los gemelos se están despertando*. La cocina está en silencio.

El corazón me va a cien por hora, y una vena en el cuello le sigue el ritmo. Algunos de los participantes en la fiesta se giran hacia nosotros, sienten que desentonamos. *Actúa con normalidad*, dice la voz de Todd, *no dejes que se te note el miedo*, y me lleva a la puerta trasera. Cerrada. No dejar que se note el miedo es una cosa, pero no sentirlo es otra. Serpentea alrededor de mi cuerpo, por debajo de la piel. Todd hace un gesto con los dedos y la puerta se abre. Nos mete a toda prisa. *La cerraré detrás de nosotros*, me dice, y se gira para trazar un signo en la puerta. Afuera está oscuro. A través del jardín distingo la tapia de Slade Alley justo detrás de los arbustos. Aparece Fern Penhaligon, encantada.

—Sal, te has dejado esto en el sofá, ¡agárralo!

Me arroja el espejito de Tiffany, el regalo de Freya, y yo lo agarro...

Unos fuegos artificiales oscuros zigzaguearon por encima del cielo veteado; los zigzags pulsaron las cuerdas de un clavicémbalo y yo estaba flotando en el mar Muerto, y podía haberme quedado allí para siempre, pero una ola de dolor me levantó como en espiral para precipitarme con fuerza sobre los guijarros al pie de Slade House. La cara asustada de Todd aparece muy cerca.

—¡Sal! ¿Puedes oírme? ¡Sal!

Me estalla la piel como plástico de burbujas y gruño un sí.

—La plegaria está implosionando... ¿Puedes caminar?

Antes de que pueda responder, Todd me pone en pie y noto las piernas pesadas, se me doblan, y piso algo que se rompe, el espejito de Tiffany, y cruzamos el césped trastabillando. Llegamos a un enrejado cubierto de glicinias, donde nos alcanza un terremoto que viene arrastrándose y nos manda rodando por una franja cortada de césped cubierta de hojas minúsculas en forma de abanico. Quiero quedarme allí tumbada para siempre, pero Todd vuelve a ponerme de pie, y Slade House por la noche centellea haciéndose gruesa y fina, reflejándose o refractándose. Luego, del centelleo surgen unas figuras. Filas y racimos de figuras, caminando con tranquilidad, como quien sabe que no necesita darse prisa. Los cuerpos están emborronados pero se ve la cara de Axel; está Angelica; todos los de mi seminario sobre Chaucer; los profesores de Great Malvern; Isolde Delahunty y sus Barbies; mamá, papá, Freya. Todd tira de mí.

—¡Corre, Sal!

Y lo intentamos, vaya si lo intentamos, pero es como correr en el agua; las espinas de un rosal me arañan los ojos; el sendero arquea el lomo y nos tira al suelo; los ciruelos nos rasguñan, y un arbusto se infla e intenta atraparnos los tobillos con las raíces, pero ahí está el pequeño portón negro. Como una tonta miro hacia atrás, aunque todas las historias dicen que no se debe. Las figuras parpadean, más cerca. Está Piers, que dijo que su noche con Oinc fue como follarse a una ballena varada en la playa, pero más apestosa.

—Tienes que abrir la apertura, Sal —me dice Todd.

Se refiere al portón negro. ¿Cómo?

—¿Qué hago?

—¡Ábrela como hiciste antes! Yo no puedo.

Los caminantes sin rostro se acercan.

—¿Qué hice antes?

Estoy temblando.

—¡La tocaste! ¡Con la palma de la mano!

Así que toco el portón de hierro negro…

… y me devuelve el toque, igual de duro.

—¿Por qué no funciona?

—Tienes demasiado miedo, está bloqueando tu energía.

Miro a nuestra espalda. Están a unos metros. Nos han cogido.

—Olvídate del miedo, Sal. ¡Por favor! —suplica Todd.

—¡No puedo!

—Sí que puedes.

—¡Que no!

Todd me pone las manos en las mejillas y con suavidad y firmeza me besa en los labios, susurrando:

—Por favor, Sal.

Aún estoy asustada, pero algo se desbloquea, y fluye algo de mi mano, la puerta se abre de un tirón y Todd me empuja hacia…

… una negrura sin estrellas, sin cuerpos, sin dolor, sin tiempo. No sé cuánto llevo aquí. Minutos, años, no lo sé. He pasado por una fase en la que pensaba que debía de estar muerta, pero mi mente está viva, aunque no puedo distinguir si habito mi cuerpo o no. Le he rezado a Dios para que me ayude, o por lo menos que me ilumine, tras disculparme por no creer en él y esforzándome por no pensar en que en el Libro de las Revelaciones se porta como un mojigato sociópata, pero no ha habido respuesta. He pensado en Freya y en mi madre y en mi padre, intentando recordar sin éxito qué fue lo último que les dije. He pensado en Todd. Si estuviese vivo, estaría ayudando a la policía a buscarme, aunque dudaba que aquel lugar fuese de los que huelen los perros policía. Esperaba que Todd no se hubiese enfadado conmigo por interactuar con Falsa Fern y agarrar el espejo. ¿Fue un error fatal, como el de Orfeo al mirar atrás? Pues qué truco tan sucio, si es así. Lo de mis manos fue un reflejo para salvar el espejito. Pero las leyendas y las historias están tan llenas de trucos sucios como la vida, y por mucho tiempo que haya pasado no ha cambiado nada, y lo único que me quedan son recuerdos (el más brillante de ellos, el beso apresurado de Todd) que me acompañan y mantienen mi cordura en la negrura sin estrellas, sin cuerpo, sin dolor, sin tiempo.

Tras unos minutos o unos meses aparece un débil punto de luz. Tengo miedo de haberme quedado ciega, como la madre de Todd. Unos segundos o unos años después, el punto se convierte en una rendija de llama, la llama de una vela, una vela colocada sobre un extraño candelero que está ante mí, en el suelo desnudo. La llama está absolutamente inmóvil. No es lo bastante brillante como para alumbrar mucho la habitación —¿una buhardilla?—, pero a su luz distingo tres caras. A mi derecha está sentada Kate Childs, la Bruja Mala del Oeste, vestida con una especie de túnica gris de estilo árabe, pero ahora ronda la treintena. ¿Tanto tiempo llevo aquí? ¿Me han robado todos esos años? A mi derecha flota otro rostro vagamente familiar… Ay, si es Mike de Melbourne. Ahora tiene la misma edad que la Kate Childs mayor, también está inmóvil y en pose de Buda, y lleva también una túnica gris ceniza. Ahora que los tengo a los dos en el mismo campo de visión, me doy cuenta de que son gemelos. La tercera cara es la Cerdita Peggy, mirándome por encima de la vela, como a unos seis pasos frente a mí. O, mejor dicho, una chica arrodillada con una careta de Cerdita Peggy. Una chica que lleva una chaqueta de Zizzi Hikaru y un colgante maorí en el cuello rechoncho. Yo, o mi reflejo. Intento moverme, hablar, o al menos gruñir, pero mi cuerpo no responde. Mi cerebro funciona, mis ojos funcionan, y ya está. Como el francés ese del libro que me envió Freya, *La escafandra y la mariposa*… síndrome de enclaustramiento, se llama. Pero el francés podía pestañear con un ojo y así conseguía comunicarse. Yo ni siquiera puedo hacer eso. A la izquierda del espejo hay una puerta blancuzca con un pomo dorado. Enfoco un recuerdo anterior de la misma puerta… la habitación de arriba de Slade House. La «sala de juegos». ¿Nos han drogado a los tres para traernos aquí? ¿Quién? ¿Y dónde está Todd?

—Hemos dejado ir al chaval Cosgrove, junto con los demás niños abandonados y extraviados que trajiste contigo —dice Kate Childs. La llama de la vela titila. El acento estadounidense ha dado paso a un inglés crujiente de clase alta, no como el de mi madre—. Mi hermano y yo requerimos tu presencia en Slade House. Yo soy Norah, y él es Jonah.

¿Qué quieres decir con «hemos dejado ir al chaval Cosgrove»?, intento preguntar, pero mi boca no funciona, ni siquiera un poquito.

—Muerto. No sufrió. No te pongas triste. Nunca te quiso. En las últimas semanas, que han culminado en el show de esta noche, fue el muñeco de mi hermano ventrílocuo, y por eso decía todas esas cursiladas que tanto querías oír; eran mentira.

Intento decirle a Norah que está loca, que sé que Todd me quiere.

—Cuéntaselo —le ordena Norah a Mike de Melbourne (o Jonah) con irritación—, o tendrá un sabor horrible a sacarina en polvo.

Jonah, si es que ese es su verdadero nombre, suelta una sonrisita en dirección a mí.

—Es verdad, cariño. Todo lo que ha dicho. —Ha perdido el acento australiano; tiene un tono afectado de escuela pública—. Estuve dentro de la cabeza de Todd Cosgrove, y te prometo que a Sally Timms la encontraba tan sensual como un envase grasiento olvidado en el fondo del frigo.

¡Mentira! Todd me besó. Todd intentó ayudarme a escapar.

—Déjame que te lo traduzca al lenguaje de las imbéciles Oinc Oinc. Todo lo que pasó desde el pub hasta la apertura en Slade Alley era real. Esta buhardilla también es real, y estos son nuestros cuerpos reales. Todo lo que media entre el portón de hierro y el momento en que te has despertado aquí, sin embargo, era una plegaria: un espectáculo en vivo, un escenario en 3D que mi hermana y su escandaloso talento han proyectado desde esta lacuna del tiempo —dice Jonah tamborileando en las tablas del suelo—. Un espejismo que seguía un guion. Yo también estaba dentro, o, para ser más exactos, mi alma estaba dentro, moviendo el cuerpo de Todd, diciendo las frases de Todd, pero todo lo demás (la gente que has conocido, las habitaciones por las que has pasado, los sabores que has degustado) han sido una realidad local que mi hermana ha creado. El intento de Todd y tuyo por liberaros ha sido otra parte del laberinto para ratas en el que te hemos tenido corriendo, una plegaria dentro de una plegaria. Una subplegaria. Estoy de acuerdo en que necesitamos un nombre mejor. Te pediría que nos ayudases a pensar en uno, pero te estás muriendo.

Mi yo cabezota insiste: *Estás mintiendo, todo esto es un mal viaje de ácido.*

—No —la voz de Jonah delata placer—, te estás muriendo de verdad. Tu sistema respiratorio. El bloqueo de los músculos. Piénsalo. ¿Eso también es por el mal viaje de ácido?

Para horror mío, me doy cuenta de que lleva razón. No me funcionan los pulmones. No puedo tragar saliva ni caerme ni hacer nada que no sea estar aquí arrodillada y ahogarme lentamente. Parece que los gemelos han perdido interés en mí.

—La admiración me ha dejado sin palabras, Hermanita —dice Jonah.

—Tú no te quedas sin palabras ni en cien años —dice Norah.

—Si la Academia concediese un Óscar a la Mejor Plegaria, serías la sorpresa de la gala. De verdad, ha sido una obra de arte. Cubista, posmoderna... Me faltan superlativos.

—Sí, sí, sí, somos genios, pero ¿qué pasa con el policía? Su residuo aún guardaba bastante sustancia para hablar con la huésped. Y eso de que la apertura apareciese por voluntad propia, así como así, y abierta... La chica casi se cuela.

—Ya, pero no se coló, ¿y por qué? Porque tenía la soga de Cupido bien atada al cuello, por eso. El de Todd Cosgrove era un papel más enrevesado que el de Chloe Chetwynd, no me dirás que no. El madero se habría tirado un hígado abierto en canal, mientras que esta cerdita necesitaba un galanteo apropiado.

Normalmente esas palabras traerían cola, pero ahora mismo estoy más preocupada por saber cuánto se puede sobrevivir sin oxígeno. ¿Tres minutos?

Norah Grayer gira la cabeza como si la estuviese metiendo en un calcetín.

—Como de costumbre, Hermano, te pierdes el punto principal. Cada Día de Visita se dan más aberraciones.

Jonah tensa sus dedos como patas de araña.

—Como de costumbre, Hermanita, no haces más que vomitar tonterías paranoides. De nuevo la cena está servida, sin problemas ni trabas ni traspiés. De nuevo nuestro operandi está cargado para un ciclo completo. Personalmente, yo le atribuyo estos histrionismos a tu estancia en Hollywood. Demasiado culo peludo de actor en demasiados espejos de techo.

—No te conviene nada hablarme de esa manera, Hermano —dice ella medio susurrando, medio gruñendo.

—¿Ah, sí? ¿Qué, te vas a tomar otro año sabático sin avisar para irte a los Andes chilenos a buscar el sentido de la metavida? ¡Pues vete, anda! Que te vaya bien. Vete a habitar en algún campesino indio. O en una alpaca. Te llevo al aeropuerto después de cenar. Volverás. El operandi es más grande que ambos, pequeña.

—El operandi tiene sesenta años de antigüedad. Aislarnos de la Senda Sombría…

—Nos evita atención no deseada de los únicos seres vivos que podrían causarnos problemas. Somos semidioses que no se someten a nadie. ¿Podemos mantener las cosas así, por favor?

—Nos sometemos a esta risible pantomima cada nueve años —responde Norah, cáustica. Señala su cuerpo con asco—: Nos sometemos a estos cuerpos de nacimiento para anclar nuestras almas al mundo del día. Nos sometemos a la suerte, que es quien nos asegura que nada saldrá mal.

Sigo sin respirar y me da la impresión de que mi cráneo está empezando a contraerse. Presa de la desesperación y la furia, pienso la palabra ¡Ayuda!

—¿Podemos cenar ya? —pregunta Jonah—. A no ser que pretendas acabar con el operandi en un ataque de resentimiento.

El cráneo me late dolorosamente mientras mi cuerpo gime buscando aire. ¡Por favor! No puedo respirar…

Norah resopla como una adolescente malhumorada y asiente de mala gana. Las manos de los gemelos Grayer oscilan en el aire como antes hizo Todd Cosgrove, dejando efímeras marcas como garabatos en el aire oscuro. Mueven los labios y un murmullo cobra fuerza mientras algo se solidifica sobre la vela, célula a célula; una especie de medusa carnosa, que late entre rojos y púrpuras. Sería bonita si no pareciese sacada de una película de terror de marcianos. Le salen zarcillos, zarcillos y subzarcillos. Algunos se retuercen en el aire en dirección a mí, y uno se detiene un momento a un centímetro de mi ojo. Veo que tiene un diminuto orificio en la punta que se abre y se cierra como una carpa antes de sumergirse en mi fosa nasal izquierda. Por suerte, apenas lo siento, ni ese ni los demás que se me meten en la boca, por la fosa nasal derecha y por los oídos, aunque siento una repentina punzada de dolor en la frente y en el espejo de enfrente veo algo titilante que brota de uno de los agujeros para los ojos de mi careta. Se concentra en una pequeña esfera color claro ante mis ojos. Un plancton diminuto y luminoso flota en su interior. Conque las almas son de verdad.

Mi alma es la cosa más bonita que he visto nunca.

Pero ahora los gemelos Grayer se acercan por ambos lados.

¡No! ¡No podéis! ¡Es mía! Nonono...

Fruncen los labios como si fuesen a silbar.

Ayuda ayuda ayuda Freya Freya que alguien me ayude ayuda necesito...

Los gemelos inhalan y mi alma se estira formando un óvalo.

Alguienosdetendráalgúndíaypagaréisporesto...

Mi alma se divide en dos. Norah inhala la mitad, Jonah la otra mitad.

Ponen una cara como la de Piers aquella noche en Malvern...

... y se acabó. Están sentados donde estaban.

La cosa de zarcillos ha desaparecido. El bulto resplandeciente ha desaparecido.

Los Grayer están inmóviles como esculturas. También la llama de la vela. En el espejo, una careta de Cerdita Peggy rebota en el suelo.

QUÉ CALLADO TE LO TENÍAS

2006

Me quedé traspuesta el tiempo suficiente como para deslizarme en un sueño estresante. Soñé que me rajaba y no venía aquí esta tarde a conocer a Fred Pink. A mitad de camino del gélido parque me daba la vuelta, pero un hombre que hacía jogging vestido de negro y naranja me rociaba la cara con un inhalador para el asma. Luego veía a Tom Cruise empujando una silla de ruedas en la que iba una mujer con la cara oculta por la capucha de un impermeable y Tom Cruise decía: «Venga, echa un vistazo». Así que levantaba la capucha y veía que era yo. Luego recorríamos un estrecho callejón y alguien decía: «Pagas un ejército mil días y lo usas solo uno». Lo último era una losa negra como las de *2001: Una odisea en el espacio* y al abrirse oía que Sally decía «Tienes que despertarte», así que me despertaba y aquí estoy, sola, en la sala de arriba de The Fox and Hounds. Como acordamos. Está más desastrado de lo que recordaba de 1997. Las mesas están llenas de marcas, las sillas temblequean, el papel pintado está desgastado y la alfombra luce un color vómito seco. Me han puesto el zumo de tomate en un vaso mugriento. Un animal atropellado hecho líquido. A The Fox and Hounds le quedan dos telediarios, es evidente. En la parte de abajo hay solo seis clientes en la barra y uno de ellos es un perro lazarillo, y eso un sábado por la noche. El único guiño al alborozo alcohólico es un viejo anuncio esmaltado de Guiness atornillado a la pared por encima de la chimenea cegada en el que un *leprechaun* toca el violín para un tucán que baila. Me pregunto si el *leprechaun* se fijaría en Sally hace nueve años, y si ella se fijó en él. El «club Expediente X» se sentó aquí. Algunos testigos vieron a mi hermana y a sus amigos, pero no se ponían de acuerdo sobre en qué mesa se sentaron.

Presiono la frente contra el sucio ventanal. En la calle de abajo, Fred Pink sigue «poniéndose rápidamente al día con los señores Benson y Hedges». Se están encendiendo las farolas. El sol se hunde en unas nubes color gris asfalto, sobre una maraña en sentido único de casas de ladrillo, fábricas de gas, canales fangosos, viejas factorías, dejados bloques de pisos de los sesenta, parkings de varias plantas de los setenta, decrépitas viviendas sociales de los ochenta y unos multicines rodeados de neón de los noventa. Callejones sin salida, circunvalaciones, carriles para autobuses, pasos elevados. Ojalá que la última morada conocida de Sally hubiese sido más bonita. Por enésima vez me pregunto si seguirá viva, encerrada en la buhardilla de un loco, rezando por que no nos demos nunca por vencidos, por que no dejemos nunca de buscarla. Siempre me pregunto esas cosas. A veces me dan envidia los padres llorosos de los definitivamente muertos que se ven en la tele. La pena es una amputación, pero la esperanza es una hemofilia incurable: sangras y sangras y sangras. Es como el gato de Schrödinger en una caja que no se puede abrir. Por enésima vez me encojo al pensar cómo me escaqueé de invitar a mi hermana a Nueva York el verano antes de que empezase aquí la universidad. Sally quería venir, yo lo sabía, pero yo tenía trabajo en una agencia de fotografía, amigos fashion, invitaciones para preinauguraciones, y acababa de empezar a salir con mujeres. Era una época rara. Descubrir mi Verdadero Yo y hacer de canguro para mi hermana la rellenita desaliñada e inquieta me venía grande. Así que le metí a Sal el rollo de que tenía que hacerme un poco a la situación, ella fingió que me creía, y yo nunca me lo perdonaré. Avril dice que ni siquiera Dios puede cambiar el pasado. Tiene razón, pero no me ayuda. Saco el móvil y le mando un mensaje:

En el pub. Un antro. FP no parece un chalado pero ya veremos. La entrevista empieza ahora. Cd termine vuelvo. Xxxx.

ENVIAR. Avril estará calentando la lasaña de ayer, abriéndose una botella de vino y poniéndose cómoda para ver un episodio o tres de *The Wire*. Ojalá estuviese con ella. He conocido morgues más entretenidas que The Fox and Hounds. La patrona barbuda de abajo intentó marcarse un chiste cuando entramos: «Buenas noches, querida, así que tú eres la última novia de Fred. Fred, qué callado te lo tenías, ¿eh? ¿De qué revista has sacado a esta?». Tendría que haber contestado «De *Bolleras ucranianas calientes*». Cuando la patrona se enteró de que era periodista y de que me interesaba Slade Alley, se volvió fría y a su «querida» le salieron espinas: «Así son los medios de comunicación, ¿eh? ¿Para qué van a dejar las cosas como están? ¡Nada, ellos dale que te pego! ¿No, querida?».

Unos pasos suben a trompicones las escaleras. Saco mi grabadora digital Sony, un regalo de Dad y Sook, también llamada la Señora de John Timms III, y lo pongo sobre la mesa. Ahí entra Fred Pink, un hombre canoso y mustio con un abrigo marrón raído y una mochila de cuero de escolar que debe de tener por lo menos medio siglo.

—Perdone la tardanza, señorita Timms. Necesito mi chute.

Tiene una voz ronca y amable en la que dan ganas de confiar.

—Ningún problema —respondo—. ¿Nos sirve esta mesa?

—Es el mejor lugar de la casa. —Pone la cerveza en la mesa, se sienta como el anciano que es y se frota las manos, puro pellejo. Tiene la cara picada de viruelas y decrépita; lleva una barba de tres días que pincha y las gafas pegadas con cinta adhesiva—. Menuda rasca. La prohibición de fumar acabará con todos nosotros, se lo digo; si no nos mata un cáncer, lo hará una neumonía doble. Aún no me cabe en la cabeza no fumar: ¿en un pub? Se pasan de la raya con la corrección política, eso es lo que pasa. ¿Le ha hecho alguna vez una entrevista a Tony Blair o a Gordon Brown o a alguno por el estilo?

—Solo en ruedas de prensa. Hay que estar en la parte superior de la cadena alimenticia para tener una audiencia privada. Señor Pink, ¿le importa que grabe nuestra entrevista? Así puedo concentrarme en lo que me cuente sin tomar notas.

—Grabe lo que quiera. —No añade «Y llámame Fred», así que no lo hago. Le doy al botón de record y hablo por el micro—: Entrevista con Fred Pink en el pub The Fox and Hounds, sábado 28 de octubre de 2006, 19.20.

Le doy la vuelta a la grabadora para que el micro quede ante él.

—Cuando usted quiera.

El anciano inspira hondo.

—Vale. Lo primero que hay que decir es que, una vez que uno ha sido paciente psiquiátrico, nadie te vuelve a otorgar el beneficio de la duda. Es más fácil mejorar una mala calificación de crédito que una mala credibilidad. —Fred Pink habla con cuidado, como si estuviese escribiendo las palabras con tinta indeleble—. Pero me crea o no, señorita Timms, soy culpable. Culpable. Entiéndame, yo soy quien le habló a mi sobrino Alan de Slade House, de Gordon Edmonds, de Nathan y Rita Bishop, del ciclo de los nueve años. Fui yo quien azuzó el apetito de Alan. Alan me dijo que eran veinte o treinta en el club, así que pensé en la seguridad de los números. Los atemporales temen la exposición, ¿sabe? Seis niños desaparecidos eran noticia, claro, pero ¿veinte o treinta? Nunca se atreverían. Vendría todo quisque corriendo a Slade House: la Inteligencia británica, el FBI si hubiese algún estadounidense implicado, mi amigo el locutor David Icke… En fin, hasta el último mono. Si hubiese sabido que el grupo de Alan se componía de seis miembros, le habría dicho: «Demasiado arriesgado, olvídalo». Y si hubiese hecho eso, mi sobrino, y su hermana, señorita Timms, y Lance Matthews, Todd Cosgrove, Angelica Gibbons y Fern Penhaligon estarían aquí todavía, viviendo la vida, con sus trabajos, sus novios, sus novias, sus hipotecas. Saberlo es un tormento, señorita Timms. Un tormento infinito.

Fred Pink traga saliva, aprieta la mandíbula y cierra los ojos. Escribo «¿Atemporal?» y «David Icke» en mi libreta para darle tiempo a que se recomponga.

—Lo siento, señorita Timms, yo…

—Yo también tengo remordimientos por Sally —le aseguro—. Pero creo que es usted demasiado duro consigo mismo.

Fred Pink se enjuga los ojos con un pañuelo viejo y le da un sorbo a su cerveza. Mira al *leprechaun* que bebe Guinness.

—En su correo mencionaba usted algunos precedentes, señor Pink —apunto.

—Ajá. Los precedentes son la razón de que le pidiese que nos encontráramos aquí. Si estuviésemos haciendo la entrevista por teléfono, usted colgaría. Incluso cara a cara, en algún fragmento pensará usted: «Madre del amor hermoso, ese viejo está como una cabra». Pero escúcheme hasta el final. Porque lleva hasta Sally.

—Soy periodista. Sé que la realidad es compleja. —Recuerdo a Avril usando esas mismas palabras («ese viejo está como una cabra») al leer el primer correo de Fred Pink hace un par de semanas. Pero le digo al anciano—: Le escucho.

—Entonces nos remontaremos a hace más de un siglo, cerca de Ely, en Norfolk, en una mansión llamada Swaffham. Ahora es propiedad de un colega saudí del príncipe Carlos, pero entonces era la sede ancestral de una familia llamada Chetwynd-Pitt que puede encontrar en el *Libro de Winchester*, si así lo desea. En 1899 nacieron unos gemelos en Swaffham, una niña y un niño. No en la casa grande, cuidado, sino en la cabaña del guardabosque, en las lindes de la propiedad. El padre era Gabriel Grayer, la madre era su esposa, Nellie Grayer, y los gemelos recibieron los nombres de Norah y Jonah. Nunca llegaron a conocer bien a su padre, porque a Gabriel Grayer le disparó tres años después un caballerete que confundió a los campesinos con faisanes, por decirlo así. Lord y lady

Chetwynd-Pitt se sintieron culpables del accidente, así que dejaron que Nellie Grayer y los niños se quedasen en la cabaña del guardabosques. Más aún, se hicieron cargo de la educación de Norah y Jonah, y cuando Nellie Grayer murió de fiebre reumática en 1910, los gemelos huérfanos se mudaron a la mansión Swaffham.

–Ha investigado usted mucho –le digo a Fred Pink.

–Es como mi hobby. Bueno, toda mi vida, en realidad. Debería usted ver mi piso. Está lleno de periódicos y archivos por todas partes. En fin. Seguro que ha oído usted historias sobre la empatía entre gemelos. Ya sabe, eso de que a un gemelo lo atropella un autobús en Estambul, por ejemplo, y el otro se desploma en Londres en el mismo momento. Pero ¿sabe usted que a veces los gemelos hablan una lengua que solo ellos entienden, especialmente cuando aún están aprendiendo a hablar?

–Pues da la casualidad de que sí. Cuando vivía en Manhattan hice de canguro para unos trillizos que hablaban su propio dialecto. Era asombroso oírlo.

–Bueno, pues en la mansión Swaffham acontecieron hechos que sugieren que Norah y Jonah Grayer combinaban esa habilidad con otra más. Al pan, pan y al vino, vino: telepatía. –Fred Pink me lanza una mirada inquisitiva–. ¿Hay algún problema con la telepatía, señorita Timms?

Mi detector de chalados se pone en ámbar.

–Soy más bien fan de las pruebas, señor Pink.

–Yo también, yo también. En 1925 Albertina Chetwynd-Pitt (su señoría) publicó unas memorias tituladas *Ríos antiguos y perdidos*. Trata de lo que le estoy contando ahora: los gemelos, su crianza y todo eso. En ellas cuenta cómo una tarde de enero de 1910, ella, sus hijas y Norah Grayer estaban todas jugando al cribbage en la sala de estar de Swaffham. De repente, Norah soltó un alarido, dejó caer sus cartas y dijo que Arthur, el mayor de los muchachos Chetwynd-Pitt, se había caído del caballo en Poole's Brook (a más de un kilómetro de distancia de la mansión) y no se podía mover. Necesitaba una camilla y un médico de inmediato. Lady Albertina se escandalizó de que Norah soltase una mentira tan infundada. Pero Norah le suplicó que fuese a buscar ayuda, porque, y cito textualmente, «Jonah está con él y me lo está diciendo». Para entonces las hijas Chetwynd-Pitt estaban ya bastante asustadas, así que, contra su juicio, lady Albertina mandó a toda prisa a un criado que se encontró la escena al detalle tal como Norah la había descrito.

Extiendo el brazo para coger mi zumo de tomate pero sigue pareciendo un animal atropellado, así que cambio de idea.

—Es una anécdota interesante, pero ¿en qué constituye una prueba?

Fred Pink saca sus Benson & Hedges, recuerda la prohibición de fumar y guarda de nuevo los cigarrillos, irritado.

—Al día siguiente, lord y lady Chetwynd-Pitt, junto con su amigo el deán Grimond, de la catedral de Ely, interrogaron a los gemelos. El deán Grimond era un escocés duro de pelar y poco interesado en paparruchas: había sido capellán del ejército en la guerra de Crimea y no tenía ni un solo pájaro en la cabeza. Les ordenó a los gemelos que le contasen cómo había sabido Norah lo de que Arthur se había caído en Poole's Brook. Así pues, los gemelos confesaron que desde hacía años eran capaces de enviarse «telegramas», pero lo habían mantenido en secreto porque se habían dado cuenta de que asustaba a la gente y llamaba la atención. Como usted, señorita Timms, lord Chetwynd-Pitt quería una prueba, así que diseñó el siguiente experimento: le dio a Norah lápiz y papel, llevó a Jonah a la sala de billar de la mansión de Swaffham y le leyó una línea al azar de *El libro de la selva*. Después su señoría le pidió a Jonah que le enviase un «telegrama» a Norah, que estaba en la biblioteca, con la cita. Jonah cerró los ojos un par de segundos, y luego dijo que ya estaba. Ambos volvieron a la biblioteca y se encontraron con que Norah había anotado la misma frase de Kipling.

Fred Pink me mira como si la cosa estuviese ya fuera de cuestión.

—Admirable —digo, pensando «Si es que todo esto ocurrió».

—A continuación, el deán Grimond puso a Norah a «telegrafiar» un verso del Evangelio de San Juan. —Fred Pink cierra los ojos—: «El que me siga no andará en tinieblas, mas tendrá la luz de la vida». En la sala de billar, Jonah escribió la frase palabra por palabra. Por fin, lady Albertina reclamó su turno. Puso a Jonah a «telegrafiar» un verso de una nana alemana. Norah lo escribió palabra por palabra, aunque con unas cuantas faltas de ortografía. Ninguno de los gemelos sabía ni una palabra de alemán, claro. —Fred Pink le da un sorbo a su cerveza y se limpia los labios agrietados con la desgastada manga de la chaqueta—. ¿El resultado? El deán Grimond les dijo a los gemelos que era mejor dejar sin examinar algunos de los dones divinos, y que no deberían hablar de sus «telegramas» en público, «no fuera a ser que las personas irascibles tomasen caminos equivocados». Norah y Jonah prometieron obedecer. El deán Grimond les echó un buen sermón y se volvió a su catedral. Eso es dinero fácil.

Un rugido televisivo de decepción llega flotando escaleras arriba. Tras comprobar que mi Sony sigue funcionando, pregunto:

—¿Cómo sabe si lady Albertina es una fuente fidedigna?

Fred Pink se frota el cuero cabelludo y cae un poco de caspa.

—Del mismo modo en que usted juzga sus fuentes, me imagino, señorita Timms. Desarrollando olfato para los mentirosos, aguzando el oído en busca de embustes y poniendo el ojo en lo que nos delata, ¿no? El libro de lady Chetwynd-Pitt es detallado donde un impostor disimularía las cosas, y crudo donde un embustero las puliría. Además, ¿qué motivos tenía para mentir? Dinero no, porque estaba forrada. Y tampoco atención: solo se imprimieron unos cien ejemplares del libro, y para cuando se publicó ella era casi una ermitaña.

Le doy vueltas al anillo de oro de Avril en el dedo.

—En el mundo del periodismo intentamos corroborar las afirmaciones más polémicas de nuestros informantes.

—«Corroborar.» Buena palabra. Me la guardo. Es hora de que conozca al doctor Léon Cantillon. —Fred Pink abre la mochila, saca una carpeta manoseada y extrae de ella la copia escaneada de una fotografía coloreada a mano de un hombre que ronda la cuarentena. Luce un uniforme de la Legión Extranjera francesa, una sonrisa disoluta, un par de medallas y un estetoscopio al cuello. La leyenda al pie reza «Le docteur L. Cantillon, Légion étrangère, Ordre national de la Légion d'honneur, Croix de guerre»—. Léon Cantillon. Genio y figura, se podría decir. Nació en 1874 en Dublín en una antigua familia hugonota francesa; creció hablando francés; estudió medicina en el Trinity College, pero le dio un arrebato y tuvo que abandonar Irlanda tras disparar al hijo de un miembro del Parlamento en un duelo, ni más ni menos. Bang. Justo entre los ojos, muerto antes de tocar el suelo. Cantillon se unió a la Legión Extranjera francesa unos meses más tarde (estamos alrededor de 1895) y sirvió como médico militar en la guerra contra el imperio de Wassoulou en Costa de Marfil, y más tarde en la campaña del sur de Orán. Unas guerritas sucias en la división africana: hoy en día hasta los franceses se han olvidado de ellas. Además, Cantillon tenía debilidad por los idiomas. Cuando no estaba ejerciendo de médico y de soldado estaba aprendiendo árabe, y afirma que para 1905, cuando le cayó el chollo de trabajar en el hospital de la Legión en Argel, lo hablaba con fluidez. Fue en Argel donde floreció su interés por lo oculto, según cuenta él mismo. Se juntó con teosofistas prusianos, espiritualistas armenios, chamanes musulmanes ibadíes, cabalistas jasídicos, y con un místico en particular que vivía al sur de Argel, en las faldas de la cordillera del Atlas. Se le conoce como el Sayyid Albino de Aït Arif, y durante un tiempo desempeñará un papel principal en la vida de los Grayer.

A mí todo esto empieza a sonarme a *El código Da Vinci*.

–¿Cuál es su fuente para todo esto, señor Pink? ¿El libro de lady Albertina?

–No. Léon Cantillon también escribió sus memorias, ¿sabe? *La gran revelación*. Poseo uno de los diez ejemplares que han sobrevivido, y su narración es la que corrobora la historia de lady Albertina, por decirlo de algún modo. –Se gira para soltar una tos de fumador en el hueco del codo que dura un buen rato–. Bueno, pues el doctor Cantillon conoció a lord Chetwynd-Pitt a principios del verano de 1915 en la casa de unos amigos comunes en Londres. Tras unas cuantas copas de oporto, su señoría comenzó a hablarle al soldado-médico acerca de la «histeria crónica» de lady Albertina. A esas alturas, la pobre mujer se hallaba ya en un estado calamitoso. En marzo de 1915, los tres hijos varones de lord y lady Chetwynd-Pitt habían muerto gaseados, ametrallados o habían volado por los aires en la misma semana, en la batalla de Neuve Chapelle. Los tres. Imagíneselo: el lunes tiene usted tres hijos y el viernes no tiene ninguno. Y lady Albertina... pues se desmoronó. Física, mental, espiritual y brutalmente. Su marido albergaba la esperanza de que Léon Cantillon, en tanto que espiritualista comprensivo y hombre de medicina, pudiese ayudar donde todos los demás habían fracasado, o algo así. Que la sacase de las profundidades.

La ventana le hace de marco a Fred Pink. Se está poniendo el sol.

–Conque los Chetwynd-Pitt habían estado coqueteando con el espiritualismo desde «el incidente del telegrama», ¿es eso?

–Efectivamente, señorita Timms, efectivamente. La locura de las sesiones espiritistas estaba en su punto álgido, y gente como sir Arthur Conan Doyle decía ni más ni menos que tenía bases científicas. Está claro que no faltaban charlatanes felices de sacarle jugo a la locura, pero gracias a Norah y Jonah, los Chetwynd-Pitt sabían que algunos fenómenos psíquicos, al menos, eran genuinos. De hecho, lord Chetwynd-Pitt llevó a varios médiums hasta Ely para canalizar los espíritus de sus hijos muertos, pero ninguno de ellos resultó ser el definitivo, y con cada esperanza desvanecida la cordura de lady Albertina quedaba aún más vapuleada.

Me llevo el zumo de tomate a los labios, pero sigue pareciendo un espécimen conservado en formol en un banco de sangre.

—¿Y pudo ayudar el doctor Cantillon?

Fred Pink se frota su áspera barba.

—Bueno, en cierto modo sí, aunque nunca pretendió ser médium. Tras reconocer a lady Albertina, Cantillon dijo que su pena había «cortado la cuerda etérea para su guía espiritual». Ejecutó un ritual sanador que había aprendido de un chamán en las montañas del Rif y prescribió un «elixir». En su libro, lady Albertina explicaba que aquel elixir le ofreció una visión de «un ángel apartando una piedra de su sepulcro» y vio a sus tres hijos felices, en un plano superior. En su libro, Cantillon, por su parte, menciona que el elixir contenía un nuevo medicamento milagroso llamado cocaína, así que saque usted sus propias conclusiones. A esta mezcla hay que añadir los beneficios de la terapia verbal. Para una dama eduardiana, la oportunidad de sacar sus trapos sucios en privado y desahogarse a los cuatro vientos debía de ser como mínimo terapéutica. Como un asesor de duelo en nuestros días. Lo cierto es que parece que en esa fase del proceso al doctor Cantillon se le esperaba siempre con los brazos abiertos.

El móvil vibra en el bolso. Avril respondiéndome al mensaje, supongo, pero lo ignoro.

—¿Y dónde están los gemelos Grayer en todo esto?

—Ajá. Jonah era aprendiz en la oficina inmobiliaria de la mansión Swaffham. La miopía y un corazón no muy fuerte lo salvaron de las trincheras, aunque, como esos defectos nunca le causaron molestias en su vida posterior, no puedo por menos de preguntarme hasta qué punto eran reales. Norah estaba interna durante la semana en una escuela femenina de Cambridge, para elevar sus perspectivas matrimoniales. Léon Cantillon había oído hablar de los «telegramas» a los Chetwynd-Pitt, por supuesto, así que en cuanto se le presentó la primera oportunidad pidió una demostración. Tuvo lugar durante el primer fin de semana que el doctor pasó en Swaffham. Se quedó impresionado. Se quedó muy, muy impresionado. «La anunciación de la Nueva Era Humana», lo llamaría más tarde. Quince días después, Cantillon le hizo una propuesta a sus anfitriones. Si le «prestaban» a Norah y a Jonah, y si los gemelos estaban de acuerdo, él les «ofrecería una educación psíquica perfecta, acorde con sus dones». El médico dijo que conocía a un profesor de ocultismo que enseñaría a los gemelos a canalizar espíritus. Una vez que Norah y Jonah dominaran esa habilidad, dijo, lady Albertina podría hablar libremente con sus tres hijos desde ese plano superior sin miedo a que la estafasen.

La que se huele una estafa soy yo.

—¿Hasta qué punto decía la verdad el doctor Cantillon?

El anciano se frota los azules y acuosos ojos enrojecidos en los bordes, y gruñe pensativo.

—Bueno, los Chetwynd-Pitt lo creyeron, y eso es lo que importa para ponernos ahora en antecedentes. Dieron su consentimiento a la propuesta de educar a Norah y Jonah, pero ahí es donde la versión de los hechos del doctor y de lady Albertina empiezan a diferir. Ella decía que Léon Cantillon había prometido que los gemelos no estarían fuera más que unas semanas. Cantillon afirma que los Chetwynd-Pitt le dieron la custodia de los Grayer sin letra pequeña que determinase fechas, plazos o distancia. ¿Quién dice la verdad? Eso no se lo puedo decir. La verdad tiene la costumbre de cambiar después de los hechos, ¿no le parece? Lo que sí sabemos es que Léon Cantillon se llevó a los gemelos primero a Dover, cruzó a Calais, cruzó un París en guerra, siguió hacia el sur, hacia Marsella, y luego embarcó en un vapor rumbo a Argel.

Lady Albertina califica ese viaje de «rapto, ni más ni menos», pero para cuando ella y su marido se enteraron, ya no había vuelta atrás. Hoy día la repatriación de menores es bastante difícil. En aquel entonces, cuando a los dieciséis ya se era adulto en muchos sentidos, con la Gran Guerra en pleno auge, por decirlo de algún modo y dentro de la jurisprudencia colonial francesa… Olvídalo. Los gemelos Grayer habían desaparecido.

No me aclaro.

−¿Se los llevaron contra su voluntad?

La cara de Fred Pink dice «Poco probable».

−¿Tú qué elegirías? ¿La vida de un pobre huérfano en los pantanos conservadores de una Inglaterra en plena guerra, o la vida de un alumno de lo oculto bajo las estrellas argelinas?

−Dependería de si creyese en lo oculto.

−Ellos creían. −Fred Pink le da un sorbo a su cerveza−. Y Sally también.

«Si no hubiese sido así −pienso−, no habría estado jugando a los cazafantasmas en callejones desconocidos por la noche y lo que sea que le ocurrió no le habría ocurrido.» O me muerdo la lengua o me cargo la entrevista.

−Así que los Grayer se quedaron en Argelia.

−Así fue, sí. Norah y Jonah ya dominaban la telepatía. ¿Qué otros poderes podrían adquirir en las manos adecuadas? Léon Cantillon era un manipulador astuto, sin duda, pero un manipulador astuto puede seguir siendo el candidato más adecuado. −Mira de nuevo la foto de Cantillon−. Se llevó a los gemelos a ver al Sayyid Albino de Aït Arif. Ya he mencionado antes su nombre. El Sayyid seguía una rama de ocultismo llamada la Voie Ombragée, o Senda Sombría, y vivía en una «morada de muchas habitaciones» junto a un torrente veloz, en «la lengua de un valle secreto», a un día de distancia de Argel; y esa viene a ser toda la información que nos proporciona Cantillon. El Sayyid aceptó a los dos gemelos extranjeros (que en aquel momento no sabían ni una palabra de árabe, recuerde) como discípulos en su casa, así que debió de ver algún potencial en ellos. Cantillon regresó a sus obligaciones en el hospital de la Legión Extranjera de Argel, aunque una vez cada quince días viajaba a la casa del Sayyid para ver los progresos de sus jóvenes pupilos.

—¡Se supone que tú estás para dar indicaciones, capullo! —grita una mujer a la puerta del bar, y un coche arranca a toda prisa.

—Señor Pink —le digo—, si me permite ser franca, me parece que la historia queda un poco lejos de la desaparición de mi hermana.

Fred Pink asiente y frunce el ceño mirando al reloj de pared: 20.14.

—Deme hasta las nueve en punto. Si para entonces no he relacionado todo esto con su Sally y mi Alan, le llamo un taxi. Tiene mi palabra.

Aunque Fred Pink no me cuadra como mentiroso, sí que me cuadra como soñador aficionado a las historias alternativas. Por otro lado, tras tantos años, mis propias investigaciones sobre la desaparición de Sally no me han llevado a ningún lado. A lo mejor el hecho de que Fred Pink me tenga aquí arrinconada me da alguna pista para buscar en lugares menos obvios. Empezando desde ya.

—Vale: hasta las nueve en punto. ¿En el programa de aprendizaje del Sayyid estaba lo de canalizar espíritus, como le había prometido Cantillon a lady Albertina?

—Tiene olfato para encontrar la pregunta adecuada, señorita Timms. —Fred Pink saca una caja de pastillas de menta Tic Tac, toma tres, me ofrece una (que rechazo) y se mete las tres en la boca—. No. Léon Cantillon le había mentido a los Chetwynd-Pitt sobre las sesiones espiritistas. Yo creo que sabía perfectamente que casi siempre eran una estafa. Cuando mueres, tu alma cruza el Crepúsculo entre la vida y el mar Vacío. El viaje dura cuarenta y nueve días, pero como no hay wi-fi, por decirlo de algún modo, no se pueden mandar mensajes.

En ningún sentido. Los médiums pueden querer convencerse de que oyen voces de los muertos, pero la fastidiosa realidad es que es imposible.

Vale, esto es una chifladura.

—Qué exactitud. ¿Cuarenta y nueve días?

Fred Pink se encoge de hombros.

—La velocidad del sonido es muy exacta. Y el número pi. Y las fórmulas químicas. —Mastica los Tic Tac—. ¿Ha estado alguna vez en la cordillera del Atlas, en el norte de África, señorita Timms?

Niego con la cabeza.

—Pues yo sí, lo crea o no, hace solo unos años. Gracias a unos tres mil pavos que saqué en un rasca y gana. En Argelia tres mil pavos dan para mucho, si tienes cuidado de que no te roben los carteristas y no te desplumen los tenderos. Esas montañas curvadas, el cielo seco, el viento caliente, la… la tremenda y contundente otredad de todo, por decirlo de alguna manera. Nunca lo olvidaré. Si te quedas mucho tiempo, te recablea la cabeza. No me extraña que todos los hippies y ese tipo de gente acudieran en bandada a lugares como Marrakesh en los sesenta. Los lugares lo cambian a uno, señorita Timms, y los desiertos nos cambian tanto a nosotros, los rostros pálidos del norte, que ni nuestras propias madres nos reconocerían. Día a día, los gemelos perdían su calidad de ingleses. Aprendieron árabe de los demás discípulos del Sayyid; comían pan de pita, hummus e higos; Norah llevaba velo, como buena muchacha musulmana; y con aquel clima, tenían más sentido las sandalias y las chilabas que los gemelos para la camisa, las enaguas y todo eso. El calendario perdió su significado para los gemelos, o eso cuenta Cantillon. Pasaron uno, dos, tres años. Aprendieron artes ocultas y ciencias oscuras para las que nuestra lengua ni siquiera posee palabras, cosas que ni una mente de entre cien mil aprende ni podría aprender, aunque se le diese la oportunidad. El único vínculo de los Grayer con el mundo exterior era el doctor Cantillon, pero cuando los ponía al día de aquel mundo (las matanzas de Flandes, el desenlace de Galípoli, la carnicería de Mesopotamia; la política de Westminster, de Berlín, de París, de Washington), a Norah y a Jonah todo aquello les sonaba a cosas que pasaban en lugares sobre los que habían leído hacía años. Nada real. Para los gemelos, su hogar era el valle del Sayyid. Su patria era la Senda Sombría.

Fred Pink se rasca el cuello (da la impresión de que sufre de una leve soriasis) y mira más allá de mi cabeza, en dirección a una casa iluminada por la luna en la cordillera del Atlas.

El reloj agrietado marca las 20.18.

—¿Cuánto tiempo se quedaron allí?

—Hasta abril de 1919. Todo acabó tan repentinamente como había empezado. Cantillon visitó un día al Sayyid y el maestro le dijo que les había enseñado a los gemelos todo el conocimiento que podía impartir. Había llegado la hora de que el gran globo terrestre fuese su maestro. ¿Qué suponía aquello exactamente? ¿Y dónde? Inglaterra ya no ejercía demasiada atracción sobre ninguno de ellos. En la mansión Swaffham, los Chetwynd-Pitt no les dispensarían una cálida bienvenida, seguro. Irlanda sufría dolores de parto, gestaba una cruel guerra civil. Francia estaba de rodillas, junto con la mayor parte de Europa. La edad de oro de Argel como puerto bélico había tocado a su fin. Cantillon, a quien seguía dándosele mejor gastar dinero que ganarlo, se encontraba ahora con un par de gemelos ingleses semiarabizados a su cargo. ¿Cómo convertir el conocimiento ocultista de los Grayer en un estilo de vida confortable? Ese era el dilema del doctor. ¿Y la respuesta? Pues los Estados Unidos de América, esa era la respuesta. Los tres zarparon rumbo a Nueva York en julio, en segunda clase, con Cantillon haciendo de tío Léon para los gemelos. Norah y Jonah estaban ansiosos por ver mundo, como los jóvenes que hoy en día se toman un año sabático. Alquilaron una casa en la ciudad, en Klinker Street, en Greenwich Village.

—Lo conozco bien —digo—. La oficina de *Spyglass* en Nueva York está en Klinker Street.

—¿De veras? —Fred Pink sorbe la cerveza y reprime un eructo—. Perdón. El mundo es un pañuelo.

—¿Qué hacían para ganarse la vida en Estados Unidos?

Fred Pink me lanza una mirada cómplice.

—Sesiones de espiritismo.

—Pero si son un fraude, acaba usted de decirlo.

—Claro que lo he dicho y claro que lo son. Yo no he venido aquí a defender a Cantillon ni a los gemelos, señorita Timms, pero no eran vulgares charlatanes. Es decir, Norah y Jonah podían leer la mente u «oír» los pensamientos de la mayoría de la gente con la que se encontraban. Esa parte al menos no era un truco. Era solo un sentido extra que tenían, como quien posee un oído extremadamente sensible. Podían hurgar en la mente de sus clientes y descubrir cosas que nadie sabía, ni siquiera la gente en cuya mente estaban esas cosas. Los gemelos sabían qué necesitaban oír sus apenados clientes, y qué palabras los curarían; y esas eran las palabras que pronunciaban. La única ficción era afirmar que aquellas palabras provenían de los seres queridos que se habían marchado. Uno puede decir que eso es aún peor, no mejor, y quizá tenga razón. Pero ¿está tan lejos de lo que hacen los loqueros y los asesores y los múltiples especialistas de la psique de hoy en día? Había un montón, y cuando digo un montón quiero decir un montón, de neoyorquinos desdichados, desesperados y directamente suicidas que salieron de la casita de Klinker Street seguros, segurísimos, de que sus seres queridos se hallaban en un lugar mejor y de que velaban por ellos y de que algún día todos se reunirían. Bueno, ¿no es eso lo que hace la religión? ¿Vamos a condenar a todos los curas, imanes y rabinos del planeta por hacer lo mismo? No, las sesiones espiritistas de los Grayer no eran reales, pero la esperanza que proporcionaban sí. ¿No compensa el «sí» por el «no»?

«Una estafa es una estafa», pienso, pero asiento de modo ambiguo.

—Entonces, las actuaciones de Nueva York fueron bien.

—Mucho. Cantillon era un representante sagaz. En cuanto los Grayer se hicieron un nombre, cambió de objetivo: citas discretas en casas de clientes ricos. Ni atrezo, ni humo, ni espejos, ni ectoplasma, ni ouija, ni vocecitas raras. Nada de actuaciones en público, nada vulgar ni teatrero. Solo calma, serenidad, aliviar el dolor con cordura, por así decirlo. «Tu hijo dice tal» y «Tu hermana dice cual». Si Cantillon sentía que un posible cliente solo iba en busca de emociones, lo rechazaba. O eso afirmaba, quién sabe.

Un cántico futbolero flota escaleras arriba. Es un sonido irregular, de arrullo, llegado de otro mundo.

—Si los Grayer poseían una buena colección de poderes psíquicos genuinos, ¿por qué conformarse con contarles trolas piadosas a los estadounidenses ricos?

Fred Pink se encoge de hombros como los comediantes franceses: con las palmas alzadas, los hombros en alto y la cabeza gacha.

—La motivación de Cantillon me la imagino: dinero; pero Norah y Jonah no dejaron testimonio escrito, así que ¿quién sabe? Quizá se tenían por estudiantes del ser humano y las sesiones espiritistas les permitían analizar mejor a la gente. También tenían una tremenda afición por ver mundo, y su servicio de sesiones, por llamarlo de algún modo, era un pasaporte válido en todos los territorios. Las recomendaciones personales les allanaban el camino, y así el tío Léon, su sobrina y su sobrino nunca volvieron a viajar en segunda clase. En primavera de 1920 se mudaron a Boston, en otoño fue Charleston, luego Nueva Orleans, luego San Francisco. ¿Para qué detenerse? Tomaron un transatlántico a Hawái, luego a Yokohama. Tras una estancia en Japón, siguieron su camino hacia Pekín, Manchuria, Shangai, Hong Kong, Macao, Ceilán. Los mejores hoteles y las casas de los agradecidos ricos fueron su hogar en aquel periodo. Bombay, Nueva Delhi. Un año o dos en el Raj británico, ¿por qué no? Un verano en las estaciones de montaña del norte de la India. Luego Adén, Suez, El Cairo, Chipre, Estambul, Atenas. Un invierno en Roma, una primavera en Viena, un verano en Berlín, navidades en París. En su libro, Cantillon describe cómo los gemelos afinaban sus estratagemas mientras viajaban, veían lo que había que ver y se «acomodaban durante una breve estancia, como pájaros exóticos, en cualquier sociedad en la que se hallasen». Norah rechazó seis propuestas de matrimonio, ni más ni menos, y no cabe duda de que Jonah se llevó su parte de aventuras y conquistas… pero siempre seguían su camino hacia el oeste, hasta que una mañana lluviosa de mayo de 1925 el tren de Dover entró traqueteando en Victoria Station, y los Grayer y su tutor tomaron un taxi hasta una casa en Queen's Gardens, una elegante y frondosa calle en Bayswater.

−¿Se financiaron cinco años de viajes de lujo por el mundo con las sesiones espiritistas?

−Cuando se marcharon de Estados Unidos diversificaron un poco. Los discípulos de la Senda Sombría aprenden el arte de la suasión, cuyo nombre corriente es «control mental». Quizá se pueda imaginar, señorita Timms, cómo puede convertirse un talento así en unas cuantas monedas…

Yo coopero:

−Si la «suasión» fuese real, se podría hacer que un millonario amigo nos extendiese un cheque sustancioso.

La expresión de Fred Pink dice que mi suposición es acertada.

−Y después usas otra habilidad de la Senda Sombría, la supresión, para borrar cualquier recuerdo de tu generoso benefactor con respecto a haber extendido dicho cheque. Algunos lo llamarían crimen perfecto, otros supervivencia; un socialista podría llamarlo redistribución de la riqueza. −Fred Pink se levanta−. ¿Puedo visitar los aseos, señorita Timms? La cerveza ha sido un error; mi próstata ya no es lo que era…

Señalo hacia la puerta.

−No voy a ningún sitio.

«Todavía.»

−¿No se va a tomar su zumo de tomate, señorita Timms?

Lo miro.

−Esto… Yo… Al final no me apetece.

−Le traeré otra cosa. Escuchar da mucha sed.

Le hago un gesto.

−No hace falta, gracias.

Fred Pink bromea poniendo cara de desánimo.

−Ah, pero insisto.

−Un poco más tarde.

Cuando se va, apago la grabadora digital. Todo está grabado, aunque no creo que lo vuelva a escuchar nunca. Solo un verdadero aficionado a las teorías de la conspiración o un enfermo mental relacionaría este cuento de Norfolk–Dublín–Argelia–América–Trans-Pacífico–Misterioso-Oriente con seis estudiantes que desaparecieron en 1997. Es tentador escaparse sin más, ahora que todavía hay muchos trenes a Londres. En serio, ¿qué haría Fred Prink si me marchase ahora? ¿Mandarme un correo electrónico para mostrarme su enfado? Soy periodista: gente enfadada me envía veinte correos electrónicos por hora. Fred Pink se ha pasado nueve años de su vida en coma, y unos cuantos encerrado en un pabellón de seguridad en las afueras de Slough, y es evidente que cree en las artes oscuras. El pobre hombre tiene el cerebro frito. Pero no. Le di mi palabra de quedarme hasta las nueve en punto, así que me quedo. Ahora son las 20.27. El último mensaje era de Avril, como había pensado.

Oh, glamour! Pr espero k sr P no sea prdida d tmpo. manda msj si ncsitas scap d urgncia.

Respondo:

Aún no hay verdict para Pink pero sguramte tome trn 21.30 pra vlvr a Padders. A las 22 n csa spro. xxx.

ENVIAR. No recuerdo haber comido nada, así que supongo que se me ha pasado. Bajo al bar a ver si hay algo para cenar. El sitio parece un escenario, y más bien uno de bajo presupuesto. Tras la partida del tipo ciego y del perro, la población de The Fox and Hounds ha menguado hasta cuatro. Arriba, en la pantalla de plasma, un equipo rojo juega contra un equipo azul, pero no sé quién es quién. Avril sabe que MUN quiere decir Manchester United y ARS significa Arsenal, pero yo nunca consigo descifrar los nombres. Hay un saque de esquina, y la patrona espera unos segundos para ver el resultado (no meten gol) antes de renquear hasta mi extremo de la barra. Le pregunto si tienen algo de comer y deja que transcurra una larga pausa antes para ilustrar el desprecio que le inspiran las bolleras de los medios de comunicación locales.

—Patatas fritas de queso y cebolla o al punto de sal; cacahuetes tostados o anacardos caramelizados con miel. Ya está.

Guau, no sabe una por dónde empezar con tanta variedad.

—Dos bolsas de anacardos y una tónica cero con limón. Por favor.

—Solo servimos tónica de verdad. Sin cero.

—Pues entonces todo apunta a que tomaré una tónica de verdad. Muchísimas gracias.

La patrona agarra los frutos secos de un estante, quita el tapón, encuentra un vaso, echa dentro una rodaja mustia de limón y da un golpecito en la caja con el índice huesudo.

—Tres libras cuarenta y cinco.

Le tiendo el dinero exacto.

—¿Y para qué periódico dices que escribes? —pregunta.

—*Spyglass*. Es una revista.

—Nunca he oído ese nombre.

—Es más conocida en Estados Unidos que aquí.

—¿Como *Private Eye* o algo así? ¿Una de esas revistas sarcásticas?

—No, en realidad no —digo—. Es menos satírica.

—¿Y qué les importa a los estadounidenses que desaparecieran seis estudiantes en una pequeña ciudad de Inglaterra hace nueve años?

—Pues quizá nada, no estoy segura. Eso lo decidirá el editor. Pero me pica la curiosidad. —Sopeso la posibilidad de contarle a la patrona lo de Sally, pero no—. Mi trabajo consiste en eso.

—Todo eso es una historia antigua. —Echa una mirada al aseo de caballeros, y se inclina hacia mí lo bastante para poder distinguir la evidencia de una vida agotadora tras las capas de maquillaje—. No le hace ningún favor a Fred al darle cuerda. Se echa la culpa de la desaparición de Alan, lo cual es una locura. Se pasó seis años en el hospital Dawkins, encerrado con los teletubbies. Eso lo sabe usted, ¿no?

—El señor Pink me ha desvelado su historial médico, sí.

La mandíbula de la patrona masca un chicle ficticio.

—Mientras tanto se imagina que es el detective Colombo, que va a resolver el gran misterio, y quizá incluso a encontrar a los miembros del «club del Expediente X» vivos en algún sitio, lo cual es una locura todavía más gorda. El «club del Expediente X», ¡como si fuese alguna tontería de serie de esas de la tele! Pues no lo es. Es un asunto serio. Es doloroso. Es mejor que lo dejen estar. La mujer de Fred lo dejó al final. Jackie era una santa, pero cuando Fred se largó a Argelia ni siquiera ella pudo aguantarlo más y se mudó de nuevo a la isla de Man. Ahora lo único en lo que piensa Fred es en esas teorías sobre los Illuminati, el Santo Grial, la Atlántida y la chorrada de turno. Y usted —dice cruzando unos brazos rollizos mientras Fred Pink sale del rincón del aseo—, usted está alimentando todo eso. Echando leña al fuego. Hola, Fred.

Se incorpora y dedica a Fred una sonrisa, como si no pasara nada.

—Tu nueva amiga me estaba contando lo bajo que pueden llegar a caer algunos soplapollas de los medios de comunicación solo para conseguir una historia. Habría que echarlos a las pirañas, eso es lo que yo digo. Que se coman unos a otros; total, son todos iguales. ¿Te apetece un brandy este vez?

—Siento lo de Maggs —dice Fred Pink cuando regresamos al piso de arriba—. No debería haberle contado que eres periodista. Los de aquí prefieren olvidar al «club del expediente X». Es demasiado Amityville, demasiado Triángulo de las Bermudas. Es malo para los precios de las casas.

Masco un puñado de anacardos caramelizados con miel. Dios, qué buenos están.

—«Soplapollas» es uno de los nombres más suaves que me han llamado, créame. Bueno, señor Pink: hemos dejado al doctor Cantillon y a los gemelos Grayer en Bayswater tras sus años de viaje por el extranjero.

Fred Pink le da vueltas al brandy en el vaso.

—Sí, estamos en 1925. Norah y Jonah tienen veintiséis años y el tío Léon cincuenta. Llevaba diez años siendo su factótum, su tutor, su relaciones públicas y su contable. Y ahora quiere ser su biógrafo, o más: su Juan Bautista. Porque decidió que había llegado el momento de darse a conocer al público y convencer al mundo de que el espiritualismo y la ciencia podían mantener un matrimonio respetable. No le bastaban el dinero y una vida cómoda. Su nueva ambición era establecer una nueva disciplina, la psicosotérica, y que el doctor Cantillon fuese su Darwin, su Freud, su Newton. Lo cual le trajo serios problemas con Norah y Jonah. Para entonces, ellos ya habían saciado su sed de mundo exterior. Lo que querían era esconderse y ver qué cabos sueltos de la Senda Sombría podían no ser cabos sueltos al fin y al cabo. Así que le dijeron que no a Cantillon: no había biografía ni gran revelación, ni más compromisos públicos. El obediente tío Léon les dijo a los gemelos que sus deseos eran órdenes para él. Pero el obediente tío Léon mentía descaradamente. Se pasó la mayor parte de los dos años siguientes escribiendo su obra magna,

La gran revelación, que no era el típico refrito al estilo «Los diez magos y brujas más importantes de Europa», como la mayoría de los libros de ocultismo de la época. El libro de Léon Cantillon constaba de tres partes. La primera parte era la historia nunca escrita de la Senda Sombría, desde sus comienzos en el siglo v hasta el siglo xx. La segunda parte era una biografía de los gemelos Grayer desde los días de la mansión de Swaffham hasta su regreso a Inglaterra. La tercera parte era un manifiesto para la fundación en Londres de una Internacional Psicosotérica, y adivine quién era el presidente vitalicio.

Mi teléfono vibra en el bolso. La respuesta de Avril a mi respuesta, seguro. Son las 20.45. Esperaré.

—¿Por qué contradijo Cantillon los deseos de los gemelos?

—No se sabe. Supongo que pensaba que en cuanto todo saliese a la luz y todo quisque estuviese pidiendo a gritos que comenzase la Era Psicosotérica, los Grayer se darían cuenta de que, después de todo, Cantillon estaba en lo cierto y firmarían. Si eso era lo que creía Cantillon —dice Fred Pink mientras se alborota el pelo sacando más caspa—, estaba equivocado. Trágicamente equivocado. El 29 de marzo de 1927, los impresores enviaron diez cajas de *La gran revelación*. El 30 de marzo, el buen doctor envió por correo seis docenas de ejemplares a diversos teosofistas, filósofos, ocultistas y mecenas de Inglaterra y allende los mares. Mi ejemplar del libro, que guardo a buen recaudo en una caja de seguridad en paradero desconocido, forma parte de esas seis docenas. A primerísima hora de la mañana siguiente (31 de marzo), un policía que estaba en el lugar adecuado, caminando por Queen's Garden, vio a Léon Cantillon levantar la ventana en guillotina y subirse al alféizar, desnudo como un bebé, para gritar las siguientes palabras: «La mente es su propio lugar, y en él puede convertir en cielo el infierno, y el infierno en cielo» (John Milton, si le pica la curiosidad). Luego saltó. Podría haber sobrevivido, pero aterrizó sobre una hilera de verjas puntiagudas. Ya se imagina la escena. Menudo jaleo se armó. El forense firmó un veredicto de muerte por enfermedad mental y el *Westminster Gazette* cubrió el funeral. Jonah leyó el panegírico mientras Norah, «la encarnación misma de la aflicción recatada, ataviada con un vestido de crespón negro hasta los tobillos» (sí, lo he memorizado) sollozaba por su tutor. Jonah le dijo al periodista que rezaba por que los «extraños delirios» del doctor Cantillon sirvieran para comprender lo peligroso que era mezclarse con las artes oscuras. El deán Grimond habría estado orgulloso. Trascurrieron las semanas, la tragedia del exmédico de la Legión Extranjera se convirtió en agua pasada y los Grayer quemaron en su chimenea de Queen's Garden uno tras otro todos los ejemplares de *La gran revelación* que no se habían enviado.

Una frase me perturba.

—«¿Un policía que estaba en el lugar adecuado?»

Fred Pink le da un sorbo a su brandy.

—Nunca te topes con un suasionador capaz.

Para seguir el caminito de migas de Fred Pink tiene uno que vendarle los ojos a su propia cordura.

—¿Quiere decir que un suasionador puede también hacer que un hombre se tire por la ventana?

—Exactamente, señorita Timms.

—Pero si Cantillon, en su narración, había sido un amigo y protector leal…

—«Había sido», sí; pero después se convirtió en una amenaza. Y también en una especie de apóstata: el ocultismo es como cualquier orden religiosa (o cualquier grupo extremista, ya puestos). Todo va como la seda y siempre están en plan «somos tu familia» mientras obedeces las órdenes, pero como te dé por tener ideas propias o por ponerte a hablar más de la cuenta, sacan los cuchillos. Se tirase Cantillon o lo empujaran, el caso es que el rastro de los Grayer comienza a borrarse tras el *Westminster Gazette*, y así seguirá durante cuatro años. Dejaron la casa de Bayswater en mayo de 1927 (pongo fecha a la partida gracias a las facturas de la tintorería), y después hay un gran vacío. He encontrado un posible testigo de su presencia en Sainte-Agnès, en los Alpes marítimos, en 1928, una referencia a unos gemelos ingleses que leen la mente en Rodesia en 1929, y una tal «señorita Norah» con un gemelo en una carta de amor enviada desde Fiji en 1930, pero nada (¿cómo era la palabra?) corroborado. –Fred Pink tamborilea con los dedos sobre la abultada mochila–. Ya ha mostrado usted bastante paciencia, así que me apresuraré a llegar al papel de su hermana antes de que den las nueve.

–Para entonces tendré que irme, señor Pink.

–En agosto de 1931, según el catastro local, el señor Jonah Grayer y su hermana, la señorita Norah Grayer, compraron Slade House, una propiedad a menos de doscientos metros de este mismo pub. Había sido una rectoría del siglo dieciocho perteneciente a la parroquia de Saint Brianna. En tiempos había estado rodeada de bosques y campos, pero para cuando los Grayer se mudaron allí Slade House era una fortaleza amurallada en un mar de bloques de ladrillo, situada en una ciudad industrial por la que la gente pasaba más de lo que se detenía, por decirlo así. El vecindario estaba lleno de trabajadores de las fábricas, lleno de familias numerosas, lleno de irlandeses y nómadas, lleno de gente que iba y venía y huía en plena noche. Lo cual se ajustaba como anillo al dedo a los propósitos de los Grayer.

–¿Qué propósitos eran esos, señor Pink?

–Pues necesitaban ratas de laboratorio, ya ve.

Yo lo que veo es cómo sube la aguja del detector de chiflados.

–Ratas de laboratorio para… ¿qué tipo de experimentos?

Las gafas de Fred Pink reflejan y desvían el foco mugriento de luz.

–Yo me voy a morir una de estas mañanas. Tengo setenta y nueve años, sigo fumando como un carretero, tengo hipertensión crónica. Maggs, la patrona, también morirá; quien sea que no deja de mandarle mensajes también; y usted también, señorita Timms. La muerte es lo único seguro en esta vida, ¿no? Todos lo sabemos, y sin embargo estamos programados para temerla. Ese temor es nuestro instinto de supervivencia y nos viene muy bien cuando somos jóvenes, pero es una maldición cuando eres mayor.

–Seguro que tiene razón, señor Pink. ¿Y bien?

–Norah y Jonah Grayer no querían morir. Nunca.

Justo al terminar su frase entra un gol en la tele de abajo y la multitud se alza y ruge como un hervidor de agua. Mantengo mi expresión profesional.

–¿No queremos todos lo mismo?

–Sí. Claro. La vida eterna. –Fred Pink se quita las gafas para frotarlas contra su camisa manchada–. Por eso se inventó la religión, y por eso sigue inventada. ¿Qué importa más que no morir? ¿El poder? ¿El oro? ¿El sexo? ¿Un millón de pavos? ¿Un billón? ¿Un trillón? ¿De verdad? Cuando te llega la hora, el dinero no te compra ni un minuto extra. No; engañar a la muerte, al envejecimiento, al asilo de ancianos, al espejo y a la cara de muerto enterrado, como la mía, que también usted verá en su espejo, señorita Timms, y antes de lo que cree: ese premio merece la caza y la conquista. Ese es el único precio que merece la caza. Y aquello que queremos se convierte en nuestro sueño. El atrezo del escenario cambia a lo largo de los años, pero el sueño sigue siendo el mismo: las piedras filoso-fales; las fuentes mágicas en valles perdidos del Tibet; líquenes que ralentizan la decadencia de nuestras células; tanques de líquidos varios que nos congelan durante unos cuantos siglos; ordenadores que almacenan nuestra personalidad en unos y ceros para el resto del tiempo. Al pan, pan, y al vino, vino: inmortalidad.

La aguja del chaladómetro marca once y no baja.

–Ya.

La sonrisa de Fred Pink se curva hacia abajo.

–Y el único problema es que la inmortalidad es una pamplina, ¿no?

Le doy un sorbo a mi tónica con calorías.

—Pues ya que lo pregunta, sí.

Se pone las gafas.

—¿Y qué pasa si, muy ocasionalmente, es real?

Y así, a las 20.52, Fred Pink demuestra haberse divorciado, no solo de su mujer, sino también de la realidad misma.

—Si alguien descubriese cómo no morir, no creo que siguiese en secreto durante mucho tiempo.

Ahora hace como si fuese él quien intenta complacerme.

—¿No lo cree? ¿Y por qué, señorita Timms?

Ahogo un suspiro de exasperación.

—Porque los inventores o investigadores querrían reconocimiento, fama, premios Nobel.

—No. Lo que querrían es no morir. Lo cual no ocurriría si saliese a la luz. Piense un momento en lo sórdidas y asquerosas que son las razones por las que se asesina ahora a la gente a escala masiva. Petróleo, tráfico de drogas, control sobre territorios ocupados y la palabra «ocupado». Agua. El verdadero nombre de Dios, su verdadera voluntad, quién tiene acceso a él. La sorprendente creencia de que Irak puede convertirse en Suecia deponiendo a un dictador y bombardeándolo un poco. ¿Qué no harían esos mismos señores de la guerra, oligarcas, élites y electorados para asegurarse un suministro limitado de vida eterna? Señorita Timms, desencadenarían la Tercera Guerra Mundial. Nuestros valerosos inventores morirían a manos de maniacos con pistolas, enterrados en búnkeres o en una guerra nuclear. Si el suministro no fuera limitado, las perspectivas serían aún menos alentadoras. Sí, todos dejaríamos de morirnos, pero no dejaríamos de reproducirnos. ¿Verdad? Los humanos son perros, señorita Timms; ya lo sabe usted. Veinte, treinta, cincuenta años después habría treinta, cuarenta, miles de millones de humanos devorando este mundo dejado de la mano de Dios. Nos ahogaríamos en nuestra propia mierda hasta cuando estuviésemos peleando por el último envase de fideos chinos del último supermercado. ¿Lo ve? Perdemos de las dos maneras. Si eres lo bastante listo como para descubrir la inmortalidad, eres lo bastante listo como para asegurarte el suministro y mantener la boquita bien cerrada. Como hicieron los gemelos Grayer en una buhardilla cercana a donde estamos ahora, hace unos ochenta años.

Fred Pink se echa hacia atrás, como quien ha demostrado algo.

Su seguridad es inquebrantable y espantosa. Escojo con cuidado las palabras.

—¿Cómo consiguieron los Grayer lo que usted dice que consiguieron?

—Con cuatro logros psicosotéricos. Para empezar, perfeccionaron la lacuna. ¿Que es qué? Una lacuna es un espacio reducido inmune al tiempo, así que en él una vela nunca se consumirá o un cuerpo no envejecerá. Segundo, mejoraron la transversión que les había enseñado el Sayyid (lo que los payasos de las historias alternativas llamarían proyección astral) para salir de sus cuerpos a la distancia que quisiesen y durante el tiempo que quisiesen. Tercero, dominaron la suasión a largo plazo, así que sus almas podían mudarse a un cuerpo ajeno y ocuparlo. Lo cual quiere decir que los Grayer tenían libertad para dejar sus cuerpos en la lacuna creada en la buhardilla de Slade House para habitar en cuerpos del mundo exterior. Me sigue de momento, ¿verdad?

Sí, Fred Pink está como una chota.

—Suponiendo que las almas sean reales.

—Las almas son tan reales como las vesículas biliares, señorita Timms. Créame.

—Y entonces ¿cómo es que nadie ha tenido nunca un alma en la mano ni le ha hecho una radiografía a una?

—¿Se pueden hacer radiografías a la mente? ¿Al hambre? ¿A la envidia? ¿Al tiempo?

—Ya veo. ¿Así que las almas pueden ir volando por los sitios, como Campanilla?

Una tubería borbotea en la pared.

—Siempre que sea el alma de un Dotado.

—¿De qué?

—De un Dotado. Una persona con poderes, o con poderes potenciales. Como Campanilla, sí; pero una Campanilla que vive en tu mente sin pedirte permiso, durante años si quiere, que te piratea el cerebro, controla tus acciones y te gasta bromitas con los recuerdos. O te mata.

Mi teléfono vuelve a vibrar.

—¿Así que los gemelos Grayer son un par de judíos errantes que se suben como autoestopistas a huéspedes, mientras sus propios cuerpos permanecen congelados en una burbuja en Slade House, donde siempre es 1931?

Fred Pink se liquida el brandy.

—1934. Les llevó unos cuantos años (y unas cuantas ratas de laboratorio) perfeccionar su modus operandi, por decirlo de algún modo. Pero hay un truco: este sistema no funciona a base de electricidad. Funciona a base de psicovoltaje. El psicovoltaje de los Dotados. Cada nueve años los Grayer tienen que alimentarlo. Tienen que atraer al huésped adecuado a… una especie de burbuja de realidad que ellos llaman plegaria. La plegaria es su cuarto logro. Una vez que el huésped se encuentra en ella, los gemelos tienen que conseguir que coma o beba banjax. El banjax es una sustancia química que reseca el cordón que une el alma al cuerpo, de modo que se pueda extraer el alma justo antes de la muerte.

¿Qué se le dice a un hombre delirante que espera que te quedes maravillada por la maravilla histórica de sus revelaciones?

—Todo eso suena muy complicado.

—Ah, pero los Grayer hacen que parezca fácil. Es una forma de arte, ya ve.

No, es una locura como una catedral. 20.56.

—¿Y qué relación tiene todo esto con mi hermana?

—Era una Dotada, señorita Timms. Los Grayer la mataron por su psicovoltaje.

Vale. Ahora me siento como si me acabase de dar un puñetazo. Y quiero devolvérselo, por meter a mi hermana en su fantasía de chalado.

—Sé que no era Alan, y he conocido a hermanos de los otros cuatro, pero ninguno tenía el destello. Usted sí, lo cual viene a confirmar que a quien querían era a Sally.

Siento varias emociones demasiado mezcladas para distinguirlas, como ingredientes dando vueltas en una Moulinex.

—Usted ni siquiera conoció a Sally, señor Pink.

—Ya, pero su caso deja pocas dudas. Cuando leí lo que escribió su médico de Singapur, me imaginé sus poderes psíquicos.

—Perdone. Pare. Cuando leyó ¿qué?

—La llevaron a terapia en Singapur. Debe de saberlo usted.

—Pues claro que lo sabía, pero usted… ¿Usted ha leído los informes psiquiátricos de Sally?

—Sí. —Fred Pink parece sorprendido de que yo esté molesta—. Tuve que leerlos.

—¿Con qué derecho se pone usted a leer los informes sobre Sal? ¿Y cómo los consiguió?

Mira hacia el umbral y baja la voz.

—Con gran dificultad, debo decirle; pero también con la conciencia bien tranquila. Si alguien hubiese detenido a los Grayer hace una década, señorita Timms, mi sobrino y su hermana aún estarían con nosotros. Pero nadie lo hizo. Porque nadie conocía los precedentes. Pero yo sí los conozco, y estoy intentando detenerles. Esto es la guerra. En la guerra, el fin justifica los medios. Eso significa la guerra: que el fin justifica los medios. Y, lo crea o no, soy un guerrero secreto en esta guerra invisible. Así que… —Una gotita de saliva se escapa volando de sus labios—. Así que no me disculpo por haber leído las notas de los médicos de Sally tanto en Singapur como en Great Malvern y, sumando dos más dos…

Un momento.

—Sally no hizo terapia en Malvern. Estaba encantada de estar allí.

La lástima que se dibuja en el rostro del hombre es perturbadoramente genuina.

—Era desgraciadísima, señorita Timms. El acoso era implacable. Quería morirse.

—No —digo—, ni de coña. Me lo habría dicho. Somos familia.

—Algunas veces —responde Fred Pink rascándose el muslo—, la familia es la última en enterarse de las cosas importantes. ¿No está de acuerdo?

No sabría decir si está hablando de mi compleja sexualidad. A lo mejor Fred Pink sufre ataques esporádicos de locura, pero no es tonto. Voy a darle un sorbo a mi tónica y me doy cuenta de que mi vaso está vacío. 20.57. Tendría que irme. De verdad. Ahora.

—Usted también es una Dotada. —Fred Pink me mira la frente—. Llámelo aura, llámelo sensación, pero sé que usted también es un hervidero de psicovoltaje. Por eso nos hemos visto aquí y no en Slade Alley. El callejón es la apertura a la plegaria de los Grayer. La olisquearían.

He conocido a bastantes neuróticos como para saber que siempre tienen respuestas para las objeciones lógicas (por eso son neuróticos), pero pregunto:

—Si esos «vampiros anímicos» solo querían a Sally, ¿por qué raptar a los otros cinco? ¿Dónde están ahora Alan y los demás?

—Los Grayer no querían ningún testigo. A Alan y los demás se limitaron a… —Fred Pink encoge de nuevo la cara, como dolorido— eliminarlos. Sus cuerpos fueron arrojados al vacío entre la plegaria y nuestro mundo. Como bolsas de basura lanzadas al vertedero. La única ventaja es que sus almas avanzaron mientras que la de Sally… fue convertida. Devorada.

Quizá una parte de mí siga pensando que la lógica puede salvar a Fred Pink, o quizá su psicosis me suscite una curiosidad morbosa, o quizá las dos cosas.

—¿Y por qué la policía nunca llegó a investigar Slade House, si está tan cerca de donde Sally y Alan desaparecieron?

—Slade House sufrió un bombardeo que la redujo a cenizas en 1940. Objetivo directo de una bomba alemana. Tras la guerra, se construyeron sobre ella Cranbury Avenue y Westwood Road.

Son las 20.59.

—Y entonces ¿cómo atrajeron a Sally al interior en 1997?

—La atrajeron a una plegaria de Slade House. Una copia. Un teatro de sombras. Una medida preoperatoria.

—¿Y cómo es que la bomba no acabó con los cuerpos de los Grayer, conservados en la lacuna de la buhardilla?

—Porque dentro de la lacuna siempre son las once de la noche pasadas del sábado 27 de octubre de 1934. El segundo mismo en que la lacuna adquirió vida, por decirlo de algún modo. Si hubiese estado presente observando, habría visto cómo desaparecían los Grayer, puufff, como si acabase de verlos desde un tren que pasaba a la velocidad del tiempo, por decirlo de algún modo. Pero el interior de la lacuna permanece eternamente en ese momento. Es más segura que el búnker nuclear más profundo que haya bajo las montañas Rocosas.

Maggs, la patrona, tenía razón. Estoy alimentando la locura de un anciano triste y destrozado. Mi teléfono vuelve a vibrar. Las manecillas del reloj se deslizan hasta marcar las nueve. Oigo que Maggs suelta una risotada larga y dura; el sonido me recuerda a la puñalada de los violines en la escena de la ducha de *Psicosis*.

—Bueno, desde luego se trata de una teoría detallada y consistente. Pero...

—Es un montón de mierda, ¿no?

Fred Pink mueve el vaso de brandy con rapidez, y tintinea. Apago la grabadora.

—No creo en la magia, señor Pink.

El anciano exhala una larga nota ondulante y poco armoniosa hasta vaciar los pulmones.

—Qué pena, porque usted es periodista y todo. Esperaba que escribiese un gran reportaje para *Spyglass*. Y que alertase a las autoridades. —Mira por la oscura ventana—. ¿Qué pruebas necesitaría para convencerla?

—Pues pruebas que sean pruebas, no actos de fe enmascarados.

—Ah. —Se examina ociosamente los dedos manchados de tabaco. Me alegro de que se esté tomando el rechazo con tanta calma—. Pruebas, fe. Palabras así, ¿eh?

—Siento no poder creerlo, señor Pink. De veras. Pero no puedo, y mi pareja me espera en casa.

Asiente.

—Bueno, prometí que le llamaría a un taxi, así que eso es lo que voy a hacer. A lo mejor soy un lunático, pero aun así soy un hombre de palabra. —Se pone en pie—. No tardo nada. Mire sus mensajes. Alguien está preocupado.

Se acabó. Me siento vacía. Avril ha mandado por lo menos seis mensajes.

¿aun no has trminado, cari?
hay sopa de calabaza

La sopa me sentará de miedo antes de irme a dormir. Siguiente:

Último trn dsd londrs: doce mnos vnte. ¿vas en él?

Qué atento por parte de Avril, pero es un poco raro, considerando que son solo las nueve de la noche. A no ser que hubiese puesto «vas» en vez de «irás». Abro su tercer mensaje.

Ok stoy oficialmnt preocpda, intnto llamr, dice «no disponible». ¿dnd stás? ¿t qdas n un hotl o q? LLAMA beso

¿Un hotel? Avril no es de las que se preocupan fácilmente; ¿por qué necesito un hotel? Y si puede mandar mensajes, ¿por qué no puede llamarme? ¿No hay cobertura? El siguiente mensaje dice así:

Cari sn las trs. Ya sé k ers mayor, pero LLAMA pra dcir k tdo va bien o no voy a podr drmir. La boda de Lotta s mñna, t acuerds, eh?

¿Las tres? ¿De qué va esto? Mi móvil marca las 21.02; el reloj agrietado está de acuerdo. Si Avril nunca se emborracha ni fuma hierba… La llamo al móvil… y me sale un mensaje de sin cobertura. Fantástico. Vodafone debe de haber empezado a actualizar la cobertura después de haber recibido los mensajes de Avril. Bajo al mensaje número cinco.

Freya ¿stas enfdda? si sí no ntindo. No he pdido drmir, stoy prcupadísma. La boda de Lotta mpieza mddía. No sé si ir o llamar plcía. Da igual si stás cn algn PR FVR llama.

Avril no gasta bromas de este tipo, pero si no es una broma, entonces es un colapso mental. ¿«Si stás cn algn»? Somos monógamas. Lo hemos sido desde el principio. Avril lo sabe. Debería saberlo. Intento llamar a nuestro vecino, Tom, pero me sale otra vez sin cobertura. Teniendo en cuenta lo anclado en los ochenta que se ha quedado este bar, a lo mejor tiene un teléfono público. Si no, le pediré a Maggs, la Vaca Malhumorada, que me deje usar su línea pagando. Leo el último mensaje.

Le he dicho a Lotta q stás cn fiebre y nos qdams en ksa. He llamdo a Nic y a Beryl pro no sbn nda. La plcía dce q hay q sprar 48 hrs ants d dnunciar. PRFA FREYA LLAMA, ME ESTOY VOLVIENDO LOCA

Nada de lo que ha dicho Fred Pink esta noche me perturba tanto como esto. Avril es la cuerda, la que ahuyenta mis pesadillas, la que me pone los pies en la tierra cuando me voy por las nubes. La única explicación es que, en efecto, se haya vuelto loca. Bajo las escaleras a toda velocidad hacia el bar…

… y cuando llego, vuelvo a entrar en la parte de arriba, de donde acabo de salir…

… y me quedo allí, jadeando y temblequeando, como si me acabasen de empapar de agua helada. Me agarro al quicio de la puerta. Las mismas mesas, las mismas sillas, la misma ventana nocturna, el mismo anuncio de Guinnes con el *leprechaun* tocando el violín: la parte de arriba de The Fox and Hounds. Al bajar he subido. Mi cerebro insiste en que ha ocurrido eso. Mi cerebro insiste en que eso no puede haber ocurrido. Mi grabadora digital sigue en la mesa a la que estábamos sentados —con el pánico, se me ha olvidado recogerla—, entre el zumo de tomate sin beber, mis envases de anacardos vacíos y el vaso de brandy de Fred Pink. Detrás de mí, las escaleras bajan, en efecto, y veo el suelo del bar abajo, con su fea decoración en plan tablero de ajedrez. Oigo la cancioncilla «Have I Got News For You» en la tele. «Respira, Freya; piensa.» El estrés hace estas cosas; tu trabajo es estresante; escuchar cómo un colgado te cuenta que a tu hermana le convirtieron el alma en combustible ha sido estresante. Los mensajes de Avril han sido estresantes. La memoria puede ser escurridiza como una anguila, pasa hasta en las mejores familias, así que es obvio, está clarísimo, que antes solo te has «preimaginado» que has bajado las escaleras, pero sin hacerlo realmente. Si las vuelves a bajar —ahora, quiero decir—, si bajas un escalón tras otro, tranquilamente, seguro que…

Me suena el teléfono. Tras hurgar un poco, lo saco del bolso; la pantalla dice NÚMERO DESCONOCIDO; formulo una oración vigorosa y secular para que sea Avril y respondo con un «¿Hola?» en tono frenético.

Lo único que oigo es una tormenta desatada de interferencias. Le digo:

—Soy Freya Timms. ¿Quién es?

Quizá si me acerco a la ventana tenga más cobertura.

—¿Avril? ¿Eres tú? —digo más fuerte y claro.

Los grandes árboles de Westwood Road ocultan las farolas.

En medio de las interferencias, se forman unas palabras. «¡Por favor! ¡No puedo respirar!»

Sally. Sally. Es Sally. Me pongo en cuclillas. Mi hermana.

No puede ser, pero es; ¡escucha! «¡No podéis hacerme esto! ¡No podéis!»

¡Mi hermana está viva! Herida y asustada, ¡pero viva! Se me desbloquean las palabras y la garganta obstruida se me abre lo bastante para poder decir:

—¡Soy Freya, Sal! ¿Dónde estás? ¡Sal! ¿Dónde estás?

Las interferencias aúllan y baten y se agitan y se lamentan y dan golpes y oigo «Alguienosdetendráalgúndíaypagaréisporesto…».

La línea se corta, la pantalla pone sin cobertura y en mi cabeza grito «¡NO!», pero no ayuda, así que avanzo por el menú hasta REGISTRO DE LLAMADAS, pero le doy a juegos y activo la serpiente y mi puto móvil no me deja retroceder hasta que se ha cargado del todo, pero Sal está viva viva viva, tendría que llamar a la policía, pero y si llama cuando esté hablando con ellos, y si lleva nueve años encerrada en el sótano de un loco como la mujer esa de Austria, Kampusch, que escapó de su captor hace un par de meses, y si…

Mi teléfono suena y se ilumina.

—¡Sally! —respondo.

—No, querida. Soy la Vaca Malhumorada de abajo.

¿Maggs, la patrona?

—Mire, voy a bajar, necesito…

—Me temo que ya es un poco tarde para ayudar a Sally, querida.

La oigo repetir la frase otra vez en mi cabeza.

No puedo hablar, ni moverme, ni pensar, ni hacer nada de nada…

… las moscas muertas de la lámpara matamoscas se han despertado.

—Solo era el eco, querida. El residuo. Un contestador de hace tiempo, si lo prefieres, de hace nueve años. Ah, bueno, muy bien… era el fantasma de tu hermana.

El miedo me empuja hacia atrás en el aire pegajoso.

—¿Quién es usted?

La voz de Maggs suena burlona y amable.

—Seguro que una de las mejores periodistas de *Spyglass* puede aventurar una suposición inteligente después de todo lo que ha oído esta tarde.

¿Qué me estoy perdiendo?

—Déjeme hablar con el señor Pink.

—El verdadero Fred falleció hace meses, querida. Un cáncer de próstata. Una forma horrible de marcharse.

Trago saliva con fuerza y se me inflan los pulmones: ¿una psicópata de verdad que se hace pasar por los muertos y tiene un club de fans de ayudantes locos (los otros clientes)? Un pub cerrado; persianas bajadas; asesinato. Asesinato. Me acerco a la ventana. Está diseñada como un marco, pero tiene pestillos y no se abre.

La voz de la patrona sale de mi Nokia entre crujidos.

—¿Estás ahí, verdad, querida? Se pierde la conexión.

Haz que siga hablando.

—Mire, dígame solo dónde está Sally, seguro…

—Sally no está en ningún sitio. Sally está muerta. Muerta. Muerta. Muerta. Muerta.

Suelto el teléfono en el suelo y lo dejo ahí y cojo una silla para romper la ventana y chillar putos asesinos y despertar a la calle entera y bajar por la cañería o saltar pero cuando me doy la vuelta para romper el cristal la ventana ya no está. Es pared. No está. Es pared…

… me vuelvo hacia las escaleras. Las escaleras no están. En su lugar hay una puerta blancuzca, con un pomo gastado de color oro. La patrona está al otro lado. Ella es quien está haciendo esto. No sé cómo, pero está haciendo esto y está dentro de mi cabeza. O espera espera espera…

Soy yo quien lo está haciendo. Yo soy la psicótica, no Fred Pink.

Necesito una ambulancia, no un coche de policía. Número de emergencias. Márcalo. Ya.

A ver, ¿qué es más posible? ¿Que se derrumben las leyes de la física o que una periodista esté estresada? Cojo el teléfono, rezando porque me dure la cordura. De inmediato responde una señora que aparenta eficiencia y brío.

—Buenos días, servicios de emergencia.

—Sí, hola, me llamo Freya Timms, yo… yo… yo… yo…

—Tranquilízate, Freya. —La operadora parece mi madre pero en eficiente—. Cuéntame cuál es la situación y veremos qué podemos hacer para ayudarte.

Si hablo de alucinaciones en un pub, me dará largas con una línea de ayuda. Necesito algo drástico.

—Me he puesto de parto; estoy sola, pero voy en silla de ruedas y necesito una ambulancia.

—Está bien, Freya, no te preocupes; ¿dónde te encuentras?

—En un pub, The Fox and Hounds, pero soy de por aquí, así que…

—No te preocupes, Freya, lo conozco. Mi hermano y yo vivimos justo al final de la calle.

Pienso «¡Gracias a Dios!», pero luego caigo en la cuenta.

Caigo en la cuenta de por qué sonaba tan divertida.

Caigo en la cuenta de que no hay manera de salir de aquí.

—Más vale tarde que nunca —dice la voz cruel del teléfono—. Date la vuelta y mira la vela que hay sobre la mesa, detrás de ti. Ahora.

Cuando obedezco la sala se oscurece. Una vela reposa sobre un candelero barroco con unas runas grabadas en el tallo y la base. La llama oscila.

—Observa la llama —ordena la voz—. Observa.

La realidad se pliega, en plan origami, y se oscurece por completo. No siento el cuerpo pero estoy de rodillas, creo, y hay tres caras junto a mí. A la izquierda de la vela flota una mujer en la treintena. Me suena… Es Maggs, la patrona, pero veinte años más joven, más delgada, más rubia, con la piel más suave y una belleza inquietante. A la derecha de la vela hay un hombre de la misma edad, también rubio, y que también me resulta conocido… Al escudriñar su rostro, surge un joven Fred Pink. Los dos son gemelos. ¿Quiénes pueden ser, sino Norah y Jonah Grayer? Están absolutamente inmóviles, como la llama de la vela, y como la tercera cara que me mira por encima de la vela. Freya Timms al otro lado del espejo. Intento mover algún miembro, un dedo pulgar, una pestaña, pero mi sistema nervioso se ha bloqueado. ¿Es esto lo que le ocurrió a Sal? Supongo que la respuesta es sí. ¿Pensó en mí? ¿Quiso que su hermana mayor viniese a rescatarla? ¿O para entonces había pasado ya esa fase?

—¡Increíble! —El rostro de Norah Grayer centellea enfurecido mientras la llama de la vela se enrosca y se desenrosca. Quizá lleve aquí minutos, quizá días. El tiempo necesita tiempo para poder medirse—. ¿Cómo te atreves?

—Hermanita.

Jonah Grayer agita la mandíbula como si no acabase de encajar.

Yo sigo paralizada de los globos oculares hacia abajo.

—¡Le has contado toda la historia de nuestra vida a esta maldita periodista!

—Fred Pink tenía que compartir alguno de sus descubrimientos, o la hermana de Oinc habría decidido que estaba perdiendo el tiempo y se habría largado prematuramente. ¿Por qué esa histeria?

–¡No me vengas con «histerias»! –La saliva vuela por encima de la vela–. El Sayyid te anularía solo por haber nombrado la Senda Sombría. ¡En el acto! ¡Y con razón!

–Ah, ya me gustaría ver al Sayyid intentándolo siquiera, descanse en paz. ¿De qué tienes miedo? Nuestra historia es un banquete de maravillas, y nunca se nos da la oportunidad de compartirla con un oyente discreto. ¿Le preguntamos si es discreta? Hagámoslo. Te dará tranquilidad. –Se gira hacia mí–. Señorita Timms: ¿tiene usted intención de publicar la historia de Fred Pink, tal y como ha oído contarla esta noche memorable?

No puedo negar (ni asentir) con la cabeza ni siquiera un milímetro.

–Podemos tomarlo como un no, querida Hermanita. Relájate.

–¿«Relájate»? ¿Así que actuar como un adolescente ya no basta? A nuestra huésped le ha faltado un pelo para salirnos rana; rechazó el primer banjax y…

–No no no no no. No, Norah. Has empezado otra vez con lo mismo: te asustas con toda la gama de «¿y si…?» en lugar de reconocer un resultado completamente satisfactorio.

¿Qué pasa? Estoy desesperada por saber. ¿Qué resultado?

–Pues Fred Pink te dio todas las respuestas, bonita –dice Jonah mientras gira su rostro burlón hacia mí–, pero te lo aclararé más todavía, porque queda claro que tu hermana fue la que heredó la inteligencia además de la grasa. Cuando venías a conocerme (a mí, en un cuerpo anciano al azar que requisé para hacer de señor Pink), decidiste que, después de todo, nuestra cita era una pérdida de tiempo. Como ya había previsto esa posibilidad, hice que te siguieran, y en un banco al abrigo de las miradas que había en el parque, cerca del quiosco de la música, uno de mis empleados de Blackwater te roció la cara con un espray que contenía un compuesto de lo más innovador. Perdiste la conciencia en el acto, pobrecita. Gracias a mi escrupulosa previsión –dice echándole una mirada a su hermana—, había una ambulancia del Hospital Saint John a solo un minuto. Nuestros esforzados voluntarios te trajeron hasta nuestra apertura sana y salva, atada a una silla de ruedas, en menos de cinco minutos. Mis hombres hasta te ocultaron la cara bajo una capucha, para protegerte de la lluvia. Y de las miradas impertinentes. Te soltaron en nuestra plegaria, que mi hermana y yo habíamos rediseñado hábilmente para que fuese una copia aproximada de The Fox and Hounds, tu destino original, y te trajeron al corazón de la plegaria, a la lacuna. Dada la dificultad de suprimir los recuerdos de la mente de una Dotada, no quise arriesgarme y borré todo el día; por eso no recuerdas haberte ido de Londres esta tarde. Cuando te despertaste, te invité a la exclusiva de tu vida. Ajá.

Jonah se pasa la lengua por los dientes superiores.

—¿No ha sido toda una satisfacción? Me siento como un detective estableciendo los hechos en la escena final de una obra de suspense. Sí, sí, Hermanita —Jonah se gira una vez más hacia su hermana, que al parecer sigue furiosa—, nuestra huésped arrugó la nariz con el zumo de tomate, pero se dio un buen atracón de banjax con los anacardos. Y es verdad que me salí un poco del tiesto durante mi actuación de Fred Pink y que le conté más cosas de las que pensaba; pero en dos minutos estará muerta, y los periodistas muertos no entregan reportajes.

¿Muerta? ¿Ha dicho muerta? ¿Me van a matar?

—Has sido un irresponsable y un fanfarrón, Hermano. —La voz de Norah presenta la dureza de la ira, pero solo le presto oídos a medias—. Nunca jamás le hables de la Voie Ombragée a nadie. Ni de Ely, ni de Swaffham, ni de Cantillon, ni de Aït Arif. Sean cuales sean las circunstancias. Nunca jamás.

—Haré lo posible para enmendar mis errores, querida Hermanita.

Jonah exhala un suspiro burlonamente contrito.

Norah está asqueada.

—Un día tu frivolidad acabará por matarte.

—Si tú lo dices, Hermanita…

—Y ese día yo me salvaré si puedo, y te abandonaré si tengo que hacerlo.

Jonah tiene la respuesta en la punta de la lengua, quizá una réplica lisonjera, pero cambia de opinión y de tema.

—Estoy muerto de hambre y tú también; nuestro operandi está famélico y la cena está desplumada, bridada y sazonada —vuelve todo su cuerpo hacia mí y susurra—: embrujada, preocupada y desconcertada. No respiras, bonita. ¿De verdad no te has dado cuenta?

Quiero que esto sea una mentira sádica, pero es verdad: no respiro. Así que ya está. No muero en un tiroteo, ni en un accidente de coche, ni en el mar, sino aquí, dentro de... esta pesadilla que no puede ser real y que, sin embargo, lo es. Los gemelos empiezan a empujar y doblar el espacio que se extiende ante ellos, despacio al principio, luego más deprisa. Luego se ponen como a dibujar en el aire, como calígrafos acelerados. También mueven los labios, pero no sé si estoy oyendo a mis captores o si es la vibración del eco de mi cerebro al apagarse por falta de oxígeno. Sobre la vela se coagula una cosa. Posee el tamaño de una cabeza mal formada, pero sin cara. Destella, rojo, brillante y luego oscuro, brillante y luego oscuro, y unas raíces semejantes a cuerdas le salen de los costados y del bajo vientre, fijándolo en el aire oscuro. Las raíces más largas serpentean en dirección a mí. Intento echar la cabeza hacia atrás o cerrar los ojos, pero no puedo. Si pudiese, gritaría, soltaría un grito fuerte, áspero, de película de terror, pero no puedo. Las raíces se retuercen y se me meten en la boca, en la nariz y en los oídos, y luego siento un pinchazo de dolor donde se encontraría mi ojo de Cíclope. Están extrayendo algo de ese preciso punto; entra en mi campo de visión a unos centímetros de mis ojos, un globo traslúcido y titilante, más pequeño que una bola de billar, pero cubierto con incontables estrellas. Es mi verdadero yo. Es mi alma. Los gemelos Grayer se inclinan.

Fruncen los labios e inhalan con fuerza.

Mi alma se estira como una burbuja de paredes gruesas de la que tiran.

Es mía, soy yo, pero no hay esperanza, no hay esperanza, no hay esper...

De repente, una figura llena el estrecho hueco entre los Grayer y no me deja ver. Es una chica con chaqueta de marca. Su tronco rechoncho bloquea la escasa luz que emite la vela y la cosa parecida a un cerebro o a un corazón de encima. A mi derecha, Norah Grayer cae hacia atrás, con el rostro contraído por la conmoción. Jonah no puede apartarse, aunque quisiera: una de las pequeñas manos de la intrusa (tiene las uñas de color azul éter) le agarra el cuello, mientras que la otra mano, ágil como el ala de un pájaro, le hunde a un lado de la tráquea una aguja gruesa de quince centímetros que le sale por el otro, como un palillo de cóctel atravesando una aceituna muy gorda. La sangre brota de ambos orificios, melaza sobre gris piedra en esta penumbra. El estupor hace que a Jonah se le pongan los ojos como platos, se le descuelgan la cabeza y la mandíbula y al intentar emitir algún sonido le sale espumita por los dos orificios de la herida. Su atacante lo suelta, pero el arma (un pincho para el pelo, si no me equivoco) se queda atascada en su sitio. Cuando Jonah inclina la cabeza, distingo una cabeza de zorro con ojos de piedra preciosa en la punta del pincho. Me llegan fragmentos de gritos de Norah, a un par de metros y a años luz de distancia. ¡Sal de aquí, maldito fantasma! ¡SAL DE AQUÍ! Ahora la intrusa se desvanece, veo la llama de la vela a través de su cuerpo. Mi alma estirada ha vuelto a adoptar la forma de un único globo, y ahora también se desvanece. Mi cuerpo ha muerto pero mi alma se ha salvado. El colgante de mi rescatadora se balancea a través de mi alma, cuyos últimos átomos rutilantes la iluminan de un profundo color verde mar. Eternidad, jade, es maorí, yo lo elegí, lo envolví, se lo envié una vez a alguien a quien quería.

ASTRONAUTAS

2015

El iPhone de Bombadil vibra sobre su corazón. Pesco el aparato con sus dedos fríos y lo saco de la amplia chaqueta de esquí que le he hecho comprar esta mañana, cerca de nuestro hotel anónimo, cuando he visto el amenazante estado del cielo. El mensaje es del empleado de Blackwater:

huéspd aprkdo a 50m d l entrda pr Westood Road al psje, azul mrino, VW Tiguan

Respondo con concisión:

buenas noticias

Nuestros operativos dominan su arte marcial y no necesitan más órdenes. Casi había llegado a temer que el tiempo invernal retrasase a nuestra huésped o que incluso la disuadiera de hacer el viaje en coche hasta aquí. Convertir un fracaso en un acierto nos habría complicado el día con desagradables tensiones, pero en lugar de eso nuestra huésped llega un cuarto de hora antes y podemos permitirnos un poco de relajo. Presa de un impulso, localizo la música de Philip Glass para *El show de Truman* en el iPhone de Bombadil, y la oigo a modo de divertimento preprandial. Jonah y yo vimos la película en el cine de una callejuela de Saint Tropez a principios de siglo. Nos conmovió el horror del protagonista al descubrir la amplitud y la profundidad del abismo que mediaba entre su propia vida y el mundo cotidiano. Ahora que lo pienso, la Costa Azul podría ser el santuario perfecto para que

Jonah pasase unas cuantas semanas tras nueve años estáticos en un cuerpo herido. En la Riviera no faltan huéspedes privilegiadas que podrían desmelenarse con Jonah, y yo disfrutaría del sol en la piel de un huésped tras cinco días de este absurdo clima inglés. Un gato color gris luna aparece a los pies de Bombadil, maullando en busca de comida.

–Estamos más hambrientos que tú –le aseguro.

El viento azota Slade Alley, llevándose aguanieve y hojas en desordenada espiral. Le ajusto la capucha a Bombadil para proteger los auriculares, y mi vista queda reducida a un óvalo bordeado de pelaje, y pienso en las tormentas de arena en la casa de Sayyid, en las montañas del Atlas. El siglo xx ha pasado volando. El gato me ha dejado por imposible. A Bombadil se le duermen los dedos de los pies dentro de las finas zapatillas de deporte, pero estará muerto antes de que le salgan sabañones. Tengo la conciencia tranquila.

Y aquí llega nuestra huésped. Una figura baja y delgada, abultada por la ropa de abrigo, camina por Slade Alley, iluminada desde atrás por una fugaz luz color aguanieve. La doctora Iris Marinus-Fenby es una psiquiatra natural de Toronto que atiende en el hospital Dawkins, a las afueras de Sough. Dos jugadas del destino la colocan en el camino que la lleva hasta nuestra apertura. La primera es que en 2008 se hizo con los cuadernos de Fred Pink, el antiguo paciente de Dawkins, que murió en 2005. A partir de ellos escribió una serie de trabajos sobre las psicosis de abducción, y en ellos describe la obsesión de Pink con Jonah y Norah Grayer, un par de «vampiros anímicos» muertos desde hace mucho. La segunda jugada del destino es que Iris Marinus-Fenby es, contra todo pronóstico, una Dotada, y en consecuencia una presa adecuada. Resultó absurdamente fácil atraer hasta aquí a la Loquera Todopoderosa. Se detiene a unos cuantos pasos; una profesional de treinta y muchos, negra, de un negro suave y subsahariano, como de chaqueta de cuero, que le acentúa el blanco de los ojos y los dientes. Marinus-Fenby se viste con desaliño para ir a trabajar, e incluso fuera de las horas de trabajo oculta su figura con ropa tirando a masculina: chaqueta de piloto de borrego, pantalones arrugados, botas de montaña, boina verde musgo, pañuelo palestino al cuello y maquillaje escaso o inexistente. Lleva el pelo afro corto y un bolso de lona caqui bajo el brazo. Tranquilamente escruta a Bombadil, un caucásico flaco en la veintena, con mala piel, un desacertado piercing en el labio, mandíbula de tiburón, peste a queso y ojos irritados. Mi anfitrión está engullido en su chaqueta de esquí talla XXL. La doctora Iris Marinus-Fenby ve a su próximo objeto de estudio, a su Fred Pink II, y a este va a conocerlo en carne y hueso. Desenchufo a Bombadil de los auriculares y le hago poner cara de «¿Hay algún problema?».

Marinus-Fenby recita la primera línea de la palabra clave.

–Sí, estoy buscando un pub llamado The Green Man.

Su voz es profunda, suave y tiene un acento que solía llamarse «trasatlántico».

Bombadil habla con un murmullo nervioso que no modifico.

–No. The Green Man ha seguido el camino de The Fox and Hounds.

Iris Marinus-Fenby ofrece su mano enguantada.

–Bombadil.

Siento la comezón del psicovoltaje aun a través de los guantes de cachemira.

–Doctora Iris Marinus-Fenby. Lo de las diez sílabas deja exhausto. Con «Marinus» está bien.

Advierto que los cuadros azules de su pañuelo palestino son en realidad diminutas estrellas de David. Qué simbolismo tan autocomplaciente. Nuestro apretón de manos llega a su fin.

–¿Eso no es como… llamarla por su apellido?

La Loquera Todopoderosa toma debida nota de mi sensibilidad con el asunto de los nombres.

—Marinus es más un nombre íntimo que un apellido.

Hago que Bombadil se encoja de hombros.

—Bienvenida de nuevo a Slade Alley, Marinus.

—Gracias por ponerte en contacto conmigo. —Sabe demasiado como para preguntarme mi nombre real—. Tus correos eran fascinantes.

—Pensé que le abriría la mente ver una plegaria de verdad en vivo.

—Tengo mucha curiosidad por lo que vamos a ver, Bombadil. Vaya, este viento corta como una cuchilla. ¿No preferirías que hablásemos en un sitio más calentito? Tengo el coche aparcado justo en la calle, o si no hay un Starbucks en el Green. ¿Has almorzado ya? Yo invito.

—Nunca hablo en ningún lugar que no haya registrado antes para buscar micros —le digo.

Marinus toma nota mental de la cuestión.

—Lo comprendo.

Asiento en dirección al callejón.

—Vamos directos al meollo.

—¿Directos a la plegaria, quieres decir?

—Sip. Aún está ahí. Yo entré ayer también.

—¿Eso nos da una vez el jueves además de ayer? ¿Dos visitas en total?

—Uno más uno son dos. —Asiento, divertida por lo profesional de su conducta—. No ocurren muy a menudo.

—Y la entrada a la «apertura» sigue —mira el claustrofóbico tramo medio de Slade Alley—... ¿ahí?

—Claro, doctora. Justo donde dijo usted que Fred Pink escribió que Gordon Edmonds aseguraba haberla encontrado, hace un montón de años.

Marinus se asombra de que ese muchacho inglés desgarbado y raro lea el *American Journal of Psychiatry*.

—Tú primero.

Veinte pasos más tarde nos detenemos en la apertura, y por primera vez el huésped se queda a cuadros.

—Pequeño, negro, de hierro. —Disfruto enumerando obviedades—. Justo como lo describió Fred Pink.

Marinus lo toca.

—Hace tres años ahí no había ninguna puerta.

—Ahí no había ninguna puerta hace tres días. Pero cuando me puse a reconocer el terreno el jueves después de amanecer, *voilà*.

Marinus mira a un lado y otro del callejón; luego se agacha para inspeccionar los laterales.

—Parece llevar años aquí. Qué raro. Mira el liquen, el cemento raspado…

—Las aperturas son camaleónicas, doctora. Se camuflan.

Me mira; su fe en una explicación lógica se ha cuarteado, pero de momento no se ha roto.

—¿Qué hay al otro lado?

—Esa es la parte guay. Si se apoya una escalera de tres metros en el muro y se mira al otro lado, se ve esto…

Pongo a Bombadil a sacar una foto de un bolsillo interior.

—El jardín trasero de una casa semiadosada, construida en 1952, hogar de Jamal y Sue al-Awi y de sus 2,4 niños (literalmente: está en el segundo trimestre de embarazo, según los informes médicos). Pero si se cruza realmente la apertura —golpeo la superficie muda con los nudillos—… se encuentra uno el jardín escalonado de Slade House tal y como apareció en los años treinta, un día templado y neblinoso.

Marinus me tantea con la mirada.

—Lo de la niebla fue una sorpresa —le digo.

Marinus está pensando que ojalá lo estuviese grabando todo.

—¿Te refieres a la misma Slade House que acabó destrozada en el bombardeo de 1940?

—El 20 de diciembre de 1940. Justo a tiempo para navidades. Sí.

—¿Así que lo que me estás diciendo es que esta puerta es una especie de portal temporal?

—No, no, ese es un error clásico de principiante. Una apertura es un portal a una plegaria. Una burbuja de realidad. Joder, doctora, ojalá pudiese verse la cara ahora mismo.

La cara de la Loquera Todopoderosa deja entrever suspicacia mezclada con asombro.

—Tengo fe en que tú te crees esto, Bombadil, pero la ciencia necesita pruebas. Ya lo sabes.

—Y las pruebas necesitan testigos de fiar —hago contestar a Bombadil—, a ser posible con doctores.

El viento hace rebotar una botella de plástico contra el suelo y las paredes del callejón. Nos apartamos para dejarla pasar. Las altas hierbas se balancean.

Marinus da unos golpecitos con los nudillos.

—No suena cuando lo golpeas. Y el metal está caliente, para el frío que hace. ¿Cómo se abre? No hay cerradura.

Hago que Bombadil esboce una sonrisa que parece una cremallera.

—La fuerza de la mente.

Marinus espera a que lo explique, temblando a pesar de lo abrigado de su ropa.

—Hay que visualizar el agujero de la cerradura —explico—, visualizar la llave, visualizar el insertar la llave, el girarla, y la puerta se abre. Si sabe uno de qué va la cosa, así es como se cruza una apertura.

Marinus asiente gravemente para asegurarme que no desconfía de mí. Qué graciosa es esta mujer.

—Y cuando entraste, ¿qué hiciste allí?

—El jueves no me atreví a salir de debajo del arbusto que me encontré al otro lado. Después de mi última plegaria en Nuevo México, he aprendido a ser prudente. Así que me limité a sentarme allí diez minutos, observando, y luego volví a salir. Ayer me envalentoné un poco más. Caminé hasta un gran árbol de gingko: yo no sabía lo que era, pero me traje una hoja y la busqué. Tengo una aplicación.

—¿Aún tienes la hoja? —pregunta Marinus, por supuesto.

Hago que Bombadil le tienda una bolsa de congelador con cremallera.

La levanta.

–Sí, es una hoja de gingko. –No añade que esa hoja podría haber llegado de cualquier sitio–. ¿Tomaste alguna foto ahí dentro?

Hincho los carrillos casi congelados de Bombadil.

–Lo intenté. Tomé unas cincuenta el jueves con el teléfono, pero al regresar se borraron todas. Ayer me llevé mi vieja Nikon e hice un carrete, pero cuando las revelé, ayer por la noche, estaban veladas. Para ser sinceros, no me sorprende: de los cinco astronautas de verdad que he conocido, ninguno ha vuelto de una expedición con una simple foto ni un vídeo intacto. Algo pasa con las plegarias. Parece que se niegan a ser grabadas.

–¿«Astronautas»?

–Así nos llamamos. Es una pista falsa para la red. «Turista de plegarias» o algo así nos atraería un tipo de atención que no queremos.

Marinus le devuelve la bolsa de congelador.

–¿Así que los astronautas pueden traer muestras de flora pero no imágenes?

Hago que Bombadil se encoja de hombros.

–No soy yo quien pone las reglas, doctora.

Tras una pared, alguien salta en una cama elástica chirriante.

–¿Viste señales de vida? –pregunta Marinus–. Dentro de la plegaria, quiero decir.

La Loquera Todopoderosa sigue pensando que está estudiando un fenómeno psiquiátrico, no uno ontológico. Puedo ser paciente: ya se enterará.

–Mirlos. Y una ardilla, muy mona, roja, no de esas grises que parecen ratas; y peces en un estanque. Pero gente no. Las cortinas de Slade House estaban corridas y la puerta cerrada, y nadie ha usado la apertura desde las cuatro de la tarde del jueves.

—Pareces muy seguro.

—Lo estoy. —Toco un ladrillo frente a la apertura—. ¿Ve esto?

La Loquera Todopoderosa se yergue y mira.

—Es un ladrillo.

Quien esté saltando en la cama elástica se está partiendo de risa. Es un niño.

—No. Es una moldura de ladrillo colocada sobre una caja de acero que contiene una cámara web, una fuente de alimentación y un sensor para conectar las lentes a un infrarrojos. Lo que ve la cámara a través de este agujero de dos milímetros —digo señalando— va directo a mi móvil.

Le enseño el iPhone a Marinus. La pantalla me muestra a mí enseñándole el iPhone a Marinus.

Está impresionada.

—Menudo equipo. ¿Lo has construido tú?

—Sí, pero todo el mérito es de los israelís (le pirateé las instrucciones al Mossad). —Le propino una palmadita amistosa a mi ladrillo-espía (colocado hace un rato por los empleados de Blackwater) y me giro hacia la apertura—. Vale. ¿Todo listo para la gran aventura?

Marinus vacila, preguntándose cómo reaccionaré yo cuando mi isla de fantasía se niegue a materializarse. La curiosidad científica pasa por encima de la precaución.

—Te sigo, Bombadil.

Me arrodillo ante la apertura y apoyo la palma de la mano en ella. Su calidez resulta agradable en la mano helada de Bombadil y ya puedo telegrafiar a Jonah: *Hermano, nuestro huésped ha llegado. Supongo que está todo listo, ¿no?*

Hombre, cómo por aquí. Su señal es débil. *Pensé que te habrías vuelto a largar a un «retiro» en Kirishima.*

Dame fuerza. *No, Jonah… Es Día de Visita, y nuestras metavidas dependen de que yo me halle precisamente aquí, y de que tú, por tu parte, tengas lista la plegaria y la subplegaria.*

Jonah se sorbe la nariz telegráficamente. *Muy amable por tu parte visitar a tu hermano encarcelado.*

Te visité ayer, le recuerdo. *Mi viaje a Kirishima fue hace seis años, y solo estuve fuera trece meses.*

Se desencadena una pausa malhumorada. *Trece meses son trece eternidades si estás encerrado en una lacuna. Yo nunca te habría abandonado, si las cosas hubieran sido al revés.*

Contraataco: *¿Como cuando no me dejaste tirada en la Antártida dos años enteros? ¿«De broma»? ¿O cuando no te olvidaste de mí en las islas de la Sociedad, cuando te fuiste «a navegar» con tus amigos cienciólogos?*

Otra pausa malhumorada por parte de Jonah. *Tu cuerpo natal no tenía un pincho para el pelo clavado en la garganta.*

Tras casi veinte décadas juntos, sé bien que no debo alimentar la autocompasión de mi hermano: *Ni el tuyo lo tendría si me hubieses hecho caso cuando te avisaba de las aberraciones en los operandi.* Nuestra huésped está esperando y el cuerpo de Bombadil está temblando. *Voy a abrir la apertura a la voz de tres, así que a no ser que te apetezca cometer suicidio y fratricidio en el mismo ataque de rencor, proyecta el jardín ya. Uno... dos...*

Primero paso el cuerpo de Bombadil. Todo bien. La Loquera Todopoderosa me sigue, esperándose un patio de mala muerte y encontrándose a los pies de un largo jardín escalonado que se alza hacia Slade House, cuyo contorno parece perfilado a lápiz contra la niebla. Iris Marinus-Fenby, médica, se yergue lentamente con unos ojos tan asombrados como abierta la mandíbula. Provoco en Bombadil una risita tensa. Nuestro operandi está completamente agotado, así que Jonah tiene solo un destello de voltaje para proyectar la plegaria de hoy, pero no será necesario que deslumbre o seduzca los sentidos como la fiesta de Halloween o el cebo romántico del policía: la mera existencia de esta plegaria basta para doblegar a Marinus. Le aclaro la garganta a Bombadil.

—¿Esto se considera ya una prueba, doctora?

Marinus solo puede señalar débilmente hacia la casa.

—Ajá. Una casa grande. Enorme como la vida misma. Tan real como nosotros.

El huésped se gira hacia la apertura, oculta por las camelias.

—No se preocupe. Es estable. No nos quedaremos encerrados.

La Loquera Prudente se agacha y mira de nuevo hacia Slade Alley. Tengo el teléfono listo para llamar a los empleados de Blackwater, pero Marinus vuelve pronto, se quita la boina y se la vuelve a poner, para ganar un poco de tiempo, me parece.

—En las notas de Fred Pink encontré una vieja postal. De Slade House. Esa... —dice con voz entrecortada, mirando hacia la antigua rectoría—. Es esa. Pero... yo comprobé los archivos municipales, la agencia cartográfica, Google Street View. Slade House no está ahí. Y aunque estuviese, no cabría entre Westwood Road y Cranbury Avenue. No está ahí. No puede estar. Pero está.

—Es un enigma, estoy de acuerdo, a no ser que Fred Pink tuviese... —murmuro—. Bueno, ya sabe, doctora... Razón. Ya me entiende, que al final no estuviese tan chalado.

Se oye una paloma en los ciruelos, pero no se la ve.

Marinus me mira para ver si yo también lo he oído.

No puedo evitar sacarle una sonrisa a Bombadil.

—Una paloma.

Marinus se muerde el pulgar y mira la marca del mordisco.

—No es un sueño —le digo—. Eso es un insulto para la plegaria.

Marinus coge una hoja de camelia, la muerde y la inspecciona.

Lanza una piedra al reloj de sol. Le da y suena a piedra.

Marinus aprieta con la mano el húmedo césped, dejando huella en él.

—Joder. —Me mira—. Es real, ¿no?

—Como lo son las plegarias: de manera local, cerrada, como un bolsillo, como una burbuja. Sí.

La Loquera Todopoderosa se pone de nuevo en pie, junta las manos como para rezar, se cubre la nariz y la boca unos cuantos segundos y luego mete las manos en los bolsillos de su chaqueta de aviador.

—Mis pacientes del Hospital Dawkins, de Toronto, de Vancouver... con sus delirios sobre la abducción... ¿Tenían... todos... razón, en realidad? ¿He firmado órdenes de confinamiento y los he atiborrado de antipsicóticos por haber experimentado esto?

Estamos en una fase delicada. Necesito convencer a Marinus para que suba a la casa sin que se huela una trampa, ni la aplaste el remordimiento, ni se asuste y empiece a correr hacia la salida.

—Mire, las plegarias de verdad son poco corrientes. Menos de un uno por ciento de sus pacientes son astronautas de verdad. Los demás, no; necesitaban los fármacos, necesitaban su ayuda. Bájese de la cruz, doctora, no es para usted.

—Un uno por ciento sigue siendo... demasiado. —Marinus se muerde el labio inferior y sacude la cabeza—. Demasiado para «Lo primero es no hacer daño».

—Bueno, las plegarias no se estudian en la universidad. Está claro que nunca va a publicar esto en revistas científicas de primera línea, pero si quiere ayudar a sus pacientes, mire a su alrededor. Explore. Observe. Posee usted un pensamiento flexible. Por eso la elegí.

Marinus deja que mis palabras se asienten. Da unos cuantos pasos por el césped, con la vista alzada hacia el cielo blanco, húmedo y liso.

—Fred Pink (al que hasta hace dos minutos yo creía un neurótico) pensaba que Slade House era peligrosa. ¿Lo es?

Hago que Bombadil se baje la cremallera de su chaqueta de esquí.

—No, no lo creo.

—Pero... Ay, Dios mío, no me puedo creer que esté diciendo esto... Hemos pasado de una realidad a otra. ¿No?

Finjo una suave decepción ante la aprensión de Marinus.

—Somos astronautas; sí, es un hobby más arriesgado que coleccionar figuras de Lego. Resulta que albergo fuertes sospechas de que Slade House es una plegaria que lleva funcionando con el piloto automático puesto desde hace un montón de años sin que nadie ponga el pie en ella. Pero si se siente más segura en la consulta de Dawkins, medicando a futuros Fred Pink con Izunolethe y antidepresivos y lo que sea y visitándolos en habitaciones acolchadas, a sabiendas de que ha sido la primera y última psiquiatra clínica en rajarse de explorar una plegaria de verdad, ¿quién puede culparla? Que tenga un buen camino de regreso a casa, doctora.

Me alejo en dirección al reloj de sol.

—Bombadil. —Oigo los apresurados pasos de Marinus tras de mí—. ¡Espera!

Su conciencia profesional la tiene cogida por el cuello. Y la correa la llevo yo.

Unas gotitas de niebla cuelgan de la lavanda. El de la lavanda, recuerdo, era uno de los aromas más felices de la infancia de Jonah y mía en la finca Swaffham de Norfolk, donde los arrendatarios agrícolas de los Chetwynd-Pitt cultivaban varias hectáreas de flores para las perfumerías de Londres. Me detengo mientras Marinus pellizca y huele.

—Huele como la de verdad —dice—, pero ¿por qué se está volviendo todo blanco y negro? Las camelias eran rojas y rosas pero la lavanda es gris. Y las rosas son monocromas.

Sé exactamente por qué: tras dieciocho años sin voltaje fresco, nuestro operandi está demasiado mermado para dar un color fiable.

—Deterioro —respondo con verdades a medias—. Estoy más seguro que nunca de que los gemelos Grayer se han ido a buscar comida. La niebla es otra señal. Podemos relajarnos un poco, doctora. Estamos visitando una ruina.

Reconfortada, Marinus se afloja el pañuelo palestino.

—¿Este lugar fue creado por seres humanos? ¿Todos los guijarros, las ramitas, las gotitas de niebla, las briznas de césped? ¿Los átomos? —Sacude la cabeza—. Es como… un acto divino.

—Yo en su lugar dejaría de lado las partículas físicas, doctora. Pero sí, personas y no dioses, si eso es lo que se está planteando. Si la ayuda, piense que las plegarias son decorados de teatro. Cuidado, se ha quedado enganchada en una zarza.

Marinus se quita la zarza del dobladillo.

—Ay. Las espinas también son de verdad. ¿Cuántos lugares así has visitado?

Recurro a las experiencias genuinas de Bombadil.

—Este es el tercero. El primero fue en la isla de Iona, en las Hébridas escocesas. Una plegaria bastante conocida. Bueno, claro, relativamente. Fue maravilloso. Es un ábside en la abadía que no está allí a no ser que sepas dónde y cuándo atravesar un arco determinado. La disparidad temporal fue la leche, vaya. Cuando volví, al día siguiente, habían pasado dos años y mi madre se había vuelto a casar con un representante de Microsoft divorciado.

—Eso es —la Loquera Todopoderosa busca las palabras— …increíble.

—¡Dígamelo a mí! ¡Microsoft! ¡Será posible! Mi segunda plegaria fue más intensa. Tenía la apertura en un instituto de artes en Santa Fe. La localizó Yoyo, un astronauta de Cedar Rapids. Estaba en un armario de mantenimiento.

—¿Qué es lo que diferencia a una plegaria «intensa» de la de Iona o de esta?

—Los finales infelices. Yoyo no salió nunca.

—¿Murió allí? —Marinus se detiene.

—Bueno, no, decidió quedarse en el interior… Y allí sigue, por lo que yo sé; pero su creador estaba en palacio y tenía un complejo de Jehová muy chungo. Había bautizado su pequeña obra como «Leche y miel». Cuando quise marcharme me acusó de apóstata e intentó… ejem… matarme. Bueno, eso es otra historia. Pero todo esto… —Hago que Bombadil haga un gesto a nuestro alrededor—. Tanta paz y tranquilidad quedan a años luz de aquello. Mire, fresas salvajes.

Las fresas son el banjax que Jonah y yo hemos acordado darle a nuestra huésped. Si consigo que Marinus se coma una, nos evitará tener que crear una subplegaria dentro de la casa. Cojo un par de frutas, de las más gordas, y me meto una en la boca.

—Jugosas. Pruebe.

La mano de Marinus comienza a alzarse… pero cae de nuevo.

—Quizá no.

Mierda, al carajo. Esbozo una sonrisita irónica en Bombadil.

—¿Asustada?

La Loquera Todopoderosa no las tiene todas consigo.

—Levemente supersticiosa. En todos las leyendas y mitos, la regla es que si comes o bebes algo, semillas de granada, vino de hadas, lo que sea, el sitio te atrapa.

Maldigo para mis adentros.

—¿«Mitos», doctora? ¿Acaso los mitos son ciencia?

—Ante la duda, como ahora, me pregunto: «¿Qué haría Carl Jung?». Llámalo instinto visceral.

Si la presiono con el banjax, acabará sospechando. Jonah tendrá que apañárselas para reunir voltaje para una subplegaria.

—Como quiera —digo, y me como la otra fresa. Si Marinus no estuviese tan dotada, podría haberla suasionado para que se la comiese; pero si no estuviese tan dotada, no estaría aquí—. Maravillosa. No sabe lo que se pierde.

Las ramas torcidas de la glicinia están colmadas de flores, por mucho que sea octubre en el mundo exterior. Pero cuando

Marinus extiende la mano para tocar las flores, su mano las atraviesa. Los únicos colores vívidos que quedan ahora en la plegaria son los tintes de la ropa con la que hemos venido. Ropa. Me perturba el pensamiento de que algo se me escapa… ¿Algo relacionado con qué? ¿Ropa, posesiones, qué? Hace nueve años, antes de que Sally Timms atacase a Jonah, otro pensamiento igualmente perturbador intentó avisarme, pero no presté la debida atención. Si a Jonah no le estuviese costando mantener la plegaria le telegrafiaría para que la pusiese en pausa mientras acabo de descubrir qué es lo que me molesta. Cuando subimos al césped de arriba, un pavo real blanco y negro que se cruza en nuestro camino se desvanece en el aire, dejando un rastro agónico de «¡Cucú! ¡Cucú! ¡Cucú!». Por suerte Marinus estaba distraída mirando el árbol de gingko, que apareció demasiado rápido para nuestro lento paseo.

—Hasta aquí llegué yo ayer —digo, y me detengo: miles de hojas caídas se mueven hacia arriba, todas juntas, para prenderse del árbol.

Marinus se queda embobada por la imagen, pero yo siento una náusea en el estómago de Bombadil: hay defectos serios en la proyección, no son trucos cómicos. Jonah está perdiendo el control de la plegaria.

—Estar aquí dentro es como un sueño —dice Marinus.

Mi hermano me envía un telegrama: *Métela en casa, se está desplomando.*

Del dicho al hecho va un buen trecho.

—Miremos en el interior —le digo a nuestra huésped.

—¿Dentro? ¿Dentro de la casa? ¿Estás seguro de que es buena idea?

—Claro —hago decir a Bombadil—. ¿Por qué no?

A un silencio lleno de ansiedad le sigue un preocupado «¿Para qué?».

Apelo a una fuerza más poderosa que la cobardía de nuestra huésped.

—Mire, doctora, no quería avivar falsas esperanzas, pero hay una posibilidad de que encontremos a Fred Pink vivo ahí dentro.

Miro en dirección a las ventanas superiores.

—¿Vivo? ¿Después de nueve años? ¿Estás seguro?

¿Todavía no estás dentro, Hermanita?, telegrafía Jonah. *¡Date prisa!*

—No hay certezas cuando hablamos de plegarias, doctora —respondo—. Pero el tiempo transcurría de modo diferente en la plegaria de Iona, y «Leche y miel» era habitable, así que creo que es posible. ¿No le debemos a Fred Pink el echarle un vistazo rápido al sitio, al menos? Al fin y al cabo, son las pistas que le dejó las que nos han traído hoy hasta aquí.

La Loquera Culpable muerde el anzuelo.

—En ese caso... si hay al menos una posibilidad de encontrarlo vivo, vamos. —Marinus cruza el último tramo de césped que nos separa de Slade House, pero cuando vuelve la vista hacia mí, mira más atrás y abre los ojos como platos—: ¡Bombadil!

Me giro y veo que el final del jardín se está borrando.

—¿Qué es eso? —pregunta Marinus—. ¿Cómo vamos a salir?

Un curvado muro de nada está descreando el jardín a medida que la plegaria se desploma sobre sí misma. Pensé que al encontrar un huésped con la riqueza voltaica de Marinus y traerla aquí, mi hermano, la lacuna y el operandi estaban a salvo. Ahora me doy cuenta de que quizá sea demasiado tarde.

—Es solo niebla, doctora. No se ponga nerviosa.

—¿Niebla? Pero si... Quiero decir, mira lo rápido que...

—La niebla de las plegarias es así. Lo vi en Iona también.

—No debo dejar que Marinus salga corriendo por el muro de inexistencia como pollo sin cabeza. Sigo caminando, sereno—. Confíe en mí, doctora. Vamos. A ver, ¿estaría yo tan tranquilo si hubiese algo de lo que preocuparse?

Las escaleras que conducen a Slade House están cubiertas de moho y manchas, la puerta antaño imponente se está descascarillando y pudriendo, y el óxido y el tiempo han carcomido el pomo. Abro la puerta y empujo a Marinus adentro. La plegaria, que no deja de encoger, está devorando el árbol de gingko a solo treinta pasos. Cierro la puerta tras nosotros y telegrafío a Jonah. *Estamos dentro.* Oímos un ruido como de muebles arrastrados y se me destaponan los oídos mientras la plegaria se amolda al exterior de la casa. Cuando vuelvo a mirar por la ventana con parteluz de la puerta, la nada me devuelve la mirada. El vacío es un horror.

—¿Qué ha sido ese ruido? —susurra Marinus.

—Un trueno. El clima lleva tanto tiempo descuidado aquí dentro que está patas arriba. Niebla, tormentas. Ahora saldrá un sol de justicia.

—Ah —responde la Loquera Todopoderosa, indecisa.

Hay hojas de otoño dispersas por las baldosas en forma de tablero de ajedrez del vestíbulo. A nuestra vieja ama de llaves checa le horrorizaría esta versión de la Slade House que ella mantenía como los chorros del oro en los tiempos corpóreos de Jonah y míos. Las molduras están decoradas con telarañas, las puertas cuelgan fuera de los goznes, y el revestimiento, escaleras arriba, está agusanado y descascarillado.

—¿Y ahora qué? —pregunta la Loquera Todopoderosa—. ¿Deberíamos registrar la planta baja o…?

Esta vez el trueno sacude las paredes, que se estremecen. Marinus se toca las orejas.

—Madre mía, ¿has notado eso?

Hermano, telegrafío, *estamos dentro. ¿Qué pasa?*

Un operandi moribundo, eso es lo que pasa. Jonah parece frenético. *La casa se está desplomando. Lleva a la huésped a la lacuna. Ahora.*

—Son interferencias —tranquilizo a Marinus—. Es bastante normal.

Grita desde arriba, le ordeno a Jonah.

Pausa significativa; después: *¿De qué estás hablando?*

Finge que eres Fred Pink y grita desde arriba.

Otra pausa. Jonah pregunta: *¿Cómo hablaba?*

¡Pero si lo representaste el último Día de Visita! Era inglés y tenía la voz ronca.

—¿Estás seguro de que esto es normal, Bombadil?

Marinus tiene miedo.

—Había un barómetro en «Leche y miel» —improviso— que...

Oímos algo. Marinus levanta un dedo y mira escaleras arriba.

—He oído a alguien —susurra—. ¿Y tú?

Yo aparento duda y aguzamos el oído. Nada. Un nada de un kilómetro de grosor. Marinus comienza a bajar el dedo y entonces oímos la voz anciana y temblorosa de Fred Pink.

—¿Hola? ¿Hay alguien ahí? ¿Hola?

—¿Señor Pink? ¿Es usted? —grita la Loquera Intrépida.

—¡Sí, sí! Es... Es que... Me he caído. Arriba. Por favor...

—¡Ahora mismo estamos con usted!

Sin echar ni una mirada, Marinus se va, subiendo los escalones de dos en dos. Por primera vez desde la apertura siento que tengo las cosas bajo control. Hago que Bombadil siga a Marinus a su guarida, aliviada por la facilidad con que mi hermano, el pastor mentiroso, se está quedando con la psiquiatra políglota doctorada con honores por la Universidad del Estado de Columbus. La alfombra está raída, el polvo ha formado una ligera costra y, cuando llegamos al rellano, el reloj de pie está en silencio, con la esfera demasiado roñosa para descifrarla. Del mismo modo, los retratos de nuestros primeros huéspedes padecen una lepra mohosa, y Marinus, confusa ante la hora más extraña de su vida, pasa junto a ellos sin echarles ni una mirada, cuanto menos un segundo vistazo. La Loquera Andante ve la puerta blancuzca al final de las escaleras y se lanza de nuevo hacia arriba, pisando el cuerpo desecado de un búho. Al pasar junto al retrato de Sally Timms la abofeteo, un gesto tan trivial como inútil. Ella fue quien causó el problema, o más bien su «fantasma». Al perforarle la garganta a mi hermano en el segundo vital, impidió que alimentásemos al operandi con el alma de su hermana Freya, y nos redujo a la indigencia psicovoltaica. ¡Pero la indigencia acabará hoy! Me choco con la espalda de Marinus, justo a unos cuantos pasos de la puerta blanquecina, junto al retrato lleno de mugre incrustada de Freya Timms.

—¿Por qué se detiene, doctora? —siseo.

Está escuchando los crujidos del silencio.

—¿Cómo sabemos si son estas las escaleras correctas?

—Por supuesto que lo son —empiezo a decir.

Oímos ruido de madera que se parte en el rellano de abajo; y oímos a Jonah-haciendo-de-Fred-Pink llamándonos desde la puerta que hay por encima de nosotros.

—Estoy aquí dentro. ¿Hola? ¿Hola? Necesito ayuda, ¿hay alguien ahí? ¿Por favor?

Mi hermano esta sobreactuando, como siempre, y el volumen es excesivo, pero Marinus se limita a coger el pomo biselado y desaparecer. En cualquier otro Día de Visita habría supuesto que la tarea está lista y que el huésped ha ido a parar a nuestra lacuna de la buhardilla, pero yo hoy no presupongo nada. Primero telegrafío: *¿La tienes, Jonah?*

La respuesta que recibo es un bramido de mampostería, cristal y madera partidos mientras el perímetro de la plegaria aniquila el armazón de Slade House. La destrucción sube rugiendo las escaleras de abajo y los pies de Bombadil se quedan clavados en el escalón mientras el inconsciente de mi anfitrión y yo luchamos por controlar su sistema nervioso, enloquecido por la adrenalina. A través de sus ojos observo cómo el furioso frente de nada alcanza el pequeño rellano, borrándolo a él y al reloj de pie, muerto, y luego avanza hacia el flaco y tatuado Bombadil. Muerte. Algo me ordena *Salta, es la hora*; pero no, el operandi necesita a los dos gemelos Grayer, y si obedeciese a ese impulso asesinaría a Jonah. Así pues, tras psicoempujar el escuálido cuerpo de Bombadil escaleras abajo, gano unos pocos segundos de gracia. Bum-bum-catapúm. Mi exanfitrión suelta un aullido entrecortado; su conciencia ha regresado demasiado tarde para detener su descenso, no digamos para recomponerse; y luego ya no está, chaqueta de esquí, sabañones, iPhone, consumo habitual de porno por internet, recuerdos de infancia, cuerpo y todo: desaparecido en un no destello. Yo-como-mi-alma me giro y cruzo la puerta blanquecina.

Emerjo en una copia ejemplar de una habitación del hospital privado Royal Berkshire, donde hace poco pasé una semana como paciente, tomando notas meticulosas. Cierto, Marinus es psiquiatra y no limpiadora en el canal A&E; cierto, conoce mejor los hospitales de Norteamérica que los ingleses; pero una mínima anomalía podría tener como resultado que nuestra huésped oliese una rata ilusoria y rechazase el banjax, y sin el anestésico la extracción del alma sería un lío y se realizaría solo parcialmente. En consecuencia, Jonah y yo evocamos la habitación con un gusto fanático por el realismo: un televisor empotrado, un lavabo con grifo giratorio, dos sillas que se pueden limpiar, una mesita de noche, un jarrón desconchado, una puerta con cortina de lino sobre la ventanita y un reloj fácil de leer que marca las 8.01, con las persianas bajadas, para sugerir que son las 8.01 de la noche y no de la mañana. Flota un aroma a lejía y la banda sonora del hospital incluye el tintineo de las puertas de ascensor, el traqueteo de las ruedas de los carritos y un teléfono que nadie contesta. La doctora Iris Marinus-Fenby yace inconsciente con un gotero en el brazo y un collarín. Mi hermano entra, evocado como él mismo, vestido con la bata blanca de médico. Ve mi alma.

—Norah. Llegas tarde.

Miro a Jonah-como-Jonah, alegrándome de su alegría al moverse de nuevo, aunque se trate de un movimiento tan ilusorio como la habitación de hospital. Luego me evoco como médica mayor, en la cuarentena, recuperando mi propia voz.

—Había un tráfico de muerte.

—Bien hecho, Hermanita. ¿Qué aspecto tengo?

—Ponte ojos de mapache y una barbita de tres días por encima de esa mandíbula indomable. Bien hecho, tú también.

Jonah modifica la cara y me enseña el perfil.

—¿Mejor?

—Mejor. ¿Qué tal nuestros cuerpos?

—El tuyo se halla en un estado de serena perfección, como siempre; el mío aún sigue con la garganta empalada por un pincho para el pelo con cabeza de zorro. Las paredes de la buhardilla son seguras, pero el operandi es una cáscara seca y moribunda, Hermanita. Le doy unos quince minutos.

Me vuelvo hacia Marinus.

—Entonces despertemos a la paciente y administrémosle su medicina. Luego recargaremos el operandi y te arreglaremos la garganta, célula a célula.

Jonah mira a la mujer inconsciente con pensamientos impuros.

—¿Opondrá resistencia, Hermanita?

—En el jardín rechazó la fresa, citando a Carl Jung y un «instinto visceral», imagínate, pero la fruta tenía un color hígado crudo; y cuando se despierte ahora no sabrá si es mayo, Marrakesh o Monteverdi. ¿Tienes el banjax?

Jonah evoca una pastilla roja y blanca en la mano.

—¿Te parece suficientemente genérico?

—Hazla más pequeña, para que se la pueda tragar sin esfuerzo. Ten un vaso de agua listo. No le des ninguna oportunidad de pararse a pensar.

Jonah encoge la pastilla, la coloca en un plato y evoca un vaso y una botella de Evian en la mesilla de noche.

—Mira, cuando telegrafiaste desde el pasaje no estaba en mi mejor momento, y…

–Llevas dieciocho años hambriento de psicovoltaje fresco y nueve atrapado en un cuerpo traumatizado. Yo a estas alturas me habría vuelto loca, no solo un poco insegura.

–No, Hermanita, déjame terminar; lo que, esto… lo que «dije» era un hurra agónico sobre algo… en lo que ya no creo. Tenías, tienes, razón.

Mi yo proyectado mira el yo proyectado de mi hermano.

–¿Sobre?

–Sobre perros viejos, trucos nuevos, el aislamiento, no tan estupendo, de la Voie Ombragée, y sobre… un objetivo superior. ¿Vale de momento?

Bueno, menudo giro.

–¿Me he metido en una plegaria?

–Si te estás regodeando, Hermanita, ya puedes…

–No. No me regodeo, Jonah. Llevo treinta años esperando oírte decir esto. Iremos al monte Shiranui. El oeste de Japón es el paraíso en otoño. Enomoto Sensei quiere conocerte. Ha sugerido una docena de formas de mejorar nuestro operandi.

El Jonah proyectado contempla un fin y un principio.

–Vale. De acuerdo. Está decidido, entonces.

Pienso en mi hermano y en mí compartiendo el útero de Nellie Grayer, hace ciento dieciséis años; y en nuestros cuerpos natales, que hace ocho décadas que comparten la lacuna. Nos referimos a los extraños con un «ellos», un enamorado es primero un «yo» y luego un «nosotros», pero Jonah es la mitad de mi «yo». Me concentro en la cuestión que nos ocupa antes de decir nada sentimental.

–Te va a doler un montón cuando te saque el pincho de la garganta, pero cauterizaré la herida y…

–Ahora o nunca, Hermana.

Jonah pone el índice izquierdo en el ojo-chakra frontal de nuestra huésped. Con la mano derecha, traza un jeroglífico para despertarla…

… y las pupilas de Iris Marinus-Fenby se dilatan a la luz vacilante de la plegaria.

—No te muevas, Iris —dice Jonah—. Has tenido un accidente, pero no hay problema. Estás en el hospital. Estás a salvo.

La debilidad y el miedo se reflejan en su voz cuando pregunta:

—¿Accidente?

—Escarcha en la zona cercana a la circunvalación M4. Tienes el Volkswagen para chatarra, pero no ha habido nadie más implicado, y no parece que presentes heridas serias. Llevas aquí todo el día. Estás en el Royal Berkshire Hospital.

Marinus traga saliva, estupefacta.

—Yo… ¿Quién…?

—Sí, yo soy Gareth Bell, y esta es la doctora Hayes. Todos los matasanos juntos. Iris, nos gustaría hacerte unas preguntas para completar tu tratamiento… ¿Crees que puedes responderlas?

—Pues… —La Loquera Soñolienta mira de reojo—. Claro, sí. Adelante.

Tomo el relevo.

—Gracias, Iris, eso es genial. Para empezar, ¿puedes decirnos si te duele algo ahora?

Marinus comprueba que puede mover las manos, luego los pies.

—No, yo… Solo estoy un poco entumecida, creo. Me duelen un poco las articulaciones.

—Ajá —murmuro mientras anoto en mi carpeta—. El gotero te suministra antiinflamatorios y calmantes. Te has hecho un buen hematoma en el costado izquierdo. Segundo… movilidad, acabas de comprobarla, muy bien. ¿Quién dice que los médicos son los peores pacientes?

—Bueno, a lo mejor los psiquiatras son mejores.

Sonrío.

—Genial, marcaré la casilla de «afiliación tribal».

—¿Tengo alguna fractura? —pregunta Marinus intentando incorporarse.

—Eh, eh —dice Jonah-como-doctor Bell—. Iris, tranquila. El collarín es solo preventivo, no te preocupes. No te hemos hecho radiografías por si estuvieses embarazada. ¿Podrías estarlo?

—No. No estoy embarazada. Seguro.

—Genial —digo—, pues te subiremos a radio dentro de una hora o así. Visión: ¿cuántos dedos?

Levanto cuatro.

—Cuatro —responde Marinus.

—¿Y ahora? —pregunto.

—Ninguno —dice Marinus.

—No hay problema —dice Jonah—, aunque nos preocupa un poco la conmoción cerebral: tienes una contusión impresionante en la parte trasera de la cabeza. Después de llevarte a radio te haremos un TAC, pero ¿tienes algún recuerdo del accidente?

—Pues… —Marinus se muestra exhausta y preocupada—. Pues…

Nos sentamos en la cama.

—¿Recuerdas estar en tu coche?

—Sí, pero… Recuerdo haber llegado a mi destino.

—Ajá —dice Jonah—. ¿Y cuál era ese destino?

—Un callejón cerca de Westwood Road, a las afueras de la ciudad. Había ido a ver a Bombadil.

—¿«Bombadil»? —pregunta Jonah—. ¿Ese no es el hombre verde que parece un *leprechaun* y sale en *El señor de los anillos*? Qué sobrenombre tan raro.

—Pues… Yo… Es que no lo he leído, pero mi Bombadil es uno que elabora teorías de la conspiración. No sé si es su nombre real o no. Es un objeto de estudio. Estoy escribiendo sobre los delirios de abducción. Estaba… en un callejón y… había una puerta en un muro que normalmente no estaba allí…

—Fascinante —digo con expresión de cierta alarma—. Pero de verdad, Iris, te prometo que el único sitio donde has estado hoy ha sido el Royal Berkshire Hospital.

—Sabes tan bien como nosotros —aclara Jonah con tono jovial— las pasadas que te puede jugar la mente después de un trauma o un accidente. Pero bueno, nos has dicho lo que queríamos saber. Si quieres, tómate solo este paracetamol para detener las posibles hemorragias internas que hayas podido sufrir.

Jonah levanta la mesa puente y pone la pastilla en un platito.

—Le voy a mandar un mensaje a Viv Singh, del Dawkins, para decirle que has recobrado la conciencia y que puedes hablar. Llevan todo el día en vilo.

—Vale, gracias…

Marinus contempla la píldora fácil de tragar.

Mi corazón evocado late un poco más rápido dentro de mi cuerpo evocado.

Miro hacia atrás. Jonah pone un vaso de agua Evian junto al plato.

—Gracias.

Aún desorientada, Marinus coge la pastilla.

Aparto la mirada. *Trágatela*, pienso. *Trágatela entera.*

—No te preocupes —dice Jonah, despreocupado, como si nuestras metavidas no dependiesen de que esta mujer caprichosa haga lo que él le dice. Jonah baja por los contactos, susurrando—: Viv Singh…

—Ejem… ¿Puedo hacer una pregunta? —dice Marinus.

—Dispara —responde Jonah sin levantar la vista del iPhone.

—¿Por qué, por los mil ciento once nombres de Dios, les iba yo a hacer el favor a dos parásitos asesinos de almas de tragarme su veneno?

El reloj de pie se detiene, los LED de los monitores se extinguen, un teléfono que suena a lo lejos se calla, y Jonah se queda helado, de espaldas a Marinus y a mí. Me pongo en pie y retrocedo, tropezando y con náuseas. Mi cerebro insiste en que Marinus, una huésped, no puede saber más de nosotros de lo que Jonah y yo sabemos sobre ella; que una psiquiatra mortal no puede estar tumbada en una cama evocada en nuestra plegaria interna, mirándonos tranquilamente como el miembro de un comité en una reunión aburrida; y sin embargo así es, aquí está.

–De todos los defectos de su operandi –está diciendo nuestra huésped–, el «banjax» es lo más anticuado. ¡De verdad! Un ánima-abortivo tan frágil que a no ser que el paciente lo ingiera por propia voluntad, sí, por su propia voluntad, no funciona. No se ha visto que la Senda Sombría despliegue una fórmula tan primitiva desde hace cincuenta o sesenta años. Pero ¿en qué estaban pensando ustedes, Grayer? Si lo hubiesen actualizado podrían habérmelo inyectado en el cuerpo ahora mismo. O al menos intentarlo.

Hermana, telegrafía Jonah, *¿qué es?*

Peligro, le respondo. *Cambio. Una lucha. Un final.*

Mátala, apremia Jonah. *Matémosla. Los dos.*

Si la matamos perdemos su alma, telegrafío mis pensamientos sin censura alguna, *y si perdemos su alma, nuestro operandi muere. No aguantará ni nueve horas más, por no hablar de nueve años. Y si el operandi muere, no hay lacuna.*

–Y sin lacuna –dice Marinus en voz alta–, el tiempo del mundo entra a borbotones, marchita sus cuerpos natales, y luego manda sus almas al Crepúsculo, ¿no? Ciento dieciséis años: se acabó lo que se daba.

El rostro horrorizado de Jonah es un reflejo del mío; telegrafía *¿Es que esta zorra intrusa puede oírnos, Hermana?*

Marinus chasquea la lengua.

–¡Señor Grayer! Qué ofensas tan pobres. «Zorra» es un insulto que ya no dice nada hoy en día; duele tanto como, no sé, que te apuñalen con un apio. Por no hablar de «intrusa». Me han invitado ustedes aquí hoy para sorberme el alma; ¿y ahora me llaman intrusa por aceptar la invitación? Eso no está bien. –Así como si nada, traza un jeroglífico para deshacerse del gotero y del collarín. No conseguimos ocultar nuestro asombro–. Sí, sé lo de las subplegarias en las plegarias, la burbuja dentro de la burbuja, la buhardilla de la casa. No es una mala copia, pero ¿agua marca Evian? ¿En un hospital público? No me digan… Ha sido idea de él, claro, ¿verdad?

La intrusa mira hacia mí pero señala con la cabeza a mi hermano. Yo no respondo. Sin prisas, se levanta de la cama y Jonah y yo retrocedemos un paso.

–A usted no se le ocurriría imaginar una marca pija de agua mineral francesa, señorita Grayer, tras su vigilancia secretísima de incógnito en el Hospital Dawkins. La vi escrutándome a través de los globos oculares de Viv Singh. Me quedé con su cara, como usted se quedó con la mía. Vaya par, ¿eh? Es un pijama muy elegante, pero… –Traza un jeroglífico y aparece su propia ropa–. Soy una criatura de hábitos indumentarios.

Jonah ha dejado que la subplegaria se desvanezca en parte para conservar voltaje, lo cual es prudente. Un ataque de fuerza bruta a Marinus, sin embargo, que me temo que será lo que planea Jonah, no sería tan prudente. Siento que es lo que está esperando.

–Nos tiene en desventaja –replico–. ¿Quién es usted?

–Soy quien soy, señorita Grayer. Nací como Iris Fenby, en 1980, en Baltimore; lo de «Marinus» se añadió más tarde, por razones hereditarias, es una larga historia; mi familia se mudó a Toronto, estudié Psiquiatría, y aquí estamos.

Empiezo el interrogatorio.

–Pero tiene usted telepatía, y sabe trazar jeroglíficos… ¿Sabe lo que es esto?

Emito una suave psicoonda en su dirección, que ella desvía hacia la botella de Evian, que se inclina y rueda a trompicones hasta el borde de la mesa, solo para desaparecer antes de caerse.

–Mira eso, Jonah –digo–. Nuestra huésped y nosotros somos tres gotas de agua psicosotérica.

A Marinus no le hace gracia.

—De gota nada, señorita Grayer. Yo no utilizo seres humanos como guantes de usar y tirar. ¿Le dio por lo menos las gracias al pobre Mark «Bombadil» antes de tirarlo a la basura ahora mismo?

—En qué colina de divina compasión se asienta —la pincho, y especulo—: Para que le importen los llantos, los vómitos y los celos de siete millones de seres humanos.

—Ah, siempre están ustedes con lo mismo —me dice la intrusa.

—¿De veras? —pregunto—. ¿Y cómo sabe nuestros nombres?

—Ahí hay historia para rato. —Marinus saca un aparato de la chaqueta y nos lo enseña. Veo la palabra Sony—. Al menos uno de ustedes ha visto ya esta grabadora digital, y creo que ha sido el señor Grayer...

Se gira hacia Jonah, que mira más de cerca.

—Sí. A ver si esto le refresca la memoria.

Marinus pulsa el play y oímos la voz confiada de una mujer: «Entrevista con el señor Fred Pink en el pub The Fox and Hounds, sábado 28 de octubre de 2006, 19.20.» Es Freya Timms. Marinus le da al botón de stop. No es una hazaña leer nuestros rostros.

—Tenía una vida. Una hermana a la que quería —dice Marinus. Su ira, aunque controlada, es fiera—. Adelante, nombradla. ¿O es que os da demasiada vergüenza?

Jonah aparenta estar demasiado horrorizado para nombrar nada. Ya puede, el muy imbécil. Su fanfarronada de Yo-como-Fred Pink de hace nueve años, cuando se puso a juguetear con Freya Timms en mi plegaria de The Fox and Hounds, tejió el hilo de Ariadna que ha conducido a Marinus hasta el corazón de nuestro operandi. Y cuando mi hermano vuelve a recuperar el don de la palabra, lo malgasta en la pregunta equivocada.

—¿Cómo ha conseguido eso?

Marinus le devuelve la mirada y luego posa la vista en mí. Yo afronto sus ojos sin vergüenza alguna.

—Freya Timms.

Marinus mira hacia atrás, luego dirige la vista a través de las persianas medio desvanecidas, por encima de las ventanas fantasmales.

—Qué noches más oscuras hay por estos pagos. Estamos en la buhardilla de Slade House, ¿no?

No respondo. La intrusa vuelve a la pregunta de Jonah.

—Su «crematorio» se deshace bastante bien de los cuerpos, pero la materia inorgánica se cae por las rendijas. En la época antigua no importaba apenas (un botón por aquí, un pasador por acá), pero en este siglo… —Marinus se gira de nuevo hacia nosotros y sopesa la grabadora en la palma de la mano—. Los ángeles caben de veras en la cabeza de un alfiler, y multitud de vidas en un lápiz de memoria. Somos pocos, señorita Grayer, pero estamos bien conectados. Artefactos como estos suelen acabar encontrándonos antes o después.

Deja caer la grabadora en el bolsillo.

Estoy elaborando una teoría. Enomoto Sensei habló de unos «vigilantes» que sufrían el impulso patológico de acabar con sus compañeros Atemporales.

—¿Quiénes son esos «nosotros»? —le pregunta Jonah a la intrusa.

—¿Por qué no le pide opinión a su hermana? Ella sale más.

Mantengo la vista clavada en Marinus.

—Es de más allá del Cisma.

—Caliente.

—Le Courant Profond —aventuro—. La Corriente Profunda.

Tiene las manos libres para trazar un jeroglífico.

—Caliente, caliente.

Qué juego más tonto.

—Es usted horologista.

—Bueno, dígalo con más tirria. Escupa la palabra si puede.

A Marinus, como a Jonah, le gusta la ironía burlesca. Como Jonah, pues, podría tropezar.

Jonah, naturalmente, no ha oído hablar de la Horología con mayúscula.

–¿Así que hace relojes?

La risa de Marinus suena genuina.

–Señorita Grayer, casi alcanzo a comprender por qué tolera a este pesado y monótono burócrata, a este comediante risible, a este débil perro galés que se imagina ser un lobo. Pero entre usted y yo, ¿no es una carga? ¿Una cadena con bola al final? ¿No es adecuado que se llame Jonah? ¿No le dijo nunca el Sayyid lo que pensaba de él? «Un gallito estúpido hecho a partir de placenta de cerdo.» Son sus palabras, lo juro. Dimos caza a su antiguo maestro en las montañas del Atlas, con la ayuda de la grabación de Freya. Al menos eso hay que agradecérselo a su hermano. El venerable Sayyid suplicó piedad. Intentó comprarla contándonos más de lo que habíamos esperado saber. Le mostramos la misma piedad que él había mostrado con sus víctimas a través de las décadas. Ni más ni menos. Y ahora Jonah le ha demostrado que es un estorbo letal…

Se interrumpe, tras haber llevado a mi hermano al punto de ebullición: Jonah traza el jeroglífico de un pirorrayo con las manos desnudas. Telegrafío *¡No!*, pero la cabeza de Jonah ruge y no me oye, así que grito en voz alta «¡No!», mientras los vestigios de la habitación de hospital se desmoronan, revelando la larga buhardilla de Slade House. Ochenta años de metavida acaban en la siguiente encrucijada: ¿me uno al ataque de Jonah contra un enemigo al que no hemos visto en acción y que nos ha provocado para que arremetamos contra ella? ¿Aunque nuestra victoria resultase en la inanición voltaica? ¿O abandono a Jonah y lo veo freírse, pero mantengo una esperanza fetal de supervivencia? Incluso mientras Jonah, con total y absoluta imprudencia, aplica hasta el último voltio de su alma para incinerar a Marinus, no sé qué hacer…

… Marinus, rápida como el pensamiento, trazó un campoespejo cóncavo que tembló bajo el impacto; oí el crujido de lava y vi que el dolor hacía mella en el rostro de Marinus, y por un momento me atreví a esperar que la intrusa nos hubiese subestimado; pero el campoespejo aguantó, recuperó el plano liso y devolvió la luz negra y reconcentrada derechita a su origen. No dio tiempo a trazar un jeroglífico ni a avisar ni a intervenir: Jonah Grayer vivió más de cuarenta y dos mil días, pero murió en un segundo fracturado, asesinado por un truco de principiante, truco, no obstante, desplegado por un maestro. Distinguí a un Jonah carbonizado con labios y mejillas derretidos, intentando en vano protegerse los ojos; lo vi encogerse en briquetas rotas y granitos de cenizas; y contemplé cómo una nébula de hollín perdía su forma humana y caía a las tablas del suelo, ahogando una vela constante.

Mi decisión se había tomado sola.

Veo el resplandor de la vela a través de mis propios párpados natales. Oigo el resuello y los crujidos de la cera que bulle a lo largo de la mecha. Entonces, el tiempo se ha desangrado en la lacuna. Nuestro operandi está muerto. Cuando abra los ojos, en lugar de ver a Jonah abriendo los ojos, veré a la Pena. La Pena y yo mantuvimos una conversación en Ely hace muchos años, cuando madre murió, la pobre, echando los pulmones por la boca, diciéndome que cuidase de Jonah, que lo protegiese, porque yo era la sensata… Y durante más de un siglo he honrado esa promesa, y he protegido a mi hermano con más fervor de lo que la pobre Nellie Grayer habría podido soñar; todos esos años, la Pena era solo un rostro entre la multitud. Sin embargo, ahora la Pena intenta recuperar el tiempo perdido. No me hago ilusiones. El alma de Jonah se ha ido al Crepúsculo: su cuerpo natal es un montoncito de hollín que me llega hasta el tobillo y la base de la Vela Novevite. El dolor que la Pena intenta infligirme será colosal. Y, sin embargo, de momento, solo de momento, me hallo sentada en las ruinas muertas de nuestro operandi, entre los restos granulosos de mi hermano gemelo, capaz de considerar mi situación con serena claridad. Quizá esta calma sea la quietud limosa que se encuentra entre el mar en resaca y el rugido del tsunami, que llena el horizonte y llega hasta las colinas, pero mientras dure, me aprovecharé. He dejado que Jonah sufra su fútil muerte solo; lo cual prueba, supongo, que mi amor por la supervivencia es mayor que mi amor por Jonah. La supervivencia es también una aliada contra la Pena: si me doblega ahora, no sobreviviré. La asesina está aquí, en la buhardilla. ¿Dónde si no iba a estar? Acabo de oírla hace un momento. Se ha recuperado, ha boqueado de dolor —bien— y ha atravesado entre crujidos las antiguas tablas de roble en dirección a la vela, como una polilla monstruosa, renqueante. Está esperando a que abra los ojos y empiece el siguiente asalto. La voy a dejar esperar un rato más.

Piel oscura en el espacio oscuro, me observa observarla, un cazador observando a su presa arrinconada, nuestros nervios ópticos conectando las almas. La asesina de Jonah, Marinus la horologista, que ha traído la muerte a nuestro refugio. Sí, la odio; pero qué débil resulta ese verbo trivial y neutralizado. El odio es una cosa que uno alberga: la voluptuosidad que me suscita hacer daño, mutilar y matar a esta mujer es menos una emoción que experimento que algo en lo que me he convertido.

—Esperaba que se uniese al ataque de su hermano —musita en un susurro fúnebre—, y seguro que él también. ¿Cómo es que no lo ha hecho?

El fin comienza.

—Porque era una estrategia pésima.

Como siempre, tengo la garganta seca al rehabitar mi propio cuerpo.

—Si perdíamos, acabaríamos así —respondo mirando el hollín que hay a mis pies. Me pongo en pie (tengo las articulaciones rígidas) y retrocedo unos pasos, de modo que la vela se halle a la misma distancia entre Marinus y yo–. Si ganábamos, en cambio, moriríamos cuando la lacuna se desplomase y el tiempo del mundo pusiera al día nuestros cuerpos. Típico de Jonah. Hasta cuando éramos niños pecaba de imprudente, y me dejaba luego que yo arreglase el desastre e intentase corregir las cosas. Esta vez no puedo.

Marinus sopesa mis palabras.

–Lamento su pérdida.

–Sus condolencias me dan asco –respondo con bastante suavidad.

–La pena duele, sí. Todos los humanos de los que se han alimentado ustedes tenían seres queridos que sufrieron como ahora le ocurre a usted. Sin ni siquiera una figura a la que culpar y odiar. Pero ya conoce el refrán, señorita Grayer: «Quien a hierro mata…».

–No me cite refranes. ¿Por qué no me ha matado ahora mismo?

Marinus pone cara de «Es complicado».

–Para empezar, el asesinato a sangre fría no entra en la Corriente Profunda.

–No, claro, prefieren provocar a sus enemigos para que disparen primero, así pueden alegar defensa propia.

La muy hipócrita ni siquiera lo niega.

–Segundo, quería preguntarle si sería tan amable de abrir la apertura interna –dice señalando el espejo– para dejarme salir.

Así que no puede hacerlo todo ni lo sabe todo. No le digo que ni siquiera yo puedo abrir la apertura ahora que el operandi ha muerto. No le confirmo siquiera que la apertura es el espejo, por si solo está tanteando. Solo pienso en Marinus muriendo cuando se agote el aire de la buhardilla. Una imagen satisfactoria.

–Nunca –le digo.

–No tenía muchas posibilidades –admite Marinus–, pero habría sido más elegante que el plan B, que aun así tampoco tiene muchas.

Se acerca a la vela y mete la mano en un bolsillo del muslo. Reúno mi voltaje y lo preparo para la defensa. En lugar de un arma, sin embargo, saca un teléfono móvil.

—La red más cercana está a sesenta años en el futuro —le digo—, y la apertura no transmite señal telefónica al mundo real. Así que lo siento.

Su cara oscura brilla a la luz fría del teléfono.

—Ya le he dicho que tampoco había muchas posibilidades.

Apunta el aparato hacia la apertura; mira; espera; comprueba la pantalla; frunce el ceño; espera; espera; camina alrededor de la vela y el montoncito de hollín para agacharse junto a la apertura y examinar la superficie del espejo; espera; pone la oreja contra él; espera; y finalmente se rinde con un suspiro.

—Ninguna, según parece. —Aparta el teléfono—. Solté medio kilo de explosivo plástico en el arbusto, cerca de la apertura exterior, cuando usted-como-Bombadil no miraba. Mi bolso de lienzo. Creo que notó usted que algo fallaba cuando pasamos por debajo de la glicinia, así que la distraje. Esperaba que la explosión abriese la apertura por el otro lado, pero o bien la señal del teléfono no alcanza al detonador o su operandi es demasiado sólido.

—Lamento su pérdida —disfruto diciendo—. ¿Hay un plan C o la doctora Iris Marinus-Fenby va a morir hoy?

—La tradición mandaría que representásemos otra batalla climática entre el bien y el mal. No obstante, no nos pondríamos nunca de acuerdo en quién es cuál, y el único premio que se rifa es una muerte lenta por falta de oxígeno. ¿Faltamos a la tradición?

La falsa ligereza es repugnante.

—Según tengo entendido, la muerte para usted es solo una pequeña pausa.

Retrocede alrededor de la vela, y se sienta donde nuestros huéspedes se colocan, se colocaban, mejor dicho, enfrente de la apertura.

—Es más problemático que eso, pero sí que regresamos. ¿Su informante principal acerca de la Corriente Profunda fue Enomoto o el Sayyid?

—Ambos. Ambos maestros los conocían. ¿Por qué?

—Conocí al abuelo de Enomoto en otra vida. Un demonio de hombre, un asesino. Le habría caído bien a usted.

—Nos deniegan los privilegios que ustedes disfrutan. —Mi voz suena descascarillada y agrietada. Es por la sed.

—Ustedes asesinan por inmortalidad —afirma Marinus—. Nosotros estamos condenados a ella.

—¿«Condenados», dice? ¡Como si estuviese dispuesta a cambiar con gusto su metavida por el puñado de décadas fragmentadas, malgastadas y baratas de algún reloj de huesos!

Me siento inexplicablemente cansada. Contener la pena por el asesinato de Jonah debe de estar agotándome. Me siento, a treinta centímetros o así de mi lugar habitual.

—¿Por qué los horologistas llevan a cabo esta...? —Se me ha ido la palabra, es árabe, en esta época también se usa en inglés—. ¿Esta... yihad contra nosotros?

—Somos siervos de la santidad de la vida, señorita Grayer. No de nuestras vidas, sino de las de otra gente. Nuestro mayor objetivo es saber que esos futuros inocentes a los que habría matado para alimentar su adicción a la longevidad (gente tan inocente como las hermanas Timms, como Gordon Edmonds, como los Bishop) sobrevivirán. ¿Qué es una metavida sin misión? Puro alimento.

¿Qué Bishop?

—Todo lo que hemos hecho era buscar la supervivencia. —Mi voz suena demasiado acuosa—. Ni más ni menos como cualquier animal sano y cuerdo...

—No —exclama Marinus arrugando el gesto—, de verdad, no, por favor. Lo he oído tantísimas veces. «La humanidad está programada para sobrevivir», «La "ley de la selva" es el camino de la naturaleza», «Solo cosechamos a unos pocos». Una y otra vez, a lo largo de los años, siempre la misma...

Me están empezando a doler las caderas y las rodillas, con un dolor que nunca he conocido. Me pregunto si Marinus será la responsable. ¿Dónde se ha metido Jonah?

—… de semejante puñado de buitres —está diciendo la mujer, y ojalá lo dijese alto y claro—, de señores feudales a negreros a oligarcas a neoconservadores a depredadores como usted. Todos ustedes estrangulan su conciencia y se quedan éticamente boquiabiertos.

El dolor se ha extendido a mi muñeca izquierda. La examino y si pudiese, la dejaría caer, horrorizada. Tengo la piel colgando como una manga grotesca, incómoda. Mis palmas, mis dedos son… viejos.

Un espejismo repulsivo, seguramente, obra de Marinus. Miro hacia delante, con un esfuerzo excesivo, para mirar la apertura. Me devuelve la mirada una bruja de pelo blanco, aterrorizada.

—La explosión no reventó la apertura —dice la mujer negra—, pero sí que hizo una grieta. Ahí, en el medio. ¿La ve?

Se arrodilla junto a mí y pasa el dedo por una gruesa línea.

—Ahí. El mundo se está colando por ahí, señorita Grayer. Lo siento. Está usted envejeciendo a una velocidad de década por quince segundos.

Habla inglés, pero ¿de qué me habla?

—¿Quién eres?

La mujer me mira. Lo cual es de muy mala educación. ¿Los africanos no les enseñan modales a sus hijos?

—Soy la Compasión, señorita Grayer.

—Pues entonces, Compasión… Tráeme… Tráeme… —Conozco su nombre, sé que conozco su nombre, pero su nombre no me conoce a mí—. A mi hermano. Ahora mismo. Lo arreglará todo.

—Lo siento —dice Compasión—. Su mente se deteriora.

Se pone en pie y coge nuestro… ¿cómo se llama? La cosa en la que se pone la vela. ¡Lo va a robar!

—¡Deja eso donde estaba!

Intento detenerla, pero solo sacudo los pies en una pila de suciedad. Este sitio está mugriento. ¿Dónde está el ama de llaves? ¿Por qué ha cogido esta africana nuestro candelero? Esa es la palabra: ¡candelero! Ha pertenecido a esta familia durante generaciones. Tiene tres mil años. Es más viejo que Jesús. Es de Nínive.

—¡Tráeme a Jonah ahora mismo! —grito.

La africana lo levanta, como, como un, bueno, eso, como una cosa… y da un golpe con su pesada base contra el espejo.

La luz del día entra a raudales y los copos de nieve se cuelan como un enjambre por el plano hecho añicos de la apertura, cubriendo el suelo y sus tablas, yendo a toda prisa a los huecos más oscuros de la buhardilla, como escolares curioseando. Mi cuerpo se ha encogido a mi alrededor como un globo pinchado y huesudo. Mi alma, desatada, desligada, desenganchada de su cerebro perforado por la senilidad, flota en libertad. Marinus, sin echar una mirada atrás, pasa por la apertura mientras la buhardilla se desvanece en el cielo invernal, sobre una ciudad anónima. Se acabó. Sin su cuerpo natal para atarlo al mundo, el alma de Norah Grayer se disuelve; queda momentáneamente suspendida en el espacio aéreo que una vez ocupó la buhardilla de Slade House. ¿Esa ha sido mi vida? ¿Eso era todo? Se suponía que tenía que haber más. Muchas, muchas décadas más. Mi astucia se las había merecido. Mira hacia abajo: techos, coches, otras vidas, y una mujer poniéndose una boina verde, marchándose de la escena por un callejón, con un candelero robado aún en la mano. No hay adiós en el aire ocupado, no hay himnos ni mensajes. Solo nieve, nieve, nieve y el inexorable tirón del Crepúsculo.

Todavía no. Todavía no. El Crepúsculo tira, pero que le den al Crepúsculo, que le den a Marinus, yo tiraré más fuerte. Ha matado a mi hermano y ahora se marcha libre. Que la Pena tire de mí; que el odio refuerce mis tendones. Puede que mi reserva de segundos sea escasa, pero si hay una manera de vengarse del impetuoso Jonah, mi querido gemelo, mi verdadera otra mitad, la encontraré, por muy débil que sea el rastro. Chimeneas de ladrillo; techos de pizarra; jardines estrechos, delgados con cobertizos, casas de perro y montones de estiércol. ¿Dónde podría un alma vengativa encontrar refugio? ¿En un nuevo cuerpo natal? ¿A quién veo? A un hermano y una hermana, jugando en la nieve… Son mayores, ya están demasiado entrelazados con sus propias almas. Otro niño salta en una cama elástica… es aún mayor, no me sirve. Una urraca aterriza en el cobertizo de un jardín con un graznido y un golpecito seco, pero un alma humana no puede habitar en el cerebro de un animal; a un jardín de distancia se abre una puerta trasera, y una mujer con gorro de lana se asoma sosteniendo un bol lleno de mondaduras.

–¡No le tires bolas de nieve a tu hermana, Adib! ¡Haz un muñeco de nieve! ¡Algo tranquilo!

Está embarazada; se le nota, hasta desde unos diez metros de altura, y ahora lo veo todo. Veo la belleza del esquema. Esa mujer no está ahí por casualidad: su aparición viene marcada por el Guion. El Crepúsculo me arrastra, pero ahora que percibo un destino alternativo, me resisto. Mi misión recién nacida me da fuerza, y mi misión es la siguiente: un día, por muy lejano que sea, susurraré al oído de Marinus: «Tú mataste a mi hermano, Jonah Grayer, y ahora te mato yo, para siempre». Transverso la nieve con pesadez, la nieve viva, la nieve eterna; sin que me vean paso a través del abrigo de la madre, de la ropa interior, de la piel, de la pared uterina; y ahora estoy de nuevo en casa, en mi nueva y cálida casa, mi puerto; inmune al Crepúsculo y a salvo en el cerebro de un feto varón, este astronauta en miniatura que dormita acurrucado y sueña mientras se chupa el pulgar.

AGRADECIMIENTOS

Maximillian Arambulo, Nikki Barrow, Manuel Berri, Kate Brunt, Amber Burlinson, Evan Camfield, Gina Centrello, Kate Childs, Catherine Cho, Madeleine Clark, Louise Dennys, Walter Donohue, Deborah Dwyer, David Ebershoff, Richard Elman, Lottie Fyfe, Jonny Geller, Lucy Hale, Sophie Harris, Kate Icely, Kazuo Ishiguro, Susan Kamil, Trish Kerr, Jessica Killingley, Martin Kingston, Jacqui Lewis, Alice Lutyens, Sally Marvin, Katie McGowan, Caitlin McKenna, Peter Mendelsund, Janet Montefiore, Nicole Morano, Neal Murren, Jeff Nishinaka, Lawrence Norfolk, Alasdair Oliver, Laura Oliver, Lidewijde Paris, Doug Stewart, Simon M. Sullivan, Carole Welch. Mis sinceras disculpas si he olvidado a alguien.

Gracias a mi familia, como de costumbre.